IX
宇野朴人
illustration ミユキルリア
七つの魔剣が支配する

ユルシュル＝ヴァロワ
Yurushur=Valois
「ダンスはここから～。
私の相手～君に務まる～？」

オリバー＝ホーン
Oliver=Horn
ナナオ＝ヒビヤ
Nanao=Hibiya
ユーリィ＝レイク
Yurie=Lake

「……間一髪だな、スー」
「うるさい。ちゃんと時間は計ってたわよ」
フェイ＝ウィロック
Faye=Willock
ステイシー＝コーンウォリス
Stacy=Cornwallis

リチャード＝アンドリューズ
Richard=Andrews
「承知している」
ジョセフ＝オルブライト
Joseph=Orbright
「先行するぞ。変身される前に潰す」

続く一手に向けて、アンドリューズには無数の選択肢があった。オリバーにも多くの応じ手が考えられた。

だが——およそ一切の合理を排して、
彼らは迷わず前進を選んだ。
重なる刃が交わり、軋む。
それらが担い手に代わって歓喜の金
打を奏でた。

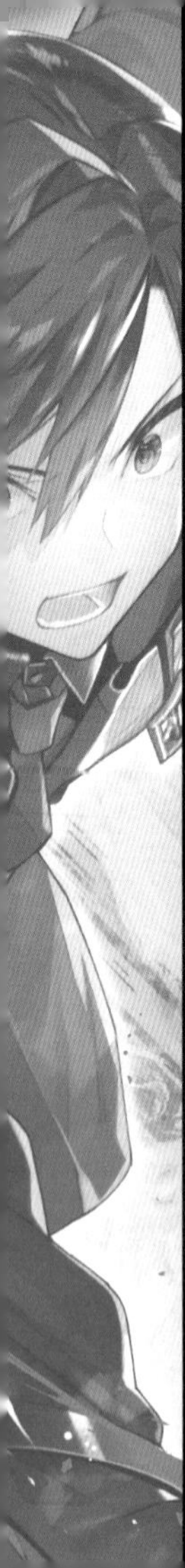

目次

CONTENTS

Seven Swords Dominate

Presented by Bokuto Uno

Cover Design : Afterglow

七つの魔剣が支配する

IX

Seven Swords Dominate

宇野朴人
Bokuto Uno

illustration
ミユキルリア

Character 登場人物

三年生

本編の主人公。器用貧乏な少年。
七人の教師に母を殺され、復讐を誓っている。

オリバー＝ホーン

東方《エイジア》からやって来たサムライ少女。
オリバーを剣の道における宿命の相手と見定めた。

ナナオ＝ヒビヤ

連盟の一国、湖水国《ファーンランド》出身の少女。
亜人種の人権問題に関心を寄せている。

カティ＝アールト

魔法農家出身の少年。率直で人懐っこい。魔法植物の扱いを得意とする。

ガイ＝グリーンウッド

非魔法家庭出身の勤勉な少年。
性が反転する特異体質。

ピート＝レストン

名家マクファーレンの長女。
文武に秀で、仲間への面倒見がいい。

ミシェーラ＝マクファーレン

飄々とした少年。セオリーを無視した難剣の使い手。オリバーへのリベンジに燃えている。

トゥリオ＝ロッシ

転校生を名乗る少年。常識に欠けるが好奇心が強く、誰にでもフレンドリーに接する。

ユーリィ＝レイク

名家出身の誇り高い少年。オリバーとナナオの実力を認め、好敵手として強く意識している。

リチャード＝アンドリューズ

武門オルブライトの嫡子。アンドリューズ、ロッシの両名と組んでオリバーたちへのリベンジを目指す。

ジョセフ＝オルブライト

三年生

ミシェーラの異母妹。勝ち気で意地っ張りで、シェラに張り合っている。

ステイシー＝コーンウォリス

ステイシーの従者にして幼馴染。人間と人狼の混血であり、主のステイシーを深く思い遣っている。

フェイ＝ウィロック

決勝リーグ進出チームのリーダー。オリバーたちに理由不明の敵意を向けている。

ユルシュル＝ヴァロワ

六年生

小柄で可愛らしい外見とは裏腹に、短気かつ好戦的な性格。「毒殺魔」の異名で恐れられている。

ティム＝リントン

七年生

学生統括。
他の生徒から「煉獄」と称される魔法使い。
桁違いの火力を誇る。

アルヴィン＝ゴッドフレイ

前生徒会陣営のボス。
かつて学生統括の座を巡りゴッドフレイと争った際、顔の右半分を焼かれ、今も治さずにいる。

レオンシオ＝エチェバルリア

教師

天文学の教師。異端から世界を守ることにひときわ強い使命感を持つ。

デメトリオ＝アリステイディス

「剣聖」の二つ名で呼ばれる魔法剣の名手。ダリウスとは学生時代からの友人でライバル。

ルーサー＝ガーランド

キンバリー学校長。魔法界の頂点に君臨する孤高の魔女。

エスメラルダ

魔法生物学の教師。傍若無人な人柄から生徒に恐れられる。

バネッサ＝オールディス

大怪我前提の理不尽な課題ばかり出す、魔道工学の教師。

死亡

エンリコ＝フォルギエーリ

シェラの父親で、ナナオをキンバリーへと迎え入れた。

セオドール＝マクファーレン

- フランシス＝ギルクリスト
- ダリウス＝グレンヴィル 死亡
- ダスティン＝ヘッジズ

プロローグ

「──ンン～♪　ンンン～♪　ンンンンン～♪」

閉め切った医務室の中に、お世辞にも上手《うま》いとは言えない鼻歌が響き渡る。

「……っ……」

診察台に横たわるゴッドフレイのこめかみをつぅと冷たい汗が流れ落ちる。──この日の校医ヒセラ＝ゾンネフェルトは朝から滅多にないほど上機嫌で、滅多なことでは医務室から出てこない彼女が廊下を、それも満面の笑顔で練り歩く悍《おぞ》ましい姿は多くの生徒に目撃されていた。卜占《ぼくせん》に心得のある者は直ちに各々《おのおの》の秘術を尽くし、それがどのような大災厄の兆《きざ》しであるかを推し量り──結果として、「休眠中の巨獣種《ベヘモト》のいずれかが目覚めて大英魔法国《イエルグランド》に侵攻する」という限りなくデマに等しい予言が、これから数日間まことしやかに校内を横行することになる。

「──いやー、しゃァねェよなァ。あたしだって胸が痛むけど、オメェは一秒でも早く治してェんだもんな。だったらその期待に応えてやんねェといけねェ。ここの校医としてよォ」

「……ご厚情、痛み入ります……」

今すぐ起き上がって部屋を飛び出したい衝動を抑え込み、ゴッドフレイは震える声で社交辞令を述べた。今日までにキンバリーで数え切れない脅威と渡り合ってきた彼でさえ、今この瞬間の恐怖に比肩《ひけん》するものはそうそう思い付けない。

「悪ィなァ、さすがのあたしでも霊体に麻酔はかけらんなくてよ。代わりにこーゆう手術じゃ意識の覚醒段階を落として痛みを和らげる、つまり半分眠らせとく手法がまァ妥当なんだが、そうするとどーしても自己制御《セルフコントロール》も難しくなるよなァ。けど生憎《あいにく》、いッちばんそれが必要になンのは手術の最中と直後なんだわ。霊体の傷の治りには本人の集中が何より影響するからよォ」

「……承知しています。痛みを避ければ、その分だけ治りが遅れる。是非もありません」

覚悟をもってゴッドフレイが頷《うなず》く。ゾンネフェルト校医が器具の準備を終えて振り向き、そんな彼の顔を真上から覗《のぞ》き込む。

「なぁゴッドフレイ。あたしはよ、オメェのこと気に入ってんだぜ。なにせ七年間医務室《ここ》に通い詰めるヤツは少ねェ。上級生になりゃ大抵の傷や不調は自分で治せるようになるし、治癒の得意な他の生徒に頼むことだって出来る。それに何より、あたしの施術は何でも大体痛ェ」

「…………」

「だってのによォ、オメェは懲りずにここに治療を受けに来る。それがいちばん早ェからだ。最短で傷を治して現場に復帰するのが何より重要で、それ以外のことは何にも考えちゃいねェ。いいよなァ。そういう腹の据わった患者が相手だと、あたしも思う存分腕を振るえるからよォ」

凶悪な角度につり上がる校医の口元。それを見返しつつ、男がぽつりと口を開く。

「……俺も、痛みは好きではありません。出来ることなら避けたい。ただ、意味を知っていれば耐えられます」

「ほォン？」

「学生統括の俺が痛みを嫌って治療を長引かせれば、その分だけ校内の他の誰かの苦しみが長引く。医務室《ここ》で受ける施術の痛みはその誰かの分。いつもそう考えています」

その言葉に、ゾンネフェルト校医の笑みがすっと収まった。くるりと患者に背を向けて薬品を扱いながら、彼女は平坦《へいたん》な声で続ける。

「――ピンと来ねェ。あたしは昔っからよォ、その『他人《ヒト》の痛みを自分の痛みと混同する』ってのが病気にしか思えねェんだわ。個の強さはあたしらの強みじゃねェのか。隣で誰かがのた打ち回ってても『他人事《ひとごと》だから』ゲラゲラ笑ってられる。それが魔法使いサマってもんだろ？」

「だとすれば、あなたにも治せない病気がひとつ増えたようだ」

ゴッドフレイがささやかな皮肉で返す。彼の骨片を片手に振り向いた校医の顔に、さっきまでの禍々《まがまが》しい笑みが戻る。

「口が減らねェなァゴッドフレイ。――あたしはよォ、そういうタフな奴《やつ》が必死で痛みに耐える顔がいっとう好きなんだ。まったくリヴァーモアはよくやってくれたぜ。最近のオメェときたら、手足がちぎれた程度じゃ少しも動じねェからよォ」

杖剣《じょうけん》の切っ先が剝《む》き出《だ》しのゴッドフレイの胸に触れる。ぎり、と奥歯を嚙《か》みしめて苦痛に備える患者を見下ろして、ゾンネフェルト校医が告げる。

「楽しい施術《オペ》の始まりだ。――いい声で鳴けよ？　タフガイ」

押し殺した苦悶《くもん》の声は、医務室の扉を突き抜けて一時間近くも校舎の廊下に響き続けた。授業を終えた剣花団の六人が駆け付けたのはその終わり際だったが、最後の数分だけでも、彼らを戦々恐々とさせるにはじゅうぶんだった。

声が止《や》んでから少しの間を置いて、開いた扉からひとりの男が姿を現す。施術の間に気力の大半を消耗し、それでもなお気丈さを残すアルヴィン＝ゴッドフレイの顔がそこにあった。女装姿のティムが真っ先に駆け寄って体を支える。

「大丈夫ですか統括！　辛《つら》かったら乳揉《も》んでいいですよ！」

「……気持ちだけ受け取る……」

疲れ切った声でゴッドフレイが呟《つぶや》く。レセディが無言で反対側の肩を支え、そこにオリバーたちが歩み寄った。相手の弱り方から何人も話しかけては負担になると考えて、ひとまずシェラが代表して口を開く。

「……霊体の傷となると、やはり骨を戻してすぐ完治とはいかないようですわね。快癒のお祝いはまた後日とさせていただきますが――ひとまずお疲れ様ですわ、統括」

「ありがとう、Ms《ミズ》．マクファーレン。……今回も君たちに助けられたな」

「報酬はいただいていますもの。何も気になさることはありませんわ」

「いや、報告は聞いている。そう簡単な現場ではなかったはずだ。……わけても、最後の突入班に加わった者は」

その言葉と共に、ゴッドフレイの視線がオリバーとナナオを向く。が、そこにあるべきもうひとりの姿がないことに、彼はこの時点で初めて気付いた。

「……Mr《ミスター》．レイクは来ていないのか。彼の活躍も目覚ましかったと聞くが」

「すみません。俺も顔を出すよう言ったのですが……」

オリバーがため息をついた。念願の「骨抜き事件」の真相に至ったユーリィだが、それで腰が落ち着くようなことはなく、今はすでに別の「謎」に目を付けて走り出している。その性分は相変わらずにせよ――校舎に戻ってからはますます頻繁にオリバーたちに会いに来るようになった。それで「今どんな無茶をしているか」の把握は多少楽になったのが救いだ。

「いや、構わん。近いうちに俺から会いに行こう。礼を言いたいのもそうだが、単純に人柄への興味もある。彼とはまだ話したことが少ないのでな」

「恐縮です。……俺が一緒の時に来ていただければ、多少は失礼を抑えられるかと思います」

「襲ってこなければそれでじゅうぶんだ。なぁ、ティム」

「はんっ。僕以上とは言いませんけど、そいつらだって結構な問題児ですよ。特にホーン、お前は普段マジメぶってやがるから逆にタチが悪ぃ。今後は紙に書いて背中に貼っとけ。『私は最悪のタイミングで越えちゃいけない一線をあっさり踏み越える人間です』ってな」

痛烈な皮肉に、オリバーは深く頭を下げて応えた。その件に関しては申し開きの言葉もない。しかし――だからこそ、土壇場《どたんば》であの無茶に付き合ってくれたティム＝リントンには感謝してもし切れない。突入班メンバーの中で、彼は他の誰よりもオリバーとの縁が浅かったのだから。

「……不出来な後輩からひとつだけ。――あなたは素敵な人です、リントン先輩」

「へ？」

相手の目をまっすぐ見据えてオリバーが述べると、意表を突かれた〈毒殺魔〉は呆《ほう》けたように立ち尽くした。が――後輩の目に宿る混じり気のない思慕に気付いた瞬間から、その動きが途端にぎくしゃくし始める。

「お――おお、当然よ。少しはみ、見る目があるじゃねぇか。……は、ははは っ！　い、いくらホメても、統括以外に乳は揉《も》ませねぇけどな！」

と、目を泳がせながら上ずった声でそんなことを言う。目を丸くするレセディとゴッドフレイ。なおも無言で眩《まぶ》しげに見つめてくる後輩の前で、ティムはその視線から逃げるように慌ただしく身をひるがえす。

「……ま、まぁ、あんまりケチ臭いのもアレだしな。今度ヒマな時にでも稽古付けてやるよ。

「……えっと、そ、そんじゃ統括！　僕は先に本部戻ってるんで！」

そう言い残して、たちまち風のように廊下を走り去っていく。三年生たちがその背中を呆然《ぼうぜん》と見送る中――何とも珍しいことに、レセディが口元を押さえて笑いを噛《か》み殺《ころ》す。

「……なるほど。後輩にまっすぐ慕われた経験が乏しすぎて、急に好意を向けられるとああなるのか」

「……そのようだな。いや、何とも珍しいものを見た」

感心したようにゴッドフレイが呟《つぶや》く。と――そこでレセディが音もなくオリバーの背後に回り込み、彼のこめかみを両こぶしでぐりぐりと挟み込んだ。突然の痛みに少年の目が見開く。

「～～～ッ⁉」

「だがな、ティムの言う通りだ。タチが悪いぞお前は。無自覚の人たらしめ！」

「こらこら、よせレセディ。……自分を慕ってくれる後輩も確かにいる。それが分かった今の出来事は、冗談抜きでティムにとって重要だぞ」

「あぁ、分かっているとも。……なぁホーン。あれは困った奴《やつ》だが、だからこそ周りの人間の接し方次第で未来が大きく動きかねん。一度慕ったからには簡単に見限ってくれるなよ？」

「～～～～ッ！　き、肝に銘じます！」

オリバーが誓ったところで、レセディがようやく彼を解放する。俯いてこめかみを押さえる少年とそれを心配して集まる他の五人へ、今度はゴッドフレイが静かに目を向けた。

「俺とレセディが卒業した後も、ティムはまだ一年ここで過ごす。その間にあいつを支えてやれるのは在学生の君たちだけだ。……もちろん無理は言わない。ただ、出来る範囲で目をかけてやってくれると嬉《うれ》しい。あれで寂しがり屋なのでな」

男が困ったように微笑《ほほえ》む。シェラとオリバーに先んじて、今度は他の面々が声を上げる。

「もちろんすよ」「今回の捜索で、ボクらもリントン先輩にお世話になりましたから」

「共に死線を潜った盟友。蔑《ないがし》ろに出来ようはずもござらん」

「とりあえず毒を撒《ま》きたがるクセだけ何とかしたいけどね」

ガイ、ピート、ナナオ、カティが各々《おのおの》の言葉で請け合う。ゴッドフレイが感謝を込めて頷《うなず》き、後輩たちの顔をひとりずつ順番に見つめる。全員と目を合わせた上で、その視線がオリバー、ナナオ、シェラの三人をまとめて捉えた。

「選挙のことは忘れていい。その上で――リーグ戦決勝、熱い戦いを期待している。勝てとは言わない。ただ、存分に楽しんでくれ」

「はい！」「応！」「承知しましたわ！」

三人が力強く応える。その期待に恥じぬ戦いをしてみせると、各々《おのおの》の胸に誓って。

同刻。本人がそれと意識しないまま、ユーリィは主人のもとで「報告」を行っていた。

「…………………ふむ」

デメトリオが軽く唸《うな》った。同時に昏睡《こんすい》した少年の頭を摑《つか》んでいた手が放され、その体が床に力なく倒れ込む。天井から様子を見守っていたセオドールが言葉を挟んだ。

「どうだい？　可愛《かわ》い分魂くんの捜査の結果は」

「……リヴァーモアの研究は結実し、その内容は事前に我々へ申告していた通りだった。朗報ではあるが、こちらの捜査そのものは空振りだ」

デメトリオが静かに答える。その内容にセオドールが目を細めた。

「じゃあ、彼はついに亜霊体生命《アストラルライフ》を再現したのか。……本当に朗報だね。期待は大いにしていたけど、正直少し不安だったんだ。リヴァーモア君は根っこの部分が優しすぎるから」

「事実、危ないところではあった。生徒会との揉《も》め事《ごと》が結果として研究の成立を後押ししたとも言える。それ自体も奇妙な因果ではあるが……」

顎に手を当てて考え込むデメトリオ。その様子に、縦巻き髪《ロールヘア》の教師が首をかしげる。

「？　まだ何か気になることでも？　さすがのリヴァーモア君も、亜霊体生命《アストラルライフ》を研究する片手間でキンバリーに喧嘩《けんか》を売りはしないだろうと思うけど」

「……絶界内での蘇生《そせい》の直後、命刈る者《リーパー》の乱入があった。その時点で儀式はもはや失敗と思われたが、亜霊体生命《アストラルライフ》の構築まで生徒会側の捜索隊が時間を稼いだ」

「え――それはつまり、死の神霊とやり合ったと？　ははっ、また無茶なことを。クロエ君じやあるまいし」

セオドールが諸手《もろて》を叩《たた》いて愉快げにする。そこで出た名前に、デメトリオが天井の彼をじろりと睨《にら》む。

「お前の贔屓《ひいき》のナナオ＝ヒビヤもその場にはいた。戦端を開いたのが彼女であれば、私もさして違和感は覚えなかっただろう。そういう人物を選び抜いてキンバリーに連れてきたのは知っている」

「確かに、ナナオなら死神に喧嘩《けんか》を売ってもおかしくないね。……でもその言い方だと、最初に仕掛けたのは彼女じゃないわけだ。となると誰だろう。血気盛んなティム君あたりかな？」

「何人候補を挙げても当たらんだろう。……三年のオリバー＝ホーンだ」

その答えを聞いた瞬間、セオドールの口元からすっと笑みが消えた。

「……それは……正直、意外だ。ああ――いや、もちろん、彼があの年齢にしては相当使うことは知ってるよ。仮にもナナオの『剣の君』だからね。ただ、彼は性格的にフォロー要員、ナナオの無茶を諌《いさ》める側だと思っていたから」

「かつてのエドガーのように、か？」

返ってきた言葉にセオドールが黙り込んだ。久しく感じていなかったざわつきが胸を満たす。クロエ＝ハルフォードに負けず劣らず、その名前に対して男が抱く感情は単純では有り得ない。

──君に勝ちたいんだ、セオ。彼女の隣で、僕自身が胸を張って立つために。

嵐の夜に交わした言葉が男の耳に蘇《よみがえ》る。……不器用な友人だった。同時に、その不器用さをこそ彼女は愛した。魔法使いとして棄《す》てるべき多くのものを棄《す》てられなかった彼を。だから、と男は思う。──きっと始まった時点でもう、自分はあの恋に敗れていたのだと。

「──エンリコの失踪に関して、オリバー＝ホーンには校長も聴取を行っていたな」

追憶を断ち切って淡々と声が響く。それではたと我に返り、セオドールも口を開く。

「……確かにそうだけど、あれは校内全体へ向けたエミィのパフォーマンスだろう？　下級生であっても容疑者になり得ると印象付ける一種の見せしめであって、彼のことを本気で疑っていたわけじゃないよ。機械仕掛けの神《デウス・エクス・マキナ》に探りを入れていた可能性というなら、エンリコ翁《おう》が工房に招待していた他の上級生のほうがよっぽど疑いが濃いのだし」

「それは私も同感だ。……が、お前も校長も、あの学年に関してはナナオ＝ヒビヤという生徒に入れ込み過ぎている節がある。『彼女とそれ以外』のような認識では本質を見誤りかねん。これはオリバー＝ホーンに限った話でもないが」

鋭く指摘されたセオドールの口元に苦笑が浮かぶ。魔法使いも人間である以上、その認識には偏りや先入観が避けがたく生じる。だからこそデメトリオは「無知」の使い魔に捜査を預けたのだ。あらゆる色眼鏡から解き放たれた曇りなき眼《まなこ》で今のキンバリーを見通すために。

「何にせよ、この分魂が現時点でもっとも注意を引かれているのはあの少年だ。興味の対象が他に浮かぶまでは調べを進めることになるだろう。幸い、本人との信頼関係も得られている」

セオドールが無言で頷《うなず》く。これほどの事態の核心に一介の三年生が立っているとは考えづらいのだが、それこそ先入観だと言われれば返す言葉はない。……が、願わくば杞憂《きゆう》であって欲しいとは思う。ここキンバリーと東方《エイジア》の少女を結び付ける上で、すでにオリバー＝ホーンは代えの利《き》かない役割を担《にな》っているのだから。

身を屈《かが》めたデメトリオが昏倒《こんとう》したユーリィの頭に手を置く。自らの一部である使い魔に、彼はそうして「調整」を施す。

「運用が長引いたことで無用の知識が増えすぎているな。整理してやろう──**吸い上げよ**《イクスージーリ》」

「──ぁ──」

記憶を直接いじられる衝撃にユーリィの体がびくりと跳ねる。数分でそれを終えて立ち上がると、デメトリオはセオドールと共にその場を後にした。ユーリィは床に放置されたままだが、そちらは数分も経《た》てば自然と目覚めて働き出す。昨日までと同じように、自分が何なのかも知らぬまま。

「下級生リーグの決勝戦は今日だったな。……今回は、私自身も見に行くとしよう」

デメトリオの呟《つぶや》きにセオドールが苦笑する。身近にふたつ、観客席にふたつ。計四つの目で、オリバー＝ホーンは試合中の一挙一動を監視されることになった。

第一章

氷上舞踏《アイスダンス》

「…………遅い」

決勝リーグ第一試合を目前にした校舎一階の控え室。並んで長椅子に座ったナナオと魔法チェスをして過ごしながら、オリバーは壁の時計に繰り返し視線を向けていた。

「あと十分で試合開始だぞ。どこで何をしているんだ、一体」

「その駒は人狼《じんろう》にござる。返り討ちにて御首頂戴」

「またか!? く、やはりこのバージョンの人狼《じんろう》駒は酷すぎるぞ! これ以上ゲームを理不尽にしてどうすると……!」

オリバーが眉根を寄せて盤面を睨《にら》み付《つ》ける。と、そこで誰かが部屋に飛び込んできた。息を切らしたユーリィだ。

「遅れちゃった! まだ試合始まってないよね?」

「ユーリィ! 三十分前には必ず集合しろとあれほど――」

「ごめんごめん、いつの間にか談話室で居眠りしちゃったみたいで! でもほら、よく寝たおかげで体は絶好調だから!」

調子の良さを示すようにぴょんぴょんと跳ねてみせるユーリィ。立ち上がってお説教の構えだったオリバーが、それを見てはぁとため息をつく。

「……細かい作戦を用意するわけじゃないから、今回に限っては問題ないが。直前に新しい情報が入って戦法を見直すことも有り得るんだ。時間には余裕をもって来てくれ」

「うん、次は絶対に遅刻しないよ！　それで、えっと――今日の相手はヴァロワ隊だっけ？」

「ああ。決勝リーグ進出チームの中ではいちばん情報の少ない相手だが、手強《てごわ》いのは間違いない。気を抜いてかかると危ういぞ」

　集中を促すオリバーの背後でナナオが長椅子から立ち上がる。と、ふたりがこれまで挟んでいた魔法チェスの盤がユーリィの視界に入り、彼は身を乗り出してそれを覗《のぞ》き込む。

「あ、何それ。おもしろそうなゲームやってるね。後でぼくにも教えて！」

「――む？」

　妙な発言にナナオが目を丸くする。オリバーも眉をひそめた。

「……ユーリィ、まだ寝惚《ねぼ》けているのか？　魔法チェスは元々君が言い出して――」

「時間だ！　入場しろ、ホーン隊！」

　会話を割って案内役の上級生の声が響き渡る。些細《ささい》な違和感はそれで吹き飛ばされ、オリバーたちは目の前の試合へと意識を向けた。

「──アァァアア──はッ、ははッ、始まるぞッ！　下級生リーグ決勝ォォォォォ！」

広大な校庭の一角に聳《そび》え立《た》つ円形闘技場《コロシアム》。その客席に設けられた新たな実況席から、グレンダが上ずった声で開幕の号砲を上げた。隣に座るガーランドが苦笑する。

「落ち着け、Ms《ミズ》.グレンダ。興奮しすぎでテンションがおかしなことになっているぞ」

「す、すみません、いいい、いい戦いの予感がビシビシ来てるもんでして！　実は朝から五回くらい舌噛《か》んでます！　お前らも叫んでけイェェエエエエエエ！」

グレンダが叫びながら両手を突き上げると、びっしり埋まった観客席の生徒たちも雄叫《おたけ》びでそれに応じる。ここまでの試合内容が軒並み良かっただけに、決勝リーグともなると彼らの期待感もうなぎ上りだ。ガーランドがこくりと頷《うなず》く。

「見応えのある試合になる、というのは私も同感だ。……前のバトルロイヤルですでに相当なレベルだったが、決勝はそのさらに上澄み四チームで争う。ここまでの試合を踏まえても結果の予想は難しい──」

「──席は空いているか」

試合開始を目前にして期待を高めるふたりに、そこで背後から声がかかった。グレンダが驚いて振り向くが、ガーランドのほうは少し前から気配に気付いている。仕草で隣の席を勧めつつ、彼は同僚へ顔を向ける。

「アリステイディス先生。珍しいですね、あなたが観戦に来られるのは」

「私に限った話でもない」

ガーランドと並んで椅子に腰かけつつ、天文学の教師・デメトリオ＝アリスティディスが頭上を指さす。ガーランドとグレンダが円形闘技場《コロシアム》の天井へ視線をやると、そこでは焦茶のスーツを洒脱《しゃだつ》に着こなした縦巻き髪《ロールヘア》の教師・セオドール＝マクファーレンが逆さまに座って観戦の構えに入っていた。苦笑するガーランドの隣で、グレンダが好奇心に瞳を輝かせる。

「下級生リーグの観戦に教師がふたりも？　……何やら異様なものを感じますねぇ」

「勘ぐるなとは言わんが。今は自分の仕事に集中するべきではないか、Ms《ミズ》．グレンダ」

「ははっ。仰《おっしゃ》る通りで」

引《ひ》き際《ぎわ》は心得ているとばかりにグレンダが詮索を切り上げ、再び本来の仕事へと没頭する。

コロシアムの中心に位置するチェス盤めいた正方形の闘技台《リング》。その東西から、いよいよこの場の主役たちが姿を現した。グレンダが拡声魔法を用いて実況を開始する。

「両チーム入場です！　東からホーン隊、西からヴァロワ隊！　どちらも本戦のバトルロイヤルを生き残った強豪チームですが、先生方は双方の優劣をどう見ますか⁉」

「一概には語れないな。より大きな不利を覆《くつがえ》したのはホーン隊、不利にならないよう終始巧妙に立ち回ったのはヴァロワ隊。事前の注目度に加えてこれまで戦闘の回数を抑えてある分、情報面ではヴァロワ隊が有利だと言えるだろうが――」

そこまで語ったところで、ガーランドはふと思い立って頭上のセオドールへと視線を向ける。

それに気付いた縦巻き髪《ロールヘア》の教師が、すぐさま天井から声を張り上げた。

「ホーン隊は三人全員がエース級の実力だ！　彼らに対抗できる戦力がヴァロワ隊の側になければ、技や策がいくつか伏せてあったところで大きな意味はないよね！　それで崩れるくらいならこの前の三対一で崩れていただろうし！」

　コメントを受け取ったガーランドが微笑《ほほえ》んで頷《うなず》き、続けて視線を隣のデメトリオへと移す。常と変わらぬ静かな面持ちで、天文学の教師は淡々と告げる。

「……質の違いがどう作用するか、だな。ヴァロワ隊の強さは、他の三チームとは根本的に違う」

「来たなサムライ！」「待ってたぜヒビヤ！」「今日も片っ端からぶった斬ってよね！」

「気張ってよホーン！　下級生のラノフ流代表！」

「お前はもうちょい殺気見せろやレイクー！」

広い空間に響き渡る熱を帯びた声援。耳に届く名前の割合を冷静に測りながら、チームメイトふたりと共に闘技台の西端に立つ女生徒――ユルシュル＝ヴァロワが口を開く。

「――あはは～。やっぱり少ないねぇ～、こっちの応援～」

彼女が言うように、観客たちの声援の七割ほどはホーン隊へのもの。先だっての乱戦で三対一の不利を跳ね返した際の活躍ぶりが影響していた。ヴァロワが間延びした声で続ける。

「でも〜、それでいいんだよ〜。私たちは魔法使いだから〜、あっちみたいに声援を受けながら戦うほうが不自然〜。分かるよね〜？」

「はい。ユルシュル様」「弁《わきま》えております」

同じチームの男女ふたりも粛々と頷《うなず》いた。観客席を一巡した視線で、ヴァロワは闘技台を挟んだ敵チームの三人を見つめる。

「このうるさい雑音も〜、試合が終われば〜すっかり大人しくなるから〜。吐きそうに気持ち悪いのも〜今だけの辛抱だよ〜」


一方のホーン隊。前の試合とは打って変わった環境に、オリバーは多少の困惑を覚えていた。

「……これは、賑《にぎ》やかだな。周りは全て観客か」

「わぁ、盛り上がってるねぇ！」「晴れ舞台にござるな」

ユーリィとナナオが楽しげに声を上げる。力みや物怖《ものお》じとはどこまでも無縁のその様子に、こちらは多少の緊張を覚えていたオリバーが苦笑する。

「場の雰囲気に呑《の》まれるな——なんてのは、君たちに限っては無用の忠告だな。この空気も含めて楽しむといい。……どの道、相手にするのは向こうの三人だけだ」

そう言いつつ、闘技台の向こう側の敵チームを意識する。と、そこで実況席からガーランドの声が響いた。

「改めてルールを説明する。──今回の試合はやや変則的な三対三。最初は両チームからひとりずつ闘技場に出て戦い、それから三分ごとに双方のチームメイトが参戦していく。つまり全員が闘技場に入るのは試合開始から六分が経過してからだが、それまでに倒された選手はもちろん退場。誰を先に出して誰を控えさせるか、順番の選択も重要になる」

オリバーが頷《うなず》く。一対一、二対二の段階から積極的に敵を倒しに行くか、あるいは三人揃《そろ》うまで誰も欠けないように立ち回るか──敵味方の布陣によって最適解は変わる上、これまでの試合の情報から読み合いも発生する。仲間のフォローが利かないひとり目の選択は特に重要だ。

「試合形式は呪文あり剣ありの総合戦。そして──決勝限りの特例として、不殺の呪《まじな》いは半掛けとする。これは決勝進出チームの全員が上級生に準ずる実力を持つと判断したからだ。選手たちには実戦に近い緊張感をもって試合に臨んでもらいたい」

その宣告に観客たちがひときわ盛り上がる。キンバリー生の感覚として、やはり血を見てこその決闘なのだ。オリバーも改めて気を引き締める。この試合──油断すれば、死なないまでも大怪我《けが》はする。

「説明は以上だ。──両チームのひとり目、前へ！」

前置きを終えたガーランドが告げる。両脇のナナオとユーリィに目配せした上で、オリバーは闘技台への階段に足をかけた。参戦の順番はガーランドへ試合前に伝えてあり、敵チームの動きを見てから人選を変えるようなことは出来ない。闘技台に立ったオリバーが正面を見据えると、反対側から上ってきた敵チームのリーダー、ユルシュル＝ヴァロワと目が合った。

「ふ〜ん？　最初は君なんだ〜Mr.《ミスター》ホーン〜。ってゆ〜ことは〜、そっちは全員揃《そろ》ってから本番って感じかな〜」

「俺が先鋒《せんぽう》では不服か？　Ms.《ミズ》ヴァロワ」

ヴァロワから声がかかり、自分の開始位置に着きながらオリバーもそれに応じる。――シェラを通して伝え聞いた宣戦布告によれば、この相手は自分たちに対して何かしら含むところがあるようだ。多少の探りを込めて言葉を返すと、ヴァロワは笑って首を横に振る。

「ううん〜そんなことないよ〜。むしろ嬉《うれ》しいかも〜。いちばん倒したいのはMs.《ミズ》ヒビヤだけど〜真っ先にツブしたいのは君だから〜」

そう言ってこてんと首をかしげるヴァロワ。縦にふたつ並んだ彼女の瞳に見つめられて、オリバーは背筋にかすかな寒気を覚えた。……前の試合でジャスミン＝エイムズから感じた強者の気配《オーラ》とはまた違う。もっと暗く禍々《まがまが》しい何かを、この相手は身にまとっている。

「双方、杖《つえ》を構えろ。――始め！」

開始の合図と同時にコロシアムへ静寂が下りる。呪文の初撃を予想して構えるオリバーだが、意外にも魔法は飛んでこない。彼の視線の先で、ヴァロワは構えも取らずに肩をすくめた。

「サシの時間は三分しかないし～様子見の呪文戦はやめよ～。そのほうが～ギャラリーも喜ぶでしょ～？」

「……剣術戦が望みか」

相手の意図を察して、オリバーは中段に構えたまま前方へ歩を進める。対するヴァロワも無造作な足取りで前進し、観客たちの熱い視線が注がれる闘技台の上で、両者の間合いは見る間に縮まっていく。

「――おおっと、互いに呪文を唱えず間合いを詰めていく！　剣の間合いで争うようです！」

「Mr.《ミスター》・ホーンが誘いに乗った形だな。彼の実力からすれば剣術戦を避ける理由はないだろうが――Ms.《ミズ》・ヴァロワはこれまでの試合で魔法剣の技量をほとんど見せていない。初太刀が見物だぞ」

実況席のガーランドが口元をつり上げる。先の彼の言葉とは裏腹に、実戦を意識していると は言い難《がた》い展開だが――何とも困ったことに、このほうが男の好みではある。

「君はいつも中段《それ》だね～。もしかして～巨獣種《ベヘモト》が相手でも～同じようにするの～？」

「…………」

間合いが一足一杖《いっそくいちじょう》に至ってもなおヴァロワの無駄口は止《や》まない。さらには構えすら取らず、その両手はだらりと左右に下がったままだ。オリバーが眉根を寄せる。――いくら魔法剣の腕に自信があるとしても、はたまた自分が侮《あなど》られているとしても、これはさすがに異様だ。

理性は先手を命じる。だが、それを上回る直感からの警鐘が、「迂闊《うかつ》に斬り込むな」とオリバーに告げていた。頑《かたく》なに中段で待ち受ける少年を前に、ヴァロワが鼻を鳴らす。

「もうお喋《しゃべ》りはなし～？　つまんないな～」

両脚を揃《そろ》えて直立した体勢から、ヴァロワが杖剣《じょうけん》を握る右手をすっと前に伸ばす。が――誰の目から見ても、それは「構え」と呼ぶには余りにも半端《はんぱ》な姿勢だった。腕は完全に伸び切ってしまっているし、そもそも両脚が足元で揃《そろ》っていては進むも引くもままならない。一度腕を引かなければ攻撃に移れない分、さっきまでの体勢のほうがまだマシとすら言える。

ゆっくりと上がっていく杖剣《じょうけん》の切っ先。それがオリバーの視線とぴったり重なった瞬間――途中の時間が丸ごと飛んだように、ヴァロワの姿は彼の目前にあった。

「――!?」

ほとんど反射のみで腕が動く。眼前スレスレに迫る切っ先をそれで危うく逸《そ》らし、同時にオリバーも相手へ斬り返す。が――それを杖剣《じょうけん》で受けた瞬間、さながら風に押された柳の枝のように、ヴァロワの体がするりと横に流れた。オリバーの杖剣《じょうけん》が何の手応えもなく空を斬る。

「よく受けたねぇ〜。でも〜」

間合いを取り直しつつヴァロワが再び口を開く。そこでようやくオリバーはそれを目にした。即《すなわ》ち——手足は一切動かさないまま、床を滑るように移動していく敵の姿。不気味なほどに現実感を欠いたその光景を。

「ダンスはここから〜。私の相手〜君に務まる〜？」


「なんと、直立状態から一切の予備動作なしで斬りかかった！　さながら氷の上を滑るがごとき移動！　ガーランド先生、これは⁉」

「氷面歩き《アイスウォーク》。領域魔法によって足裏の摩擦を減らすことで可能になる歩法だ。足場の状況によって使いやすさは変わるが、今回は平らな石畳だけに条件がいい。また、杖剣《じょうけん》の先端に相手の焦点を誘導して距離感の把握を困難にする晦《くら》まし技——いわゆる『目を吸う尖端《サックチップ》』を初撃に組み合わせたのも巧みだな。……しかし、あれは——」

解説の間もガーランドの目はヴァロワの動きを追い続けている。これまでの試合で見てきた多くの生徒と比べても、それは余りにも異質だ。動く時も、曲がる時も、止まる時ですらも、彼女の移動には「足で床を押す動き」が極端に少ない。重心制御を身に付けた魔法使いならそうした予備動作を「隠す」のは当然としても、ヴァロワの場合はそういう次元ではない。目を凝らすガーランドの隣で、デメトリオも同様の分析をしていた。

「……まったくの無動作から次の行動へ移っている。一般的な慣性を利用しての氷面歩き《アイスウォーク》では有り得ない。重心制御の併用でもあの動きの自在さは説明が付かん。となれば、おそらく――」

「……反発属性か！」

時を同じくして、当事者のオリバーも相手の術理に当たりを付けた。およそ人間離れした複雑怪奇な足運びで氷上を舞うように攻め立てながら、彼の言葉を耳にしたヴァロワが口を開く。

「分かる～？　これはね～浮動っていうの～。面白いでしょ～」

喋《しゃべ》る間にも首を狙って刃が走り、それを杖剣《じょうけん》で辛《かろ》うじて受け流しながらオリバーは思考する。――単に床の摩擦を下げて滑っているのでは有り得ない。次に疑ったのは空気浮揚《ホバー》だが、それらしい気流の動きも相手の足元には見て取れない。そこで思い当たったのが反発属性。即《すなわ》ち、靴底が帯びる魔法属性を床面と反発させる形での滑走だ。推進力もその応用、おそらくは反発力のバランスを靴底で意図的に崩すことで得ている。分類としては氷面歩き《アイスウォーク》の高度な発展形と言えるだろう。

漠然とした理屈はオリバーにも分かる。が――だからこそ、その実現には恐ろしく精密な魔力運用が必要になると確信できる。単に移動を成立させるだけでも年単位の修練が必要になるだろうし、それを剣術戦に使える水準に鍛え上げるとなると、もはや難度が高すぎて実現の目算すら立たない。今は平らな石畳という地形条件にも助けられているのだろうが、それを差し引いても凄《すさ》まじい神業だ。

「――フッ……！」

このまま好きに滑らせるのはまずい。そう判断したオリバーは、ヴァロワと間合いが離れた瞬間に領域魔法を発動。目の前の床を約五フィート×二十フィートの範囲にかけて軽く軟化させた。足を取るほどの変化ではないが、反発属性を利用した浮動はこの範囲では成立しない。

「も～何でそういうことするかな～。君だって滑ればいいのに～」

軟化した床の手前でヴァロワがぴたりと停止する。無論、その動きもオリバーの予想の内。

「フゥッ！」

一瞬の停滞を狙って刺突を繰り出す。いかな浮動であれ、使い手に重さがある以上は慣性が働く。「止まった」ヴァロワと「踏み込んだ」オリバーでは後者が速度で勝る道理だ。読み合いを排した単純な速さ比べであれば浮動は意味を成さない。

迫る切っ先に対してヴァロワが辛《かろ》うじて刃を合わせる。が、もとより構えらしい構えを取っていなかった彼女のそれは、単に棒立ちの姿勢から腕を上げただけの貧弱な受け。その程度で踏み込みの勢いを載せたオリバーの刺突は止められない。両者の杖剣《じょうけん》が重なった瞬間、少年

のそれは容易《たやす》く相手の刃を押しのけ、

「――⁉」

同時に違和感が彼の背筋を駆け上った。――容易《たやす》すぎる。抵抗らしい抵抗をまったく感じないまま相手の杖剣《じょうけん》が奥へと押されていき、それに伴ってヴァロワの体がぐるりと旋転する。

危機を直感したオリバーが杖剣《じょうけん》を引くのと、一回転したヴァロワの杖剣《じょうけん》が閃《ひらめ》くのがほぼ同時。とっさに上体を反らした少年の頰を走る鮮やかな熱。飛び散った真っ赤な血の雫《しずく》が、ぱた、と床を斑《まだら》に染める。

「惜しい～。もう少し深ければ～終わってたね～」

呟《つぶや》いたヴァロワが爪先立《ルルヴェ》ちの姿勢でぴたりと静止する。斬られた頰の痛みすら消し飛ぶ戦慄の中、そこにオリバーはこの試合で初めて既知の戦型を見て取った。即《すなわ》ち――クーツ流中段、「舞刺《ピケ》」の構え。

「ああっ！」「おい、食らったぞ！」

「今のは……⁉」

友人の流血を見て取ったカティとガイが観客席で腰を浮かせ、ピートは直前の攻防の不可解さに目を見開く。そんな三人に応える形で、隣の席のミリガンが口を開いた。

「引の転回《トゥーロ》――クーツ流の高等技だね。相手の攻撃を受けた瞬間、その力を吸収して独楽《こま》のように回転し反撃する応じ技。地上で成立させるには、極端に摩擦を減らした足場が前提となる」

カティたちの目には速すぎたが、彼女にはヴァロワの動きの詳細が見えていた。片足の爪先のみで床に立って待ち受け、オリバーの刺突を受けると同時にその勢いを利用して高速旋転――振り向き様の斬り上げで首を狙った。オリバーがとっさに上体を反らさなければ、今の一撃で勝負は決していただろう。

「決着を焦《あせ》った相手が深く踏み込んできた時なんかに、合わせて用いるのが効果的とされるけど……今の場合はそうじゃない。オリバー君は適切な間合いと力で刺突を繰り出し、にも拘《かかわ》らずMs《ミズ》.ヴァロワの引の転回《トゥーロ》は返す刃でその肌を抉《えぐ》った。控えめに言って、技の精度が尋常じゃない――」

「――大したものだ。あれはもはやクーツ流を齧《かじ》っている、などというレベルではない」

闘技台の中央で再開する攻防。未知の技に圧倒されるオリバー＝ホーンに対して、ユルシュル＝ヴァロワはなおも浮動を駆使した動きで変幻自在に斬りかかる。戦いというよりも、それはある種の舞踏を見るかのようだ。ガーランドの口が率直な称賛を紡《つむ》ぐと、隣のデメトリオもりか」

また頷《うなず》いて同意を示した。

「むしろ逆、クーツ以外の術理を頑《かたく》なに排している。摩擦ゼロの足場をベースにした足運びと体捌《さば》きがその証拠。三年の時点であの水準にある生徒を目にするのは……さて、私も何十年ぶりか」

受け損じた刃がオリバーの腕を浅く抉《えぐ》る。反撃は何の手応えもなく流され、時にはその分の力を載せたカウンターとして返ってくる。浮動をベースにした足運びに理解が追い付かず、攻防では常に後手に回ることを強いられる。

一方的な苦境だが、今は歯を食いしばって耐えるしかない。忍耐を切らした獲物が強引な攻めに打って出る、それこそ相手が待ち続けている瞬間だとオリバーには分かっている。故に、耐える。不格好でも致命打だけは断固として避け、耐えて耐えて耐え続ける。

「――純粋《ピュア》クーツか。君は」

そんな終わりの見えない苦行の中、攻防の合間にオリバーがぽつりと言葉を挟む。彼の血で真っ赤に染まった杖剣《じょうけん》を掲げて、ヴァロワが間延びした声で答える。

「そう～。才能に恵まれなかった君たちと違って～私は剣に選ばれたの～。立ってる場所が～最初から違うんだよね～」

　そう口にしたヴァロワが再び床を滑り出す。浮動と通常の足運び、その双方をフェイントに駆使したステップは今のオリバーには見切れない。沈む墓土《グレイブソイル》で床を軟化させて抵抗するが、それすら加工した端からヴァロワが領域魔法で元に戻してしまう。闘技台それ自体にも自己修復の術式が施されているため、同様のいたちごっこを続ければ、先に消耗が響いてくるのは魔力量で劣るオリバーのほうだ。

「クーツ流は難解なことで知られるけど～それって要するに～ラノフとリゼットで『理論化できなかった』技術の集積だから～。観念的で抽象的な技の教えは～それを感覚的に理解して実現できる素養～つまり～『センスのある』人間を前提にしたものなの～。だから～凡人にはどう足掻《あが》いても無理～」

　挑発的な言い回しが続く。が――極論にせよ、その内容に一理あることはオリバーも認めざるを得ない。事実、彼も過去にクーツ流の技の習得を試みたことがあるが、その努力はセンスの壁に阻《はば》まれてほとんど実を結ばなかったのだ。

　基幹三流派の中でクーツ流の剣士は最も数が少ない。それはクーツ流を習得できる素養の持ち主がそもそも限られるからだが、そうした才ある者たちさえも多くは他流の技術を取り入れながら修練するため、純粋なクーツの使い手は極めて稀《まれ》な存在となる。俗説では千人にひとりとも。その数字の是非はともかく――ひとつの事実として、ユルシュル＝ヴァロワはオリバーが生まれて初めて目にする純粋《ピュア》クーツの剣士である。

「まだ認められない～？　じゃあ～思い知って～」

無造作な踏み込みと共にヴァロワが繰り出す刺突。オリバーは堅実に後退しつつそれに対処する。が――ヴァロワの腕が伸び切って足が止まった直後、その切っ先はなおも変わらぬ勢いで彼に迫る。

「……ッ……！」

不意を突かれて防御が遅れ、受けきれなかった刃がオリバーの首筋を浅く抉《えぐ》る。通常の踏み込みから浮動へと動きを繋《つな》げている――その理屈は分かっても、全体の速度が不気味なほど一定なために感覚を混乱させられていた。

「動きを理解しようと～必死だね～。でも私は～考えなくても分かる～。そういうセンスを持って生まれてきたし～ちっちゃい頃から～摩擦のない床で育てられたから～」

巧妙に攻め立てる傍《かたわ》ら、ヴァロワの口が自らの過去の一端を語る。無論オリバーにも分かる――彼女の動きは生まれ持ったセンスだけで成し得たものではない。生活と一体化した訓練によって感覚レベルから刷り込んできた技術の集大成なのだと。クーツ流では往々にして摩擦を体運の不純物と見なすが、彼女の生育環境はそれを踏まえてデザインされていたのだろう。……おそらくは、人間らしい幼少期の多くを犠牲にする形で。

「君たち凡人の理屈は～言語だとか概念だとか経験だとか～色んなものに縛られる～。凡庸な器に凡庸な理性を詰め込んじゃった時点で～もうクーツ流は門前払い～」

嘲笑《あざわら》うようにヴァロワが語る。同時に、その逆こそが純粋《ピュア》クーツの剣士を「形成」するために彼女の家が実行した方法なのだとオリバーは悟る。凡庸な感覚など最初から学ばせなければいい。ありふれた理性や良識などひとつも身に付けなくていい。それらを厳密に排除した環境で異形のセンスを磨き抜き、ひとりの魔法使いとして結晶させる──彼女はそのように形作られた作品である。

「そういう使い手が～どんどん逃げ込んでいくから～ラノフ流はいつでも大賑《おおにぎ》わい～。そっちが同門で競ってるのを見ると～私～いつも笑いを堪えるの～。君たちの間でどう優劣を付けたところで～所詮どんぐりの背ぇ比べなのに～」

目の前のオリバー個人に留まらず、ヴァロワの侮蔑はいよいよラノフ流全体に及ぶ。精密な理論化によって高いレベルで確保された術理の再現性は、言わずと知れたラノフ流の強みのひとつ。だが──彼女から見れば、そんなものは凡人の逃げ道でしかないのだ。

「……何が気に食わないんだ？」

ヴァロワの肩がぴくりと揺れる。彼女の思想的立ち位置も、自分を低く見る理由も、この時点でオリバーにはおおよそ理解できた。が、それだけでは腑《ふ》に落ちないことがある。

「ご高説は拝聴した。俺にも反論はあるが、それはさておく。──今の発言。君が本当にそう思っているだけなら、最初から俺に対して敵意など抱かない。見下し嘲笑《あざわら》い憐憫《れんびん》して終わりだろう。だが、君は明らかに俺を──俺たちを心底憎んでいる。違うか？」

オリバーは重ねて問いかけた。なぜなら——闘技台で向き合ってから今まで、彼はずっと感じている。ヴァロワの挑発と罵倒の奥にあるもの。凄《すさ》まじい熱量をもって渦巻く負の感情を。かつてジョセフ＝オルブライトと戦った時とは真逆だ。一貫してオリバーを見下していたのは同じでも、彼はその態度の奥に虚無を抱いていた。しかし、ヴァロワは違う。義務でも使命でもなく、彼女は紛れもない己自身の感情でオリバー＝ホーンを嫌っている。あるいは——彼を含む、もっと遥《はる》かに大きな何かを。

「……いちいち気に障《さわ》るなぁ～」

声に苛立《いらだ》ちを滲《にじ》ませたヴァロワが攻撃を再開する。叩《たた》き付《つ》けた杖剣《じょうけん》を吸い付く刃紋《スティックエッジ》でオリバーの杖剣《じょうけん》に吸着——刃を抑えつつ、それを基点にぐるりと床を滑って側面へと回り込む。とっさに横へ薙《な》ぎ払《はら》いたくなるオリバーだが、それではカウンターで利《き》き腕《うで》を断たれると判断。あえて彼の側でも吸い付く刃紋《スティックエッジ》を発動してヴァロワの杖剣《じょうけん》の引きを遅らせつつ、振り向き様に左手で敵の利《き》き手《て》の摑み《グラップ》を試みるが、

「——ッ!?」

その瞬間、ず、と右足が滑った。床の摩擦をヴァロワが領域魔法で打ち消したのだ。危うく転ばされそうになったところを重心制御で持ち直すが、その間にもヴァロワは杖剣《じょうけん》を引いて次の攻撃へと移っている。続く斬撃を辛《かろ》うじて受けたオリバーが歯嚙《はが》みする。

「ほらほら～偉そうに語ったところで何も出来ない～。Mr.《ミスター》ロッシのクーツもどきで～少し

はクーツを知った気になってた～？　彼はセンスはまぁまぁだけど～術理に不純物《まざりもの》が多くて見てられない～。あんなのはクーツの面汚し《つらよごし》～」

ヴァロワの罵倒がオリバーを通り越してその知己へと及んだ瞬間、少年の杖剣《じょうけん》がひときわ強く相手の刃を弾いた。反撃というよりも、それはある種の意思表示として。

「……今のは訂正を求める」

「これで怒るの～？　君の怒りのツボ～ヘンなところにあるね～」

「**氷雪猛りて《フリグス》**！」「**火炎盛りて《ふらんま》**！」

理解に苦しむとばかりに首を傾げる《かし》ヴァロワ。その斜め後方から強烈な冷気が迫り、さらにそれを迎え撃つ形でオリバーの傍ら《かたわ》から炎熱が押し寄せた。ふたつの魔法が正面からぶつかって打ち消し合った後、オリバーとヴァロワの隣にはそれぞれのチームメイトが並び立つ。

「あれ～もう三分経《た》っちゃった～。お喋り《しゃべ》しすぎたかな～？　別にいいけど～」

局面が二対二に移ったところで、どちらからともなく間合いを開けて戦いを仕切り直す。正面の敵を見据えて刀を脇に構えつつ、ナナオが傍ら《かたわ》の少年に語りかける。

「――難敵にござるな」

「ああ……気を付けろ。君も戦ったことがないタイプだ。**繋がり治れ《サナヴルネラ》**」

静かに答えつつ、オリバーは首筋の傷に杖剣《じょうけん》を添えて治癒を施す。……戦いが長丁場になってくれれば出血による消耗も考慮しなければならない。これも不殺の呪い《まじな》が全掛けの時とは勝手が違う点だ。

一方、ヴァロワの側は無傷なので治癒の必要はない。それでも彼女がこのタイミングで仕切り直しを欲《ほっ》したのは、東方《エイジア》の少女が加わったことによる敵戦力の質的変化を軽視していないからだった。ナナオ自身の強さはもちろん、ここから先はオリバーの存在が先ほどまでとは別の形で働いてくる。侮蔑や嫌悪《けんお》とはまた別に、ヴァロワはその脅威を測り損なうことはしない。

「ユルシュル様。方針は」

「Mr《ミスター》．ホーンからツブす～。完璧に合わせて～」

チームメイトの男子生徒ギー＝バルテに問われたヴァロワが即答する。弱り目の相手から倒していくのは戦いの常道。初見の純粋《ピュア》クーツを三分丸々相手取ったオリバー＝ホーンの消耗は決して軽くない。ここまでが薄氷を渡るような剣術戦だっただけに、それが一段落した直後の気の緩みも狙い目だ。

無論、そんな目論見《もくろみ》はオリバーたちも当然に察している。である以上、相手の望み通りに動いてやる理由は何もない。

「始めるぞ、ナナオ！」

「承知。――**斬り断て《ぐらでぃお》！**」

オリバーの声に応え、ナナオが踏み込みと共に先制を仕掛ける。扇状の軌道で敵ふたりを同時に捉えてのける切断呪文の一撃――だが、その効果は左右の敵に対してそれぞれ異なる。逆袈裟《けさ》に斬り上げる形で呪文を放ったため、向かって左側のヴァロワには脛《すね》に、右側のギーには腰の高さに斬撃が襲い掛かった。

「ん～」「**打てよ風槌《インペトウス》！**」

必然、対応も両者で別になる。前方に軽く跳んで避けるヴァロワに対して、隣のギーは足を止めて風の呪文で斬撃を迎え撃つ形。その瞬間をオリバーは見逃さない。

「**雷光疾りて《トニトウルス》！**」

ヴァロワの跳躍と同時に、空中の彼女を狙い打つ形で電撃を放つ。浮動による変幻自在の足運びも空中では活《い》かせず、呪文を撃ったばかりのギーにも今はフォロー出来ない。よってヴァロワの対処は自らの呪文による迎撃の一手となり、それは即《すなわ》ち着地の瞬間の無防備を意味する。そのタイミングを狙ってナナオが斬り込む算段だ。

だが、その予想は即座に裏切られる。一直線に迫るオリバーの電撃に対して、空中のヴァロワは呪文を唱えない。代わりに杖剣《じょうけん》の切っ先でそれを迎え――瞬間、さながら突風を受けた風車《ふうしゃ》の如《ごと》く、彼女の体が空中でぐるりと横に旋回した。

「むぅ⁉」

ただ回っただけではない。電撃までもがヴァロワの回転に干渉され、その軌道を九十度近く曲げた上で再び放たれる。それが踏み込んでいくナナオの眼前に迫り、彼女はとっさに足を止めて諸手《もろて》斬り流しで応じた。その間にヴァロワは難なく着地し、軽やかに床を滑り出す。

「これがクーツの切り流し～。君くらいの出力だと～いなすのも楽だね～」

見せつけられた絶技にオリバーが戦慄する。――切り流し。属性同調からの干渉で魔法を受け流すナナオの「諸手《もろて》斬り流し」と似た技だが、クーツ流のそれは反発属性を用いて魔法に自分自身を「押させる」もの。風に舞う木の葉のように被弾を避けながら、巧者はさらに曲げた魔法を敵へ誘導してぶつけるという。オリバーも知識として知ってはいたが、ここまで見事な実演を目にしたのはいつ以来か。

「シィッ！」

電撃を受け流したナナオが前進を再開する。着地直後に斬り込む目算は外れたが、それで二の足を踏むような彼女では当然ない。朧《おぼろ》な構えでゆらりと待ち受けるヴァロワに対して、ナナオは上段の構えから迷わず唐竹割りの一刀を斬り下ろす。

「あはは～！」

重い一撃を杖剣《じょうけん》で受けたヴァロワの体がぐらりと傾く。が、半ば横倒しになったその体勢すらもクーツの理においては死に体ではない。相手の刀を巻き込んで旋転したヴァロワが一回転を経てナナオに斬りかかる。とっさに腕を引くナナオだが、躱《かわ》しきれなかった刃の切っ先が皮一枚を掠《かす》め去った。反応が遅れたのではない。彼女の斬撃が力強かった分だけ、その勢いを吸収したヴァロワの引の転回《トゥーロ》も速度を増したのだ。

「むぅ……！」

「さすがの剛剣〜。しかもきっちり回転軸を狙ってたね〜。けど〜一瞬前と今じゃ〜もう力の流れがまるで違うんだよ〜」

後ろに滑って間合いを開きながらヴァロワが語る。体軸に沿って斬り下ろしたナナオの一撃は、ヴァロワがオリバーとの立ち合いで見せた引の転回《トゥーロ》の性質を念頭に置いてのもの。が——だからこそ、その角度を見抜かせない立ち回りこそがクーツ流剣士の鉄則となる。

「君の諸手《もろて》斬り流しはすごいけど〜それも所詮は〜普通人の剣法の延長だし〜。『力を化かす』ことに関しては〜私のほうがよっぽど長《た》けてると思うな〜。比べっこする〜？」

「是非にも！」

ナナオが嬉々《きき》として斬り込んでいく。挑発を受けたという認識すらないまま、ただ未知なる剣との遭遇に心を躍らせて。

「……強ェ。同学年にまだあんなのがいたのかよ」

観客席の一角でひとりの少年が唸《うな》る。前の乱戦で分身と変化を駆使してホーン隊を苦しめたミストラル隊のリーダー、ロゼ＝ミストラルだ。チームメイトふたりと共に決勝を観戦する彼のすぐ前列には、これまた同じ試合でホーン隊と縁の出来た三人の女生徒が並んでいた。

「まさか純粋《ピュア》クーツの使い手とは。……剣筋に理解が追い付きません。Mr《ミスター》．ホーンは初見でよく凌《しの》いでございます」

「こらぁ、しゃきっとしろホーン！」「ミンの名誉が懸かってんだぞぉ！」

前髪で顔を隠した魔法剣の手練《てだ》れ、ジャスミン＝エイムズをリーダーとするエイムズ隊である。エイムズ自身は冷静なものだが、前の試合の終盤で彼女がオリバーとの一対一に敗れたこともあって、チームメイトふたりは彼への叱咤《しった》激励に余念がない。

一方、先だっての骨奪還作戦で敵陣営に回ったことを意識してか。同じ試合で同盟を組んだもうひとつのチームであるリーベルト隊は、二チームから離れた位置の客席に陣取っていた。リーダーを務める古式ゴーレム術の使い手ユルゲン＝リーベルトが、闘技台の上で繰り広げられるオリバーとヴァロワの戦いを眺めながらチームメイトのふたりに問いかける。

「あれは厄介だ。……我々ならどうしていた？」

「あたしが最初に出て火力で突き放す。けど、この条件だと少し厳しい」

「前に比べてフィールドそのものが狭ぇからな……。試合中まったく寄せ付けないってわけにはいかねぇぞ」

魔法狙撃の名手カミラ＝アスムスと、その相棒トマス＝チャットウィンが続けざまに応えた。戦いを見つめるカミラの鷹《たか》の目が、オリバーの苦闘の様子を鮮明に捉える。

　ヴァロワ隊のふたり目は男子生徒のギー＝バルテ。体格は平均的でよく練ったリゼット流を使い、クーツ流のそれとは打って変わった躍動感のある剣風の持ち主。彼としばし剣の間合いで戦っていたオリバーだったが、その攻防に予期せぬタイミングで横槍《よこやり》が入った。南西にやや離れた場所でナナオと戦っていたはずのユルシュル＝ヴァロワが、相手の斬撃の勢いを利用した浮動で一気に彼のほうへ滑ってきたのだ。

「……ぐ……⁉」

　オリバーの顔面を狙って鋭く放たれる刺突。身体《からだ》をねじって躱《かわ》すものの、そこから繋《つな》ぎで繰り出された薙《な》ぎ払《はら》いのほうを避け切れない。切っ先の掠《かす》めた額がぱっくりと割れ、ヴァロワはそこに嬉々《きき》として追撃を仕掛ける。

「苦しそうだね～。必死で私に食い下がった後に～別の攻めが挟まると辛《つら》いでしょ～。せめて一方に集中したいよね～」

「**斬り断て《ぐらでいお》！**」

　仲間の苦境を見て取ったナナオが援護に入った。背後から迫る斬撃にオリバーが呼応し、それを屈《かが》んで前に通す。そのまま彼に斬りかかっていたヴァロワへ呪文が襲い掛かるが、チームメイトがすかさずそれを迎撃する。

「ん～……」

　奇襲をあっさりと凌《しの》いだヴァロワが眉根を寄せる。露骨な嫌悪《けんお》がそこに浮かぶ。

「……その援護~苛《いら》つくなぁ~。同じことやってるようでも~、やっぱり~君たちと私は~ぜんぜん違う~。仲良しごっこの延長でやる連携とか~気持ち悪くて反吐《へど》が出る~」

そう呟《つぶや》きながら、ヴァロワがしつこくオリバーへまとわりつく。自分たちのほうが強い、自分たちの在り方が正しい——剣による執拗《しつよう》な攻めに交えて、その主張を相手へと押し付け続ける。この戦いにおいては、勝利よりもむしろそれが重要だとでも言わんばかりに。

「だから~違いを教えてあげる~。手足をしっかり教育してる分~連携の精度は~こっちが上~。君たちが大好きな信頼とか~友愛とか~絆《きずな》とか~そんなの丸ごと無意味なんだよ~」

そう告げながらヴァロワが旋転して斬りかかる。辛《から》うじて刃を受けるオリバーだが、その眼前で電光が弾《はじ》けた。ごく小さな衝撃でありながら、それは額の傷口を正確に叩《たた》く。

「……！」

「痛い~？　こんな嫌がらせでも~けっこう集中は削《そ》げるよね~」

嬉々《きき》としてヴァロワが囁《ささや》く。目晦《くら》ましを目的とした「眩む鬼光《フラッシユウイスプ》」ではなく、彼女はそれで額の傷口を刺激したのだ。単体では嫌がらせに過ぎないが、今のオリバーにとって痛みに削られる集中力は馬鹿にならない。これもまた狡猾《こうかつ》な崩しの一環である。

「ハァッ！」

そこにナナオの刃が大きく割り込む。薙《な》ぎ払《はら》いを受けたヴァロワの体が勢いに突き放され、チームメイトも伴って後退し、そこでようやく互いに間合いを取り直す。

「も～、またそれ～。仲間がちょっと苦しそうだと～君たちはすぐに生温《なまぬる》く助け合う～。今の場面～私なら～そいつを囮《おとり》にして背後に回ったよ～。むしろ～なんでそうしないの～？　そんなボロボロの駒～後はもう～エサにでも使えれば上等でしょ～？」

声に明らかな苛立《いらだ》ちを滲《にじ》ませてヴァロワが言う。その正面で息を整えるオリバーと並んで立ち、ナナオが隣の彼に声をかける。

「オリバー。額が」

「問題ない」

みなまで言わせずオリバーが対処する。杖剣《じょうけん》に火をまとわせて熱し、それで額の傷口をじゅっと焼いて止血。治癒に当てる時間はないが、これでひとまず滴《したた》る血に目を潰されることはない。隣で頷《うなず》いたナナオと共に、彼は再び眼前の敵を睨《にら》んで杖剣《じょうけん》を構える。

その光景を目にした観客席のカティが悲鳴を上げていた。集中していれば自分の痛みには頓着しない彼女だが、難儀なことに、友のそれとなると何倍も耐えがたい。

「……見てられない……！　もう体じゅうボロボロだよ、オリバー……！」

「嘘《うそ》だろ。あいつが手も足も出ねぇってのか……!?」

目を背けそうになるカティの隣でガイが呆然《ぼうぜん》と呟《つぶや》く。が——そんな彼らの隣で、ミリガンが平然と首を横へ振った。

「落ち着きなさい、ふたりとも。……心配は要らないよ」

「ボクもそう思う」

そこに同意を込めてピートが頷《うなず》く。カティとガイが驚いて友人を振り向いた。

「……Ｍｓ《ミズ》．ヴァロワは確かに強い。けど愚かだ。

だって――あいつはわざわざ、オリバーのいちばん強いところに喧嘩《けんか》を売ってる」


「――もうじき六分経《た》っちゃうね～。君たちにお説教するのも～そろそろ飽きたかな～」

続く戦いの中、執拗《しつよう》にオリバーを攻め立てながらヴァロワが囁《ささや》く。もともと三人目の参戦までに彼を仕留めるプランなので、これ以上粘られると後々の展開が面倒になる。ここまでの攻防で集中力もじゅうぶんに削ったと判断し、目の前で軽くよろめいたオリバーに対して、彼女は決め手に打って出た。

「だからも～。これで～終わり～！」

浮動で相手の横に回り、旋転のフェイントを経た斜め下からの斬撃で決着を狙う。が――その瞬間に重い衝撃が彼女の腹部を突き抜けた。意表を突かれたヴァロワの視界に戻っていく相手の片足が映る。よろめく動きで彼女の動きを誘導し、その上でオリバーがローブの死角から放った「隠れる尻尾《ヒドゥンテイル》」である。

「……かッ——」

「ユルシュル様っ！」

体をくの字に曲げたヴァロワがたまらず浮動で後退する。あえてそれを追い撃つことはせず、オリバーがその場で悠然と構えたまま言い放つ。

「忍耐が足りないな、Ms《ミズ》.ヴァロワ。……俺なら六時間でも続けたぞ」

「おおっと、仕掛けたMs《ミズ》.ヴァロワのほうが一発食らった！　彼女のクーツ流に防戦一方だったMr《ミスター》.ホーン、ここに来てついに反撃の糸口を掴《つか》んだか⁉」

「……いや、今のは……」

興奮するグレンダの隣でガーランドが言葉を濁した。彼に代わってデメトリオが説明する。

「Mr《ミスター》.ホーンは彼女のクーツ流を見切ってはいない。今のはMs《ミズ》.ヴァロワの凡ミス、相手の心身をじゅうぶんに削らないまま博打《ばくち》じみた決め手に出た結果だ。あれでは読まれて当然」

厳しい指摘が結果に向けて下された。その内容に遠く離れた天井で頷《うなず》きつつ、セオドールが興味深げに腕を組む。

「これは面白いなぁ。才能は遥《はる》かにMs《ミズ》.ヴァロワが上だけど、だからこそその弱みをMr《ミスター》.ホーンが浮き彫りにしている。実に好対照だよ、あのふたりは」

「――君の剣筋は読めない。だが、裏腹に心理はひどく読みやすい」

オリバーが静かに語る。六分経過で互いのチームに最後のひとりが参戦した上にリーダーふたりの状態も加わって、自然と戦闘が一時的に停止していた。その間にもヴァロワに付けられた全身の傷を治癒しながら、少年はなおも厳しい口調で続ける。

「ここまでの攻防で削られていたのは俺じゃない。君のほうだ。最初の三分で仕留めるつもりでいたのに仕留めきれず、続く三分でも肌を刻むに留まり、君は焦《あせ》っていた。俺の精神を掻《か》き乱《みだ》すための皮肉の数々も、そうなると全て自分自身に跳ね返る。だから帳尻を合わせるために急いで仕留めようとして――その結果が、今の凡庸な勇み足だ」

ヴァロワの肩がびくりと震える。呼吸を整えきったオリバーがゆっくりと中段に構え直す。それは単なる構えである以上に、彼なりのルーティン――心の乱れを整えるための所作でもある。その姿が相手に思い知らせた。見た目の印象ほどに、彼の精神は削られていない。

「クーツ流の奥深さは底知れない。だからこそ、使い手にはそれに見合うだけの深慮遠謀が必要になる。……技に心が追い付いていないぞ、Ms《ミズ》・ヴァロワ！」

オリバーの叱責が大きく響いた直後、ごきん、と鈍い音が鳴る。同時にヴァロワが足元に何かを吐き出した。光沢のある白と鮮血の赤が生々しく入り混じる、それは彼女が自ら噛《か》み折った奥歯だ。三人目のレリア＝バルテを加えた傍《かたわ》らのチームメイトふたりが目を剝《む》いた。

「ユ、ユルシュル様……！」

「……落ち着いたぁ～。やめてよも～。犬にべらべら説教されると～ますます頭が煮えるじゃない～？」

ぼたぼたと口から血を零《こぼ》しながらヴァロワが言う。──本来なら、自分に苛立《いらだ》ちをもたらす相手を即座に叩《たた》き潰して心の平穏を得るのがいつもの彼女のやり方だ。が、それが容易でない時のルーティンならばヴァロワにもある。強い痛みと血の味。ただし、それで怒りを鎮《しず》めるのではない。その儀式によって、彼女は散らばった感情を殺意に一本化する。

「でも～その通り～。たとえ犬の口から出た反吐《へど》でも～正論は正論～。ここまで君が粘るのは予想外で～それは私の見込みが甘かったってことだから～。それを踏まえて～プランを修正～」

一撃を受けたヴァロワがなおも悠然と宣言する。そんな彼女に、両脇に立つチームメイトふたりが耳打ちする。

「……どう攻めますか、ユルシュル様」「堅い相手です。フォーメーションはやはり」

「いらない～」

「え？」

思いがけない返答にふたりが目を丸くする。そんな彼らには視線ひとつ向けないまま、ヴァロワが淡々と言葉を続ける。

「君たちの自我はいらない～。もう邪魔～。私ひとりでやるから～今すぐぜんぶ寄越して～」

チームメイトふたりの表情が一気に強張《こわば》った。続けて懇願の口調でふたりが言う。

「……ユルシュル様、それだけは……」「……勝ちます。必ず勝ちますから……！」

「意見は求めてないよ～？　じゃあおやすみ～。**主我に繋がれ**《ドミニネクスム》～」

ヴァロワが無慈悲に呪文を口にした瞬間、彼女の両脇でチームメイトふたりの頭ががくんと下がった。ユーリィが加わったことで三人揃《そろ》ったホーン隊が、遠くから訝《いぶか》しげにその光景を見つめる。

「うん――？」「何やら、あちらの様子が」

ヴァロワ隊のふたりが同時に顔を上げ、どこか虚《うつ》ろな目をオリバーたちに向ける。そんな彼らを左右に侍《はべ》らせながら、口元の血を拭ったヴァロワが一歩進み出る。

「――お待たせ～。それじゃそろそろ～本番始めよっか～」

彼女がそう宣言した瞬間、両脇のふたりが同時に浮動で床を滑った。

「⁉」

オリバーがぎょっとしながらも仲間と合わせて呪文で迎え撃つ。が、それらは悉《ことごと》く躱《かわ》された。あらゆる角度に予備動作なく始まる動き。先程までのヴァロワとまったく同じ、浮動を駆使した複雑極まる足運びで。

「む——⁉」

「あれれっ⁉　君、さっきまでリゼット流じゃなかったっけ⁉」

ユーリィが目を丸くしてヴァロワ隊のギー＝バルテと刃を合わせる。続けて迫るふたりの敵を見据えながら、オリバーもまったく同じ思いでいた。一分前に自分と戦っていた時、ギーは間違いなくリゼット流を使っていたはずだ。それが今は新たに参入した三人目と共にヴァロワさながらのクーツ流を駆使して動いている。同じ異変を前にしたナナオが眉根を寄せて呟《つぶや》く。

「剣風ががらりと変わってござる。まるで別人」

「……いや。変わった、というよりも……」

表現に違和感を覚えたオリバーが険しい表情で呟《つぶや》く。が、彼の思索が答えに至る前に、先立ってヴァロワ隊のギーと数合斬り合ったユーリィがその先を口にした。

「……そっか、変わったんじゃない。同じになったんだ」

先行したふたりに続いてヴァロワが軌道を二転三転し、その到達点でまたしてもオリバーへと襲い掛かる。チームメイトの様子とは裏腹に、彼女自身の剣筋には少しの変化も乱れもない。受ける一手の甘さが容易《たやす》く致命傷に繋《つな》がるその攻撃を必死に凌《しの》ぎながら、目の前の彼女へ向かってオリバーが問う。

「——チームメイトに何をした⁉　Ms《ミズ》．ヴァロワ！」

「チームメイト～？　何それ～。そんなのいないよ～」

ヴァロワが平然と答える。目の前の現実以前、互いの認識に根本的なズレを感じ取ったオリバーがぞっと寒気を覚える。その直観を続くヴァロワの言葉が悍《おぞ》ましく証明する。

「ヴァロワ隊は～最初から私ひとり～。他には～使い魔が二体いるだけ～」


「……精神支配か」

観客席の一角で、一変した試合の流れを見つめながらゴッドフレイが呟《つぶや》く。隣のレセディがそこに言葉を添える。

「だが、単に操り人形にしているのとも違う。それなら三つの体を同時に操る負荷によって個々の動きの質が落ちるはずだ。あの三人は全員が先ほどまでのヴァロワの水準で動いている」

彼女の目にすら奇怪な光景だった。他者の意思を奪って傀儡《かいらい》とする――それ自体は魔法使いのやり口として何ら珍しいことではない。実際、過去の戦いで彼らも何度となく目にした光景ですらある。が、だからこそヴァロワの術式の特異性も見て取れるのだ。ほどなくティムがその仕組みを推測した。

「さんざん心身をいじくり回した上で経路《パス》を通して、たぶん霊体同士を直結させてんだろうな。

脳の機能まで含めて他人を掌握してやがるんだ。……クソ、嫌な記憶を掘り返しやがって」

今は亡《な》きオフィーリアのことを思い出して彼が毒づく。その心境は余さず共有しながらも、それとはまた別の理由から、試合を見つめるゴッドフレイの表情が険しくなる。

「ホーン隊にとっては事実上、純粋《ピュア》クーツの使い手が三人に増えたのと同じこと……いや、それよりもさらに厄介だ。今のヴァロワ隊は完璧に統御された三位一体《さんみいったい》の生き物。その連携にはもはや一分の隙もない――」


「わわわ！　すごいね！　ほんとにまるっきり動きが理解できない！」

難解極まるクーツの剣筋を前にしてユーリィが言う。それでいて「何となく」渡り合えてしまうのが彼の恐ろしいところだが、その異才をもってしても反撃に回るほどの余裕はない。それも当然だとオリバーは思う。敵の三者全員がクーツ流の手練《てだ》れなどという状況は、たとえ魔法史を振り返ってもそうあるものではない。

「どうしたの～！　こっちが本気になったら～手も足も出ない～!?」

完璧な連携でホーン隊を攻め立てながら、ヴァロワがなおも執拗《しつよう》な挑発を続ける。その口を閉じさせたいのはオリバーも山々だが、実行は決して容易ではない。闘技台の上を縦横無尽に舞いながらヴァロワが叫ぶ。

「これが本当の～連携ってものだよ～！　君たちのお飯事《ままごと》とは～根本から違う～！　無駄な自我《ノイズ》なんてぜんぶ捨てさせて～思考から反射まで～一分も残さず掌握して～！　そういう完全な手足が～私の意図を完璧に反映して戦う～！　これがいちばん強い～！　これがいちばん正しい～！　これ以外はぜんぶ間違い～～～！」

熱に上ずる声と共に彼女らの攻撃が叩《たた》き付《つ》ける。三者の回転が互いに干渉し合って動きを変えるため、彼女ひとりが浮動で動き回っていた時とは動きの複雑さが格段に違う。それと向き合うオリバーたちも当然、法則性をろくに見て取れない段階で迂闊《うかつ》に動くわけにはいかない。

「だから～～～！　君たちが～大事にしてるものなんて～～最初からぜんぶ無駄～～～！　要らない感傷《ゴミ》を大量に抱え込んで～意味もなく体を重くしてるだけ～！　そんな当たり前のことに気付かないでいたなんて～！　君たちは本当に～救いようのない馬鹿だよねぇ～！」

だが——それはまだいい。そう思いつつオリバーは奥歯を嚙《か》みしめる。……戦いの場で困難な状況に出くわすのは当たり前のこと。到底受け入れがたい相手の主張の内容、そこに伴う自分たちへの侮辱も今はまだ聞き流そう。しかし——それよりも。そんなことよりも遥《はる》かに自分が耐えかねるのは、

「……そのふたりは、君の従者だろう。きっと長年の……幼い時分からの」

「ん～？　それがどうしたの～？」

問われたヴァロワが、相手が何を言いたいのか分からないという顔でこてんと首を傾《かし》げる。

オリバーの胸の中で怒りと哀《かな》しみがない交ぜになって渦を巻く。その感情を余さず瞳に込めて、彼は相手をじっと見据え――呟《つぶや》く。

「……分かってもいないのか。自分が今、何を踏《ふ》み躙《にじ》っているか」

ずきりと頭が疼《うず》く。

手の中で失われていく小さな体温。かつて欠け落ちた心の欠片《かけら》が、その空白を訴える。

「……黙れ～……」

再び床を滑って斬りかかるヴァロワ。続く攻撃を凌《しの》ぎながら、オリバーは目を逸《そ》らさずその瞳を見つめ続ける。そこへ観客席からの声援が響く。

「――オリバー、がんばれーっ！」「操り人形なんかに負けんなーっ！」

カティとガイが腹の底から張り上げる声。彼らの気持ちはオリバーにも届いている。だが、今はそれ以上に、無視しがたい騒音となってヴァロワの耳に響く。

「……黙れ～……。……黙れ～……」

彼女の中で苛立《いらだ》ちが膨れ上がる。そこへ追い打ちをかけるように、さらに別の声が加わる。

「ぬるい戦い方してんじゃねェぞヒビヤァ！　俺たちと戦った時の気迫はどうしたァ！」

「Mr《ミスター》．ホーン！　あなたのラノフ流は断じてその程度ではございません！」

前の試合でホーン隊と戦ったミストラルとエイムズの声。それを耳にした瞬間、ついにヴァロワの中で何かがぶちんと切れる。もう聞き流せない。出し抜けに斬り合いを中断した彼女が大きく真上を見上げ、

「――うるさい～～～～～～～～～！！！」

闘技場の全体に響く大声で、その怒りをぶちまける。突然の反応にぎょっとする観客たち。彼ら全員を、ヴァロワは仮借なしの憎悪《ぞうお》を込めた視線でぐるりと一瞥《いちべつ》する。

「気持ちが～悪いんだ～！　こいつらも～観客《おまえら》も～この場の何もかも～！　いまホーン隊を応援してる奴《やつ》ら～！　こいつらに負けたくせにヘラヘラしてる奴《やつ》ら～！　ひとり残らず～キンバリーの面汚《つらよご》しだ～～～！」

これまでとは一変した剝《む》き出《だ》しの感情の表明。ユルシュル＝ヴァロワの心の叫びに、オリバーは仲間ふたりと共に足を止めて聞き入る。

「お前たちは～不純だ～！　魔法使いのくせに～仲良しごっこをするな～！　人間みたいに笑ったり泣いたりするな～！　友愛とか～尊敬とか～思い遣《おもや》りとか～！　ぜんぶゴミ以下の雑念だ～！　そんなものをここに持ち込むな～～～！」

叫び尽くしたヴァロワがはぁはぁと息を切らして俯《うつむ》く。耐え難《がた》い疲労がどっとその全身を襲う。

「……支配と～従属～……！　それさえあれば～……他は何も要らない～！　何も～……！」

絞り出すようになおも呟《つぶや》く。その痛ましい姿を見つめて、オリバーがぽつりと口を開く。

「それが君の哲学か。……あるいは、悲鳴か？」

「――ッ！　お前はもう～口を利《き》くな～！」

一瞬で顔を上げたヴァロワが浮動を再開して間合いに踏み込む。オリバーが力を込めた受け太刀で応じ、その勢いを旋転で喰《く》らった彼女が、そこから目を疑うような躍動を経て空中より襲い掛かる。相手は見えてもいない。これで完全に首を断ったと確信する。

その見込みを裏付けるべき会心の手応えは――しかし、約束された瞬間に訪れず。

「――え？」

空振りのまま着地したヴァロワの利《き》き腕《うで》から鮮血がしぶく。彼女がぽかんとその傷を見下ろす。それが相手の剣による結果だと、恐ろしい認識が一拍遅れてやってくる。

「――合わせた」

実況席のガーランドがきっぱりと言った。目を丸くして振り向いたグレンダに、彼は言葉を足して同じ内容を繰り返す。

「相手のミスを突いた先程とは違う。剣筋を把握し、狙いを先読みした上での『遭遇の瞬《エンカウンター》』だ」

「そ――それはつまり、見切ったということですか？　Ｍｓ《ミズ》．ヴァロワの純粋《ピュア》クーツを、この十分足らずで――」

信じがたいとばかりに問い返すグレンダ。天井でふたりの会話を聞いていたセオドールが、その場所で静かに首を横に振る。

「……それが出来るなら彼もまた天才さ。でも、Ｍｒ《ミスター》．ホーンはそうじゃない」

確信のもとに男は言う。彼とてこれまで数えきれない生徒を見てきた教師の身、その強さの成り立ちを見誤ることはしない。だから彼には見えている。どうしようもなく見えてしまう。オリバーという少年の背後に、彼がその領域に至るまでに必要とした夥《おびただ》しいほどの積み重ねが。

「きっと年単位の時間を費やしたんだろう？　ただしここではなく、試合の外で――」

「――クーツ流は一人一派。広く知られるそんな言葉がある」

斬られた腕への処置も忘れて呆然《ぼうぜん》と立ち尽くすヴァロワ。そんな彼女に向かってオリバーが静かに語りかける。精神支配されたふたりと斬り合っていたナナオ、ユーリィも一度間合いを取り直し、彼が語るに任せた。

「術理の難解さがもたらす同門での剣風の差異を揶揄《やゆ》したものだが――俺の見解としては、これは誇張、もっと言えばクーツ流側の印象操作のきらいがあると思っている。いくら技術が奥深いと言っても、同じ人間の体をベースにした剣の術理には違いない。である以上、骨子となる理の『正解』はそういくつもあるものじゃない」

　声が突き刺さる。どれほど耳障《みみざわ》りでも、ヴァロワにそれは止められない。何を口にしようともどんな言葉で反論しようとも、今も右手から流れ続ける血潮が彼の言葉を裏付ける。

「これまでの太刀打ちから見て取る限り、君の技法は前世紀に活躍したクーツの達人、〈氷面の踊り子《アイスダンサー》〉ことルアーナ＝ペデルツィーニの流れを強く汲《く》んでいる。浮動も彼女が晩年に編み出した技だったな。非公式な分類だが、その系譜をここでは便宜的にルアーナ派としておこう。観察に徹しながらその知識と照らし合わせることで、やっと俺の中で君の動きに筋が通った。

　基幹三流派の中でも、クーツ流の剣士は特に系譜を辿《たど》ることが難しい。術理の難解さと一人一派のイメージを隠《かく》れ蓑《みの》に、他でもない君たち自身が秘匿しているからだ。使い手の絶対数が少ないこともその傾向に拍車を掛ける。よって——剣を合わせる以前に、君たちとはまず情報戦だ」

　一度言葉を切り、オリバーが中段に構え直す。積み上げた年月への自負のもとに、その佇《たたず》まいには微塵《みじん》の揺らぎもない。

「信頼できる情報源から得た知識のみを組み合わせて、俺の中には独自のクーツ流剣士の関係図が出来上がっている。君という使い手をその中のどこに位置付けるか。……相手が純粋《ピュア》クーツの使い手だと分かった瞬間からついさっきまで、何よりもそれがこちらの課題だった」

くい、とオリバーが左手の指を曲げて敵を呼び込む。弾《はじ》かれるように床を滑ったヴァロワの杖剣《じょうけん》が何重ものフェイントを経て彼に迫る。が――一分の惑いもなく、受け太刀がそれを遮る。打ち合う刃が火花を散らし、振れども届かぬヴァロワの杖剣《じょうけん》が金切り声を上げる。

「全てを見切ったわけでは当然ない。自分で再現できるわけでもない。だが――それでも、今は要旨《コンセプト》が理解《わか》る。君のやりたいことが、その逆に嫌うことが」

「～～～！」

ヴァロワが唇を噛《か》んで苦悶《くもん》する。相手が、遠い。いくら斬り込んでも刃が届くイメージが浮かばない。固く地に根差した大木、堅固な要塞と向き合うような圧迫感で窒息しそうになる。受けに押し返されたヴァロワが後退し、その結果を見て取ったオリバーが言葉を締《し》め括《くく》る。

「――である以上は、読みも駆け引きも成立する。……待たせたな、ナナオ、ユーリィ。耐える時間は終わりだ」

彼の言葉を受けたナナオとユーリィが満を持して動き出す。同時に精神支配されたヴァロワ隊のふたりも行動を再開した。オリジナルのヴァロワと露ほども違わない動きでもって、彼らはそれぞれの相手に挑みかかり、

「**火炎盛りて**《ふらんま》**！**」「**吹けよ疾風**《インペトウス》**！**」

その両者へ向けて、ナナオとユーリィが横並びに呪文を放つ。「切り流し」で受け流そうと

したヴァロワ隊のふたりが同時に足を止め、呪文を唱えて対抗属性での相殺《そうさい》に切り替えた。ふたつの呪文が近すぎる。属性が互いに干渉し合って乱れるため、反発属性のデリケートな運用が求められる「切り流し」が使えない。

「『仕切りて阻め《クリベウス》！』」

すかさずナナオとユーリィが敵の両サイドに壁を生やす。横への動線を封じることで足運びを制限する狙いだ。一旦後ろへ下がって左右から回り込もうとするヴァロワ隊のふたりだが、その動きを見越したナナオとユーリィがすかさず前進、それぞれの呪文攻撃で敵を闘技台の端へと追い込み始めた。クーツ流の歩法は開けた足場がなければその多くが活《い》かせない。必然、フィールドの四隅への移動は彼女らがもっとも嫌う展開となる。

「っ、うぅ～～～！」

「対応が安易だぞ、Ｍｓ《ミズ》．ヴァロワ！」

見かねてそちらへ介入しようとするヴァロワを、今度はオリバーが自ら斬り込んで押さえる。受け流して振り切ろうとするヴァロワだが、その狙いを読んだオリバーが力の流れに干渉。ヴァロワの体を時計回りに振って自分との立ち位置を逆転する。浮動を駆使した多彩な足運びは彼女の強みだが、それは裏を返せば「動かしやすい」ということでもある。さっきまで背後にいたチームメイトふたりは今やオリバーの向こう側へと遠ざかり、ヴァロワの立ち位置からの援護はさらに難しくなった。

「三つの脳を直結しようと、精神支配したチームメイトは君と同じ思考しかしない！　完璧な連携と引き換えに多様性を著しく欠いている！　それが魔法使いから『個』を奪った代償だ！」

「〜〜〜〜ッ！」

「こちらは逆だ！　便宜上俺がリーダーを務めてはいても、俺たちのチームに固定した指揮系統はない！　誰かが動けば他は各自の判断でそれに乗っかるだけ！　君も知っているはずだ！常に未知との遭遇が想定される魔法使いの戦場において、重視すべきは予定《プラン》よりも即興《アドリブ》だと！」

一転した攻勢の中でオリバーが言葉をぶつける。その全てに心を掻《か》き乱《みだ》されながら、なおもヴァロワは精神支配したチームメイトふたりを操る。同時にフィールドの隅へ追い込まれる手前で大きく後退する両者。自分から場外負け《リングアウト》？　――そう観客たちが思いかけた瞬間、彼らは闘技台の側面を踏み立つ壁面で走り《ウォールウォーク》始めた。

「む――」「アリなんだそれ！」

ナナオとユーリィの驚きが重なる。彼らの立つ床は地面より五フィートほど高い位置にあり、闘技台そのものもまた平面ではなく立体。即《すなわ》ち、外周には高低差分の壁面がある。フィールド外の地面に触れることが場外負けの条件なので、ヴァロワ隊の立ち回りもルール上はギリギリ違反ではない。

意表を突かれたナナオとユーリィの追撃が空を切り、辛くも窮地を脱したヴァロワ隊のふたりが闘技台の中央へと向かう。それを見て取ったオリバーが攻撃を打ち切り、同時に彼の隣を滑り抜けたヴァロワがチームメイトとの合流を果たした。

「はぁ～っ、はぁ～っ、はぁ～っ……！」

ふたりと円陣を組んだヴァロワの口から荒い息が零《こぼ》れる。ルールの隙間を突いたなりふり構わぬ形での突破であり、実行した彼女自身にもスマートな手法などとは口が裂けても言えない。だが、そうでもしなければあの状態から五分の戦況には戻せなかった。

同学年のチームにここまで追い込まれる。その事実に臓物《はらわた》が煮え立つような怒りと焦《あせ》りを覚えて、ヴァロワはいっそ狂いそうになる。なのに、それを冷却してくれるチームメイトはいない。他でもない彼女自身が彼らを傀儡《かいらい》に貶《おとし》めてしまった。物言わぬ人形の間で孤独に立ち尽くすその姿を、ナナオが哀れみをもって見つめる。

「……見るに堪え申さぬ」

やがて、ぽつりと口にする。……入学から今に至るまで、彼女もまた多くの魔法使いの生き様を目にしてきた。その姿には敬服することもあれば戦慄することもあった。が――目の前のそれは、ただひたすらに痛ましい。

「支配と従属。かくあるべき人との関わりを指して、貴殿はそう語ってござったな。……それ自体に異論はあり申さん。拙者の故郷にあっても、古来より士《さむらい》は身命を賭《と》して君主に仕えるものにござった故。

されど、一方でこのような文言も在り申した。――士は唯《ただ》、己を知る者の為《ため》に死す。如何《いか》に高徳の君子であろうとも、その舌鋒《ぜっぽう》がどのような大志と大義を語ろうとも――主君の目に己が映らぬままでは、我らは心底から仕え切れぬ」

ヴァロワの肩がかすかに震える。その目を残酷なほどまっすぐに見据えて。いかなる逃げも繕いも許さぬまま、ナナオの追及はなおも続く。

「心を奪い傀儡《くぐつ》に貶《おとし》めたこのお二方を、貴殿はどれほど知っておられるのか。彼らが何を想《おも》い、何を憂い、何を望んでいたか。その問いに、貴殿は答えられ申すか」

ヴァロワは無言のまま。だが、口を閉ざしたところで問いからは逃げられない。返答を待つ相手の圧に耐えかねたように呼吸が乱れ、視線が揺れる。

「――瞳に怯《おび》えが潜んでござる」

静かな指摘にヴァロワの息が止まる。看破した相手の本質を、ナナオがそのまま口にする。

「支配も従属も真の望みに非《あら》ず。貴殿はただ、ずっと逃げ続けてきたのではござらぬか。彼らを人と見做《みな》すことから。己と等しき存在として向き合うことから――」

ヴァロワの視界が白く明滅する。心の底に押し込めていた記憶が一挙に溢《あふ》れ出《だ》す。

「――よく来たねぇユルシュル。お婆《ばあ》ちゃん本当に嬉《うれ》しいよ」

五歳を迎えたその翌日、両親の決断によって、ユルシュルは離れて暮らす祖母のもとに預けられた。「ひとりは必ずうちに寄越す」という前々からの約束があってのものだが、ヴァロワ家の五女がそれに選ばれた理由はひどく残酷だった。即《すなわ》ち――この子がいちばん要領が悪い。祖母のやり方に耐えられる見込みは少ないが、その代わりに潰されてもさほど惜しくない。彼女の父母はそう考えた。その上で、もしモノになれば、それはそれで儲《もう》けものだと。

「これからおまえをりっぱな魔法使いにしなきゃならないんだけど、私の育て方はちょっと古くてねぇ……。それにすこぉし厳しいから、せっかく鍛えても途中で音を上げちゃう子が多いんだよ。おまえは大丈夫かい？　ユルシュル」

他に返答などあるわけもなく、ユルシュルはその問いにこくりと頷《うなず》いた。生まれ育った家にもはや自分の居場所がないことは五歳の子供でも感じていた。自分の出来の悪さが父と母を何度もがっかりさせて、だから祖母のもとにやられたのだと経緯の本質を理解していた。

もちろん悲しかった。家を出るまでの夜には数え切れないほど泣いた。ただ、明るい材料もひとつだけあった。家に訪れた祖母はユルシュルをいつも可愛《かわい》がってくれて、彼女もそんな祖母に懐《なつ》いていた。だからこそ、今度こそは期待を裏切るまいと心に決めていた。この人に見放されれば、自分は今度こそどこにも居場所を無くすのだからと。

「いい返事だ。じゃあさっそく始めようじゃないか。さ、靴を脱ぎなさい」

案内されるまま祖母の家の広い地下室へと下り、異常なほどの光沢を放つ青白いその床へ一歩踏み込んだ瞬間、彼女は足を滑らせて盛大に転んだ。背後にいた祖母が先刻承知でその体を受け止めて、朗らかな笑顔のままユルシュルへ告げた。

「まともに歩けないだろう？　ここの床は摩擦をほとんどゼロにしてあるからね。でも安心するんだよ、二か月も経《た》つ頃には体のほうが慣れる。それでようやくお前はクーツの使い手としてスタートラインに立てるのさ」

そうして新たな日常が始まった。訓練というよりも、それはユルシュルにとって生活の全てを懸けた環境への適応だった。特製の地下室から外に出ることは一歩たりとも許されず、普通に歩くことはおろか這《は》うことすら困難なその場所で、食事から何から全ての営みを行うよう彼女は求められた。ユルシュルは必死でそれに喰《く》らい付いた。

「おやおや、どうしたんだいユルシュル。私に近付いてくれなきゃ食事が渡せないだろう。お前がやせ細っていく姿なんて見たくないんだよ。どうかお婆《ばあ》ちゃんを悲しませないでおくれ」

一度転べば立ち上がることにも四苦八苦するユルシュルの前で、祖母は同じ床をすいすいと自在に動き回りながら立て続けの試練を課した。そこへ追い付けなければ空腹すら満たすことは叶《かな》わず、そのたびに彼女は数え切れないほどの転倒を繰り返した。前歯が折れるのも膝の皿が割れるも当たり前で、それらの負傷は彼女が成果を示すまでしばしば放置された。

「なんだかねぇ……。それで本当に真面目にやってるのかい？　ユルシュル。お婆《ばあ》ちゃん、可《か》愛《わい》いお前のことを疑いたくなんかないけど……こんなにみっともない姿ばかり見せられると、さすがにねぇ……」

祖母は折につけて失望の気配を匂わせた。折れた鼻から溢《あふ》れ出《だ》す血の海に突っ伏していようと、それを聞けばユルシュルは何度でも立ち上がって試練に挑み続けた。祖母の顔から微笑《ほほえ》みが失われることを、彼女は他の何よりも恐れて怯《おび》えた。

「おお、よく出来たねぇユルシュル！　やっぱりお前はお婆《ばあ》ちゃんの孫だ！　厳しいことを沢山言ってごめんよ、どうか許しておくれ。みんなお前の成長を願っての言葉なんだよ……」

そうして孫娘が血まみれで結果を出せば、その時ばかりは祖母も惜しみなく彼女を抱きしめて頭を撫《な》でた。もはや刷り込みに等しいその喜びは幼い子供の心に強烈な麻薬にも等しく働き、以《もっ》てあらゆる痛みに耐える執念をユルシュルに身に付けさせた。ただ、どうしようもなくそれが枯渇《こかつ》することもあった。祖母の求めに応えられない自分への絶望が冷え冷えと心を満たす時、彼女は自傷でもってそれを誤魔化し奮起することを覚えた。最初は指を噛《か》んでいたが訓練に差し支えると気付き、そうなると傷付けるのは口の中がいちばん都合が良かった。奥歯を噛《か》み折る激痛は思考を真っ白にするほど強烈で、大抵の邪魔な感情はそれで一時的に吹き飛ばせた。噛《か》み折り、治し、噛《か》み折り、治し、そしてまた噛《か》み折った。それは自《おの》ずと凄絶なルーティンとなって彼女のスタイルに定着した。

「外に出たい？　何を言ってるんだいユルシュル、お前はまだやっとここの床を歩けるようになったばかりじゃないか。今外なんか歩いたらせっかく身に付いた感覚が濁ってしまうよ。摩擦はクーツの不純物だってあれほど教えただろう？　まさかお婆《ばあ》ちゃんの話を少しも聞いていなかったのかい？」

　首尾よく課題を達成した時には、顔色を窺《うかが》いながら祖母にそんな求めを伝えることもあった。他の要求なら機嫌次第で多少は通っても、それだけは頑として祖母は彼女に許さなかった。まだ頑張りが足りないのだとユルシュルは思い、さらなる苛烈な努力でもって日々を血塗《ちまみ》れに彩《いろど》った。この頃には摩擦のない床での立ち回りも体が覚えていたが、そこに加わった剣術の稽古がなおも激しく彼女を痛めつけた。

「誕生日おめでとうユルシュル。今日はね、お前にプレゼントがあるんだよ」

　七歳を迎えた日に祖母がそんなことを言い出した。渡された大きな包みをおそるおそる開くと、そこには一匹の子猫がいて彼女を不安げに見つめていた。その小さく愛らしい姿が、久しく目にする自分と祖母以外の命の存在感がユルシュルの心を鷲掴《わしづか》みにした。彼女はその命に「テレ」と名付けた。その国の言葉で「土」や「地面」を意味する単語であり、彼女がここへ来ると同時に奪われた大きなものの名前でもあった。

　飼育のためにごく小さな範囲で許された「摩擦のある」聖域で、彼女は我を忘れて何時間でも子猫と戯《たわむ》れた。その様子を眺めて祖母は微笑《ほほえ》んだ。

「気に入ったかい？　それなら良かったよ。そいつが今日からお前の最初の使い魔だ。ちゃんと躾《しつ》けて上手に扱うんだよ」

　生活にテレが加わったことで多少なりともユルシュルの意識は割かれたが、祖母はそれを咎《とが》めなかった。代わりにさらなる過酷な試練を孫娘に課した。結果の巧拙に猫への扱いを絡《から》めることによって、それはより効果的に彼女を奮起させた。

「これからは使い魔の分の食事も受け取らないといけないねぇ。運ぶお婆《ばあ》ちゃんも大変だけど、可愛《かわい》いユルシュルのために精いっぱい頑張るとするよ。……だから、お前も応えておくれ？　お前の上達が遅れるとね、お婆《ばあ》ちゃんは胸が締め付けられるように辛《つら》いんだ」

　死ぬ気でやった。テレに辛《つら》い思いをさせない、そのために惜しむ力など一片もなかった。鬼気迫る執念で日々の糧《かて》を勝ち取り、それでも手が届かない時は自分の食事を放ってテレと共に空腹に喘《あえ》いだ。ただ一匹の猫が狂おしいまでに少女を支え、突き動かした。それはやがて、かつての両親の評価を覆《くつがえ》して余りある領域へと彼女を至らせた。

「ああ、良《い》いねぇ……！　素晴らしいよユルシュル！　この歳《とし》でこんなに仕上がってくれるなんて、さすがのお婆《ばあ》ちゃんも思わなかったよ！　本当に出来た子だ！　これでもうここでの修業は卒業だねぇ……！」

　純粋《ピュア》クーツの剣士としての風格を孫娘に見て取ってほどなく、祖母はその判断を下してユルシュルに伝えた。その日が彼女の十歳の誕生日だった。告げられた彼女の全身に歓喜が震えとなってこみ上げた。――外に出られる。太陽を浴びて土の上を歩ける。これでやっと、テレと一緒に色んなところを走り回れる。

「じゃあ、卒業前の最後の試験といこうか。なぁに構えなくていい、今までの課題に比べたらお遊びみたいなものさ。お前がその気になれば一瞬で終わることだよ。こう言っちゃなんだけど、こんなのは本当に簡単だからねぇ」

後出しで祖母が口にした言葉にユルシュルが硬直した。簡単だという言葉を鵜呑《うの》みにすることは、これまでの訓練を思い返せばどうしても彼女には出来なかった。全力で警戒するユルシュルへ、祖母はテレを連れて来るように命じた。何をさせるつもりかと困惑しながらも彼女はその指示に従い、抱き上げたテレを祖母の前に連れてきた。

「そいつを絞め殺すんだ。それが出来たら、ここは卒業だよ」

告げられた言葉に思考が止まった。なぜそうなるのか、なぜそうしなければならないのか、ただのひとつも理解が及ばなかった。だからユルシュルは問い返した。祖母は驚いたように目を丸くした。

「理由を聞きたい？　……まさかお前、分からないのかい？　おいおい本気で言ってるのかい。そんなもの——そいつが用済みになったからに決まってるじゃないか。

よく聞くんだよユルシュル。お前はこれから色んなことを学ぶんだ。剣はもちろん呪文も、箒《ほうき》も、錬金術も、他にもいろいろ。そのためには時間がいくらあっても足りない。ベッドで寝てる時間だって惜しいくらいなのに、何の役にも立たない猫一匹に構っている時間なんてありやしない。それくらいは少し考えれば分かるだろう？」

だが、自分の問いとはまったく別の話をしている。そんな風に彼女には聞こえた。

悍《おぞ》ましいほどに硬質の正論がユルシュルの胸を刺した。それが間違っているとは言えない。

強烈な違和感を上手《うま》く伝えられないまま、ユルシュルは不器用な言葉で必死にテレを守ろうとする。その姿をじっと眺めた祖母が、やがて腑《ふ》に落ちたように両手を打った。

「……ああそうか、どうも考え違いをしているようだね。いいかいユルシュル――そいつはお前の道具なんだよ。お前が必要な時に使って、不要になったら捨てる。使い魔ってのはそういうもの。要はペンやらハサミやらと何も変わらないのさ。誰だって鼻をかんだ紙をずっと持っていたりはしないだろう？　ねぇユルシュル、お前はそんなばっちぃ子じゃないよねぇ？」

目に涙を浮かべながらユルシュルが首を横に振る。そうじゃないのに、祖母はまたぜんぜん違うことを言っている。それが相手に伝わらないのが叫び出したいほど悔しくて歯がゆくて、彼女はただテレを腕に抱きしめたまま立ち尽くす。その強情を前に祖母が肩をすくめる。

「どうしても捨てたくないっていうなら、その猫が今後どう役立つのかお婆《ばあ》ちゃんに教えておくれ。お前の時間を奪うだけの無駄飯食らいじゃないってことを説明しておくれ。そいつが何かひとつでもまともに働いてくれるっていうなら、お婆《ばあ》ちゃんも少しは考えるとするよ。どうせ出来やしないと思うけどねぇ」

納得させてみろと求める祖母の冷たい視線に、ユルシュルは必死の想《おも》いで自分の中から言葉を探す。テレの存在がこれまで自分に与えてくれたものを余さず思い返して、そのひとつひとつを何とか相手に伝えようとする。

「触ると柔らかい？　何だいそりゃ、枕でも同じじゃないか」

違うよ。枕を触っても微笑《ほほえ》みはこみ上げないよ、お婆《ばあ》ちゃん。

「抱くと温かい？　ウチの暖炉のほうがよっぽど熱を出すよ」

違うよ。どれだけ火力を上げても、暖炉の火で胸の奥までは温まらないよ。

「目がくりくりして大きい？　水晶玉のほうがずぅっと大きくて綺麗《きれい》な丸じゃないか」

違うよ。どんなに磨き上げた水晶玉でも、自分はそれをずっと見ていたくはならないんだよ。

どれほど経《た》っても話が嚙《か》み合《あ》うことはない。どこまでも平行線のまま伝わらない言葉だけが行き来し、やがてそれに一方が倦《う》んでくる。腰に両手を当てた祖母が、その上体を軽く反らして盛大なため息を吐く。

「……何だかねぇ。いくら聞いても、ありもしない理由を無理やりひねり出そうとしているようにしか思えないねぇ。まさかとは思うけど……ユルシュル、お前、お婆《ばあ》ちゃんを騙《だま》そうとしてないかい？」

そうして、心臓が凍り付くような指摘がユルシュルを貫く。そんなことはないと激しく首を横に振る孫娘を一顧だにせず、祖母はなおも酷薄な言葉を続ける。

「もしそうなら、話はみぃんな別だよ。上達したのは見た目だけで、お前はちっともお婆《ばあ》ちゃんの教えたことを身に付けちゃいない。イチから徹底的に叩《たた》き直《なお》さなきゃ話にならないね。卒業して外に出られるなんて話も当然なし、まだまだ何年でもこの部屋にいてもらうよ。そんなのは意地悪みたいで本当に嫌だけど、それがお婆《ばあ》ちゃんの役目だからねぇ」

一度希望をちらつかせた上での揺さぶり、地獄のような二択がユルシュルに突き付けられた。テレを絞め殺して外へ出るか、そうせずにこの地下室に留まり続けるか——どちらかを選ばなければならない。どうしても外へ出たいか？　当たり前だ。ここを出て日の下を歩く時をどれほど望み続けたか分からない。空腹を抱えて蹲《うずくま》る夜に、それを何度夢見たか数え切れない。

でも、そこにテレがいないのなら。

この温《ぬく》もりを切り捨てなければ、それが決して叶《かな》わないというのなら。

胸を磨《す》り潰《つぶ》す葛藤の中でユルシュルがぼろぼろと涙を流す。その様子を眺め続ける祖母の表情から、すぅと温度が消える。

「これでもまだ決心が付かないのかい。……やれやれ、こんなくだらないことをあまり長引かせないで欲しいねぇ。

でないと。今——ちょっとお婆《ばあ》ちゃん、本気でお前に絶望しかけてるよ」

ひゅっ、と喉から息が漏れた。祖母がその懐《ふところ》に持つ最後にして最凶の刃がユルシュルの喉元に突き付けられていた。自分を見限った父母の姿がユルシュルの中で鮮やかに蘇《よみがえ》る。今の祖母は、その時の両親とまったく同じ貌《かお》をしている。

ユルシュルの胸が訴える。――見捨てられたくない。

地上に出られないことの何倍も、何十倍も。彼女には、それが恐ろしくて堪《たま》らない。

震える両手がじりじりと動き、抱きかかえていたテレの体を持ち上げ、目の前に掲げ持つ。

きょとんとした瞳と目が合う。余りにも愛《いと》しい体温がそこにある。この冷たい地下室にあって、常に変わらず自分を支えてくれたものが。

「おや、やっとその気になったかい？　いいねぇ、やっぱりお前は偉い子だよユルシュル。そうだよねぇ。大好きなお婆《ばあ》ちゃんの信頼と猫一匹、そんなの秤《はかり》に掛けるまでもないよねぇ」

孫娘の揺らぎを感じ取った祖母がそこで一気に畳みかける。その声に操られるようにして、ユルシュルの両手にじわり、じわりと力が籠もる。首に圧迫を感じたテレが少し苦しそうにする。その瞬間に再び祖母の声が背中を叩《たた》く。

「長引かせるとかえって苦しむよ。一息にやってやりな。これまでお前の役に立ってきて、そのお前の手で最後に息の根を止められる。道具の捨て方としちゃいちばん上等の部類さ」

お前は良《い》いことをしているとその言葉が請け合う。何も間違ってはいない、そうするのが正しいのだと孫娘に告げている。嚙《か》みしめたユルシュルの奥歯にまとめて罅《ひび》が入る。――その教えを呑《の》み込んで従う以外の生き方を、彼女は知らない。

首を絞める指に力が籠もった。ぎゅ、とテレが最期《さいご》に鳴いた。細い骨がぽきりと砕けた。

それで――終わった。

祖母の言った通りだった。本当に簡単に、彼女の心の一部は欠けて落ちた。

「ああ、よく出来たねぇ！　偉いよユルシュル、やっぱりお前は自慢の孫だ！　お婆ちゃんの時よりもちょっと遅いから心配したけど、そんなのはぜんぶ思い過ごしだったねぇ……！」

間髪入れずに祖母の両腕が孫娘を包み込む。冷え切った体を胸に抱き寄せ、これでもかと掌《てのひら》で頭を撫《な》でる。その間もずっと、ユルシュルは手の中で息絶えたテレを見つめている。徐々に失われていく体温を、二度と戻らないそれを両手に感じ続けている。

「さぁさぁ、その汚いのをさっさとこっちに寄越しなさい。いつまでもそんなものを胸に抱いてちゃ雰囲気が台無しだよ。お前はこれから久しぶりに外に出るんだからねぇ」

やがて、その手から祖母が亡骸《なきがら》を奪い去る。そのまま立ち尽くすユルシュルを尻目に地下室を出て、ほんの数分で別のものを連れて戻ってくる。ユルシュルと同じ年頃のふたりの男女。今の彼女と同じ目をした子供たちが、その形の彫像のように目の前に並び立つ。

「卒業の記念に、私から新しいプレゼントだよ。新品の使い魔がふたつ。なかなか上等だろう？　お前の好みがどっちか分からないからオスとメス両方用意しといたよ。今回は躾《しつけ》までこっちで済ませてあるから、後はもう好きなように使うといいさ。

——ああ、人の形をしてるからってお婆《ばあ》ちゃんにするような遠慮は無用だよ。こいつらもあの猫と同じ。お前が使い潰すための道具なんだからねぇ」

重ねて真理を告げる祖母の声に、ユルシュルは糸が切れたようにこくりと頷《うなず》く。——それはもう、分かっている。たった今学びを終えた。自分がこれらをどのように扱うべきか、どのように捨てるべきか、正しいその所作を忘れようもなく手が憶《おぼ》えている。だから——次もちゃんとそうする。無様に思い違うことは二度としない。

これで良《い》い。これで良《い》いのだ。

祖母に言われた通り、自分は魔法使いとして正しい振る舞いをした。使い魔は道具、道具は使って捨てるもの。その道理に一片の疑問もない。切り捨てたものに未練などない。これから使い潰していずれ捨て去るふたつの道具に、自分はもう何の痛痒《つうよう》も抱かなくていい。

なのに。……なのに。…………なのに。

それが良くないと、お前たちは言うのか。

ぐちり、と。肉の千切れる嫌な音が、鈍く響いた。

ヴァロワが口から吐き出したものが闘技台の床に赤く尾を引いて転がる。視線を落としたオリバーが、じきにその正体を見て取って息を呑《の》む。半ばから噛み千切られた舌だ。

口から溢《あふ》れ出《だ》した鮮血が顎を伝って制服を赤く染める。意識を戦いの場に引き戻す手段という以上に、それは己を暴《あば》くあらゆる問答に対する絶対の拒否。口中で炸裂《さくれつ》した激痛が殺意と合流してヴァロワの全身に充《み》ち満ちる。呪文はもはや唱えられない。試合のルールなど忘れた。勝敗すらもはやどうでもいい。ただ――お前たちを殺す。ふたつの傀儡《かいらい》と共に、それ以外の一切を考えないモノへと成り果てる。

「……殺《と》りに来るね」

今のホーン隊はフィールド上の三方から相手を包囲している形。その北西側からヴァロワ隊を見据えつつ、オリバーがテレサと連絡する時と同様の魔力波の符牒《ふちょう》で、ユーリィが仲間ふたりに語りかけた。次は何の比喩でもなく殺しに来る――その確信を彼と同じくして、オリバーは最後の方針を決定する。

「俺とユーリィで他を引き受ける。Ms.《オリジナル》ヴァロワとは君がやれ、ナナオ」

「良《い》いのでござるか？」

「俺が倒しても傷が残るだけだ。だが、君なら――」

その傷跡はきっと未来への道標になると、オリバーは信じる。彼女の剣にはそうした力がある。かつてジョセフ＝オルブライトの心を照らしたように、あるいはダイアナ＝アシュベリーの背中を押したように。だから。

「……全て、剣に宿っている。彼女の怒りも、悲嘆も、絶望も。それを受け止めてやってくれ」

「承知！」

今回もまた、打てば響く潔《いさぎよ》さで東方《エイジア》の少女が請け合った。その返答にオリバーは全幅の信頼を置き、ユーリィもまた微笑《ほほえ》んで頷《うなず》く。それ以上に頼めるものなど、この世界のどこを見渡してもありはしないと。

盤石に構えた彼らの前で、ヴァロワ隊の殺気が肌を刺すほどに膨れ上がる。目には見えないその飽和を合図に——闘技台の中央で、三つの影が一斉に動いた。

「「「**吹けよ疾風《インペトゥス》！**」」」

同時に三方からヴァロワを狙ってオリバーたちが呪文を集中する。すでに呪文を唱えられる状態にない彼女に対しては当然の攻め筋であり、どう足掻《あが》いても一発は相殺《そうさい》しきれない。足運びで躱《かわ》すならその軌道を先読みして追い撃ちし、「切り流し」で凌《しの》ぐなら呪文を受け流した直後の隙を狙って攻め立てる。何より大事なのはヴァロワ隊を闘技台の中央に押し込めること。フィールドの端へ追い込んだ時と同様に、足場を広く使わせないことである。

「「「——フゥ……」」」

だが、オリバーのあらゆる予想に反して。迫る烈風を、ヴァロワ隊の全員が杖剣《じょうけん》で迎えた。

「——!?」

風を受けてぐるりと回る三者の体。それぞれの誘導した風がフィールド中央で合流して渦を巻く。すぐに追撃の呪文を唱えるオリバーたちだが、彼らの予想に反して、ヴァロワ隊は彼らに背を向けたまま。

「「雷光疾りて《トニトゥルス》！」」

「「渦巻け旋風《インペトゥス》！」」

呪文の追加を受けてなおも強まる風の勢い。呪文の反動とその余波で床を滑ってオリバーたちの電撃を躱《かわ》し、ヴァロワたちは闘技台の三方へと散る。それぞれの相手を追って走り出すオリバーたち。だが、そんな彼らの体を、フィールド中央へ向かって流れ込む風の力がぐいと引っ張る。

「……竜巻《トルネード》……！」

彼らの撃った風とヴァロワたちが足した風。計五発分の呪文で生み出された竜巻が、その勢いをなおも強めながら激しく渦を巻いていた。規模が一定のラインを越えたことで、もはや一過性の魔法現象ではなく自立した竜巻と化している。遮蔽物に乏しい地形も収束魔法の実現を助けていた。追撃ではなく風の抑えに回るべきだったか――自分の対処ミスを悟るオリバーだが、そこへ風の勢いを味方に付けたヴァロワたちが一斉に斬りかかる。が、足を止めて迎え撃つオリバーたちとの斬り合いには乗らず。風に押されるまま、ヴァロワたちは彼らの横をすり抜けて遠ざかった。

「むぅ、竜風《おろちかぜ》に乗って……！」「すごいね！　こっちは風圧で倒れそうなのに！」

「踏《ふ》み止《とど》まって風上を向け！　この強風なら向こうも浮動は維持できない！　風の流れを辿《たど》れば動きが読めるはずだ！」

強風と向き合いながらオリバーが指示を出す。これだけ風が荒れている状況で反発属性のデリケートな運用が必要になる浮動は使えない。よって敵の滑走は風の勢いを背に受けながらの通常の氷面歩き《アイスウォーク》であり、その動きは風の流れに従う分だけ今までよりも複雑さを欠く。冷静に迎え撃てば斬り勝てるはずだ。

「――あれ？」

が、そこでユーリィが異変に気付く。風上へ向き直るために敵から目を離したその一瞬で、ヴァロワ隊の数がひとり減っている。滑走しているのはふたりだけで、リーダーのヴァロワの姿がどこにもない。残るふたりが自分とナナオへそれぞれ迫る中で、仕掛けを見抜いたユーリィがハッと声を上げる。

「――ナナオちゃん、その後ろだ！」

警告を受けたナナオも気付く。床を滑って自分に迫る敵、その体に隠れる形でもうひとつの影がある。オリバーたちが竜巻へ対応する間に傀儡《かいらい》と並んで重なり、そこから完全に一致した動きで身を隠していたユルシュル＝ヴァロワだ。仲間との大きな体格差がない彼女には本来困難な隠れ方だが、脳を直結しての精神支配による完璧なコントロールがその前提を覆《くつがえ》す。

「**雷光疾りて**《トニトウルス》**！**」

先を行く傀儡《かいらい》が電撃を放った。足を止めたままそれを受けてはふたり同時に斬りかかられる。目の前の状況から一瞬で判断を下し、ナナオが両足で床を蹴った。

「──**夜闇包《てねぶりす》みて！**」

風に乗って後方へ大きく跳びながら対抗属性で呪文を相殺《そうさい》。追い打ちで呪文を放とうとする傀儡《かいらい》だが、オリバーとユーリィの呪文が横合いからそこに割り込む。狙いを切り替えて一発は迎撃するも、もう一発を避けるために大きく動かざるを得ない。そこへユーリィがさらに追撃の呪文を重ねて敵を縫い止める。

「ゲエアアアアッ！」

一方、足止めされた傀儡《かいらい》を置き去りに、ヴァロワがまっすぐ獲物を追う。空中で風に振り回されるナナオへと地上から迫り、その着地直後の姿勢が安定しない瞬間に斬り込む狙いだ。それを読んでヴァロワの手前に呪文を放つオリバーだが、彼女は反発属性をまとわせた杖剣《じょうけん》を追い風に向けることで滑走の軌道を変更、足元に着弾した電撃を最小限の回り込みで回避してのけた。そうなれば獲物はもはや目の前、仕留めるのに何者の邪魔も入らない。

地から足が浮いた状態ではまともに斬り合えない。風に振られて呪文の狙いも定まらない。このままでは斬られるのみと確信し──刹那の思い付きで、ナナオは上空に刀を向けた。

「**吹けよ疾風《インベトウス》！**」

切っ先から最大出力で放つ風。その反動でもって、彼女は自らを地面に押し付ける。落下の加速によりヴァロワの予想よりも早まる着地のタイミング。風を放つために上空へ向けた切っ先はそのままに――靴底が石畳を突いた瞬間、ナナオはすでに大上段の構えを取っている。

「アアガァアアアアッ！」

「勢《せ》ィイイイイ！」

血の混じる咆哮《ほうこう》を上げてヴァロワが斬りかかる。激情のみに任せたそれでは断じてないクーツの技術の粋、先制と見せかけて相手の応じ手にカウンターを合わせる「引の転回《トゥーロ》」の一撃。が――刹那に見て取ったその回転軸へと向けて、ナナオが一直線に刃を振り下ろした。

闘技台の中央で荒れ狂っていた竜巻が徐々に鎮《しず》まっていく。固唾を呑《の》んでそれを見守る観客たちの前に、やがて決着の光景が訪れる。

「……支配と従属さえあれば良しと。貴殿はそう語ってござったが」

刀を振り切った体勢のままナナオが呟《つぶや》く。目の前に立つヴァロワが震える手で杖剣《じょうけん》を持ち上げようとして、その途中で取り落とす。首元から脇腹まで一息に断たれた今の彼女に、もはや戦う力は残っていない。

「どうやら、それ以外を棄《す》て損じてござったな。……でなければ、その涙は流れぬ」

力尽きて前のめりに倒れ込むヴァロワ。それを肩で受け止めつつ、相手の両目から止めどな

く流れ落ちるものを指してナナオが言う。そんなふたりの様子を遠巻きに眺めながら、オリバーとユーリィは無言のまま佇《たたず》む。……彼らが戦っていた傀儡《かいらい》たちもまた、精神支配の大元であるヴァロワの陥落と共に意識を失い、闘技台の床に倒れ伏していた。

「……殺ひゅ……」

体を預けたナナオの耳元で、ヴァロワが声を絞り出す。舌を半ばから失った口でまともな言葉など紡《つむ》げようもない。そう知りながら、それでもなお。

「……殺ひゅ……絶対、絶対殺ひゅ……！　……ひひゅか必ひゅ……ほ前らみんにゃ、ばりゃばりゃに切り刻んへひゃふ……！」

舌足らずな嗚咽《おえつ》と共に、血と入り混じった涙がぼろぼろと零《こぼ》れ落《お》ちる。制服越しに肩を熱く濡《ぬ》らすそれを一滴残らず受け止めながら、ナナオは握っていた刀を手放す。そうして――空いた両腕で、相手の背中をぎゅうと抱き締める。

「楽しみに待ってござる。――その時は、どうか三人で来られよ」

そうして戦いは終わった。ヴァロワの体からぷつりと力が抜け、これまで歩んできたその人生の重みが、ナナオの肩にずっしりと圧《お》し掛かった。

腕の中で気を失ったヴァロワの体を優しく床へ横たえ、労《いた》わるようにその手を握るナナオ。

その姿を目にしたところで、実況のグレンダはようやく自分の仕事を思い出した。

「……け……決着ゥ――――！　ヴァロワ隊の猛攻に次ぐ猛攻を跳ね返して、ホーン隊が試合を制しました！　前半は受けに徹していただけに、後半戦からの巻き返しは圧巻の一言！」

コメントを求めたグレンダの視線がガーランドへと向けられる。それを受けて、先に隣のデメトリオ＝アリスティディスが鼻を鳴らした。

「見事な結果ではあるが……少々残念な部分もある。最後の攻防、Ms《ミズ》.ヴァロワが呪文を使えていれば逆の結果も有り得たはず。冷静さを取り戻すために舌を噛《か》み千切る必要があったと言えばそれまでだが」

「うーん、どうだろうね」

背後からの声にグレンダが振り向く。いつの間に降りてきたのか、さっきまで天井から試合を見守っていたはずのセオドール＝マクファーレンがそこにいた。実況席のデメトリオの後ろへ歩み寄り、男はそこで再び口を開く。

「相手のひとりに呪文が使えない前提でホーン隊は立ち回っていたわけだし、だからこそ終盤のMs《ミズ》.ヴァロワの隠れ身も成立した。間合いが離れた時点で警戒の優先順位は『弾を撃てる敵』のほうが上になるからね。そんな風に自分の脅威度が下がってる点を逆手に取っての騙《だま》し打ちなわけで、Ms《ミズ》.ヴァロワが万全の状態だったらそもそも誰も目を離さなかったんじゃないかな」

グレンダに振られるまでもなく見解を述べるセオドール。その分析に異は唱えず、天文学の教師も素直に頷《うなず》いた。

「確かにそうだな。……『切り流し』から竜巻を作るまでの流れに感心した分だけ、そこからの展開にも期待してしまったところがある。例えば風に乗せて煙幕を撒《ま》くなどしていれば、視界が悪化した状況下での意思疎通はヴァロワ隊が上だったかもしれない」

「脳を直結しているメリットを活《い》かして欲しかったわけだね。よく分かるけど、そういう色んな方法を思い付けないのが往々にして精神支配のデメリットでもある。特に終盤のＭｓ《ミズ》．ヴァロワは殺意で前のめりだったから、遠回しな段取りは頭に浮かびにくかっただろう」

「総じて精神支配はヴァロワ隊の悪手だった……それがお前の感想ということか？　セオドール」

「そこまでは言わないよ、あれはあれで相当な芸なんだから。……ただ、『一旦頭を冷やせ』と言ってくれるチームメイトがいるだけでも、試合の内容はまったく変わっていたかもしれないね」

闘技台の横たわるヴァロワ隊の面々を見やり、どこか哀《かな》しげにセオドールが呟《つぶや》く。ふたりの会話が途切れると、ガーランドが静かに言葉を引き継いだ。

「お二方が的確に説明してくれたので、私は魔法剣の師範として総評しよう。――Ｍｒ《ミスター》．ホーンを前半戦で倒せなかったこと、その間に彼が純粋《ピュア》クーツに対応してきたこと。ヴァロワ隊の大きな敗因はこの二点だ。雲の上を舞うクーツは恐るべき難剣だが、地に根差したラノフの粘り強さを、Ms.《ミズ》・ヴァロワは甘く見ていた」

と、あえて剣に焦点を絞った形で感想をまとめる。それはオリバー＝ホーンに対する彼なりの最大限の賛辞でもあった。積み重ねた理のもとに難敵を分析し、解体し、攻略する――剣術の存在意義とはつまるところそこにある。その体現を見せてくれた生徒に対して、彼の立場から賞賛を惜しむわけにはいかない。

教師たちの言葉を踏まえて試合への言及を始めるグレンダ。そこでふとデメトリオが席から立ち上がり、ガーランドがそちらへ目を向ける。

「アリスティディス先生？」

「……選手の負傷が重い。治癒に加わるぞ」

そう言うなり跳躍するデメトリオ。生徒たちの頭上を飛び越して観客席から降り立ち、そのまま戦いの熱が残る闘技台へと足を運ぶ。それを見たグレンダがさっそく声を上げた。

「ここでデメトリオ先生が急遽《きゅうきょ》治療に加わってくれた！　両チームの健闘を讃《たた》えてのサービスといったところでしょうか！　不殺の呪《まじな》いが半掛けですと試合後の選手は傷だらけが当たり前なので、これは素直にありがたいところ！　ぶっちゃけ校医に来られるより百倍助かります！」

「こらこら、自分が怪我《けが》をした時が怖いぞ。……だが、アリスティディス先生の治癒が上手《うま》いのは本当だ。怪我《けが》をした子供の世話には慣れているからな、あの人は」

「と、言いますと？」

きょとんとした顔を隣に向けるグレンダ。その反応に少し驚きつつ、ガーランドは説明を加える。

「なんだ、知らなかったのか？　あの人は元々地方の『村付き』出身だ。何なら研究者としての経歴よりも普通人の面倒を見ていた時期のほうが長い。キンバリーの教師には珍しいタイプではあるがな」

「……えっと、地方の村付きっていうと……周りはほとんど普通人ばっかりで、医者から教師から占い師までひとりで全部こなすっていうあの？　ちょっと想像が……」

ここことは正反対の牧歌的な風景を想像したグレンダが眉根を寄せる。そんな彼女の背後で、セオドールがぽつりと口を開く。

「キンバリー生の進路としては最も少ない部類だからね。……でも、少し歴史を遡れば、そちらのほうが魔法使いとしては伝統に則《のっと》った在り方なんだよ。普通人たちに寄り添い、その営みと共に在る姿が——」

第二章

少女と番犬《ガールアンドドッグ》

「——おら、買ってきたぞ。こんなもんで足りるか」

購買へ買い出しに行っていたガイが、魔法薬の瓶を十数本も両腕に抱えて観客席に戻ってくる。それを見るなりカティとピートが席を立って飛び付いた。

「ありがと、ガイ！」「ボクは三本もらうぞ」

摑《つか》み取《と》った瓶の封《コルク》をその場で引っこ抜くなり、ふたり並んでそれらを垂直に傾ける。瞬《また》く間《たま》に空になった瓶を席に置き、それからすぐさま二本目に取り掛かる彼らの様子を、ガイが呆《あき》れた顔で眺める。

「試合前に集中薬ガブ飲みって、ここまで気合いの入った観客もそういねぇな……。飲み過ぎて倒れんなよ？」

「大丈夫！　倒れる本数は把握してるから！」

「心配無用だ。危なくなったら手洗いで瀉血《しゃけつ》してくる」

「ああ、いいねぇ。私もよくやったよ。やり過ぎると今度は血の抜き過ぎで倒れるんだよねぇ」

隣の席からミリガンが笑いながら合いの手を入れる。先輩でありながらストッパーとしての役割は少しも期待できないその態度に、ガイは片手で頭を抱えてため息を吐いた。

「オリバーもシェラもいねぇと歯止めが掛かんねぇな。おれが注意してねぇと……」

「――ぷはっ。倒れてなんかいられないよ。そのシェラがこれから頑張るんだもん」

二本目を飲み終えたカティが言い、その場から誰もいない闘技台をじっと見下ろす。次の試合を戦う両チームが姿を現すには今少しの間があった。少女と視線を重ねつつガイも頷《うなず》く。

「……実は、おれもちょっと心配なんだよな。今回の試合――あいつはあいつで重てぇもん背負ってるみたいだから」


「――一戦目はホーン隊が勝ったってさ。そろそろ出番よ、あんたら」

張り詰めた空気が漂う控え室の中、監視役の上級生がコーンウォリス隊の三人へと呼びかけた。チーム間での情報に公正を期すために、決勝リーグの間、四チームはそれぞれの部屋に隔離されることになっているのだ。

伝えられるのは試合の勝敗のみで、どのような戦いが行われたかは想像するほかない。が――それでもなお、苛烈な戦いを経て勝負を制したオリバーたちの姿が、シェラの脳裏には克明に浮かぶようだった。

「あちらは心配無用でしたわね。……準備はよろしいですか？　ふたりとも」

小さな安堵《あんど》を得たシェラがチームメイトのふたりへと向き直る。半人狼《じんろう》の少年フェイ＝ウィロックが頷《うなず》いて椅子を立ち、隣に座っている己が主へと声をかけた。

「スー。時間だぞ」

「……うん……」

呼びかけに小さく頷《うなず》くステイシー＝コーンウォリスだが、その視線は膝の上に落ちたまま動かない。いくらか血の気が引いて見えるその横顔に、無理もない、とシェラは思う。これから戦うアンドリューズ隊は今までのチームとは段違いの強敵だ。しかもその相手に対して、今回のステイシーは必勝を狙っている。

「……スー。緊張が解けないなら、やはりあたくしが先鋒《せんぽう》を代わりましょうか？　戦いの流れが出来てから参加しても――」

「いいえ、Ｍｓ《ミズ》．マクファーレン。それは駄目です」

助け舟を出そうとしたシェラをフェイの言葉が遮る。床に膝を突いて少女と視線を合わせ、彼は不安に揺れるその瞳をまっすぐ見つめ、

「そうだな、スー。……肝心のところを彼女に頼るべきじゃない。これは俺たちの戦いだ」

重い声で、確認するようにそう告げる。ステイシーが膝の上でこぶしをぐっと握り締め、背筋を伸ばして立ち上がる。

「――ええ。その通りよ、フェイ」

「──楽しみやなぁ、フェイくんと闘るの。どーゆう動きで来るんやろ」

ロッシの目が遠足を前にした子供のように輝く。時を同じくして、別の控え室のアンドリューズ隊もまた、目前に迫った試合を前に最後の打ち合わせを行っていた。ホーン隊の勝利は彼らにも伝えられていたが、全員が当然の結果だと思ったのでそれに対して思うところは特にない。こんなところで躓《つまず》かれてはむしろ困る。彼らの目的はあくまでもオリバーたちに勝つことにあるのだから。

部屋の中を歩き回ったり突然逆立ちしたりと落ち着きのないロッシ。そんなチームメイトへ、こちらは粛然と椅子に腰かけたまま、リチャード＝アンドリューズが声をかける。

「期待に水を差すようだが、部分変化した人狼《じんろう》との戦闘経験はこの中の誰にもない。変身される前に潰すのが僕らにとってのベストだ」

「分かっとるて。せやから、その予定通りに事が運ばんことを願っとるねん」

べぇと舌を出したロッシが天邪鬼《あまのじゃく》な答えを返す。ため息をつくアンドリューズに、テーブルを隔てた向かい側に座る大柄な男子生徒、ジョセフ＝オルブライトが声を投げた。

「前にも言ったが、ウィロックを変身させたくなければ俺を先鋒《せんぽう》で出せ。変身に月を浮かべねばならん以上、どうせヤツの登場はふたり目以降だろう。ひとり目を速攻で倒すだけで変身のチャンスは大きく減る。違うか？」

「間違っていないさ。ただし——それは向こうにミシェーラがいなければ、だ」

仲間の提案にアンドリューズが真っ向から異を唱えた。すでに何度も繰り返したやり取りに、オルブライトがふんと鼻を鳴らす。

「マクファーレンの長女か。これまでは常に他のサポートに回っていた印象で、俺にも未《いま》だに実力の底が見て取れん。……率直に言って、どれほどのものだ？　あれは」

「今の時点でどこまで成長しているかは分からない。ただひとつ言えるのは——本気になった彼女が、今の僕より弱いということは絶対にない」

きっぱりとアンドリューズが告げる。そんな彼の実力をよく知るだけに、オルブライトとしてもミシェーラ＝マクファーレンの戦力については軽視していない。が、いささか幼少期からの刷り込みによる過大評価のきらいがあるとは思っている。しばし言葉を選んだ上で、彼はやや婉曲《えんきょく》にその疑いを口にした。

「……エルフ体への変身は確かに脅威だ。極論して三節呪文を使ってくる可能性すらあるわけだからな。だが、今回のフィールドはそう広くない。この面子《めんつ》であれば、火力の強みを潰す立ち回りはさほど難しくないと思うが？」

「それも含むが、全てじゃない。……そもそもの話だが、リーグの運営側に父親のセオドール先生がいることで、今のミシェーラは少し難しい立場にある。事後に出来レースと疑われないための立ち回りを意識しているはずだ。Mr.《ミスター》・ホーンやMs.《ミズ》・ヒビヤと組まなかったのはそのためだろうし、同じ理由でエルフ体への変身を封じている可能性は高い」

「ってことはなんや、ボクたちあの娘に手加減されるん？　腹立つなぁそれ」

「むしろ我々にとって有利に働く点だろう、それは。何をそこまで警戒している？」

　眉根を寄せるロッシと並んで怪訝《けげん》さを顔に浮かべるオルブライト。ふたりの反応に、こればかりは伝わらないか、とアンドリューズは諦観する。――入学から今日までの彼女の控えめさを思い返せば、確かにそれも無理はないのだと思う。本人の近くでその偉才をずっと目に焼き付けてきた自分にしか、ミシェーラ＝マクファーレンの本当の実力は測れない。

「今の見込みが正しければ君の言う通りだろう。けれど、もしそうでなかった場合、ふたつの間には天と地ほどの開きがある。……だから僕が先鋒《せんぽう》で出るんだ。向こうの出方を見極めて、仮に本気のミシェーラが相手でも三分凌《しの》ぐ。その役割には、彼女を知っている僕がいちばん適任だろう」

　揺るぎない声で述べる少年の姿に、オルブライトもそれ以上は食い下がるのを止めた。もとよりアンドリューズをリーダーと認めた時点で作戦の最終決定権は彼に預けてある。意見が食い違うことは想定の内であり、オルブライトもそれを呑《の》んだ上で仕事を果たすだけのことだ。

「時間だ。入場しろ、アンドリューズ隊！」

　監視役の上級生が彼らを呼ぶ。その声を受けて、アンドリューズとオルブライトは同時に椅子から立ち上がった。

「前の試合の興奮も冷めやらぬまま、早くも始まります決勝第二戦コーンウォリス隊ｖｓアンドリューズ隊！　本戦のバトルロイヤルで遺憾なく実力を発揮してみせた両チームですが、直接対決ではどんな展開が見込まれるのでしょうか⁉」

　闘技場の左右から両チームが姿を現したところで、実況のグレンダがさっそく教師たちへ話を振る。ガーランドが即座に受け応えた。

「鍵となるのはやはりＭｒ．《ミスター》ウィロックの半人狼《じんろう》化だろう。前の試合を見る限り、あれは魔法使いと人狼《じんろう》のいいとこ取り――いわば『魔法を使う獣』とでも表現すべき性能だ。そうした存在との交戦経験はアンドリューズ隊の誰にもないだろうし、前の戦いで見せたものが実力の全てとも限らない。となれば必然、アンドリューズ隊が取るべき戦術は絞られてくる」

「Ｍｒ．《ミスター》ウィロックに『変身させない』方針ですね！　しかし、それは当然コーンウォリス隊も予測しているはず。そうした条件を踏まえた上でひとり目に誰を出すのか、まずは両チームの決断に注目です！」

観客たちの視線が降り注ぐ中、東側から闘技台へ上がっていくアンドリューズ。が、その視線が相手チームの先鋒《せんぽう》の姿を捉えたところで、彼は少々意表を突かれた。

「――君がひとり目か。Ms《ミズ》．コーンウォリス」

思わず確認する。事前の予想に反して、そこに立っていたのはミシェーラ＝マクファーレンの親戚に当たる金髪の少女だった。問われたステイシーが眉根を寄せる。

「……見ての通りよ。何か不満？」

「いや。だが、少し意外だった。僕が君の立場なら、先鋒《せんぽう》には迷わずミシェーラを出す」

「その前提であんたが先鋒《せんぽう》ってわけね。けど生憎《あいにく》と、私はそこまで安易じゃないの」

不敵に言ってのけるステイシーに、アンドリューズは短く「そうか」とだけ返した。予想は外れたが、彼にとって悪い展開ではない。敵のひとり目がミシェーラでないのなら、先ほどオルブライトが提案した速攻を自分で行うだけのこと。

「では、両者構えて。――試合開始！」

戦いの始まりを告げるガーランドの声。同時に両者が迷わず呪文を唱えた。

「**切り裂け刃風《インペトウス》！**」「**雷光疾りて《トニトウルス》！**」

正面からぶつかり合う風と雷。双方とも間合いを詰める気がないため、対抗属性は選ばず得意属性の初弾に打って出た。が、そこから先の選択は大きく分かれる。

「**雷光疾りて《トニトウルス》――雷光疾りて《トニトウルス》――雷光疾りて《トニトウルス》！**」

前の魔法が互いの間に残るうちに、コーンウォリスが一気呵成《いっきかせい》に呪文を重ねる。一本調子の繰り返しではなく、相手の回避方向を見越した上で軌道をばらけさせての連射だ。冷静にそれを観察したアンドリューズが横っ飛びに二発を回避、もう一発を呪文で迎撃する。が——息をつく暇はない。ステイシーの撃った新たな電撃が立て続けに彼へ殺到する。

「手数で来るか」

敵の方針を見て取ったアンドリューズが対応を開始する。その間も一切の息継ぎを挟むことなく、ステイシーは鬼気迫るペースで呪文を唱え続ける。

「——開幕と同時に激しい呪文の撃ち合い！　前の試合とは対照的な展開です！」

「双方とも呪文戦の巧者で、魔法出力にも大きな差がない。こうなるのが必然だろうな」

鋭い視線で戦いを見守るガーランド。その言葉を引き継いで、グレンダがさっそく戦況の分析を始めた。

「まず目を惹《ひ》くのがMs《ミズ》．コーンウォリスの息もつかせぬ連続詠唱！　あの途切れの無さは循環呼吸《サーキュラーブリージング》を活用していると見えます！　鼻で吸いながら口で吐く——二年の時に習ったはずですが、ちゃんと出来ますか皆さん！　恥ずかしながら私は去年までしっかり習得していませんでした！」

「ああ、昔は私も苦手だったな。肺と口を分けて使う感覚を覚えるのには誰もが多かれ少なかれ苦労する。もっとも、覚えたとして実戦で活《い》かせるかどうかは状況と戦い方次第だ。『溜《た》めて吐く』通常の呼吸に比べて瞬間的な呼気の量は減り、その分だけ呪文の出力も落ちるからな。また意識が手数に偏ることで意念《イメージ》の精度が維持しづらく、連射速度を維持しながらの属性変更も難しい。Ms《ミズ》．コーンウォリスが同一呪文で固定しているのもそのためだ」

技術の解説に回るガーランド。魔法剣の師範という肩書きの彼だが、呪文戦のノウハウも当然熟知している。前の試合から実況席に居座るデメトリオがそこに言葉を挟んだ。

「それらの代償を呑《の》んでも、同時間当たりの詠唱数が増えることには意味がある。相手が二発撃つ間に三発撃てるのなら一発の差は明白なアドバンテージだ。……が、呪文戦闘の歴史は魔法剣のそれよりも遥《はる》かに長い。その年月の間に連射への対処法も当然に確立されている」

手数では明らかに劣りながらも、ステイシーの猛攻を危なげなく凌《しの》ぎ続けるアンドリューズ。闘技台の上で繰り広げられる光景をなぞるように、デメトリオが淡々と言葉を続ける。

「まず、左右に動き続けて相手の狙いを分散させること。当たらない弾は基本無視できる――これは連射への対処に限らず呪文戦の基本だ。フェイントを織り交ぜた足運びもこの過程で活《い》きる。それでも躱《かわ》しきれない場合のみ、ふたつ以上の呪文の軌道を見極めて待ち構え、引き付けてから強力な一発でまとめて吹き飛ばす。Mr《ミスター》．アンドリューズの動きは模範的と言っていいな」

そう口にする間にも、弾幕を縫って放ったアンドリューズの風の一撃がステイシーに迫る。それをじゅうぶんな威力で迎撃するために大きな呼吸が必要となり、果てしなく続いていた彼女の連続詠唱がそこで初めて途切れた。予想よりも早い戦況の変化にガーランドが唸《うな》る。

「もう反撃し始めたか。……風の扱いがずば抜けている分、この組み合わせではやはりMr《ミスター》．アンドリューズが一枚上手のようだ。後に予想されるMr《ミスター》．ウィロックの変身を防ぐためにも、彼は初手から全力で相手を仕留めにかかるはずだ。Ms《ミズ》．コーンウォリスがその三分を凌《しの》げるかどうかが最初の山場になるな」


「**雷光疾りて**《トニトゥルス》――**雷光疾りて**《トニトゥルス》――**雷光疾りて**《トニトゥルス》！」

反撃を受けたステイシーが怯《ひる》むことなく連射を再開する。これで仕留められるとは最初から彼女も思っておらず、何より大事なのは相手を受けに回らせること、多様な風のコントロールを活《い》かした本来の戦い方をさせないことである。雷属性の強みは第一に弾速の速さで、それは正面からのシンプルな撃ち合いであるほど強く働く。読み合いや駆け引きで上回るのではなく、そもそも複雑な策を練る間を敵に与えないことがステイシー側の活路だ。

「**仕切りて阻め**《クリベウス》」

が、そんな目論見《もくろみ》はアンドリューズとて百も承知。弾幕への冷静な対処で反撃のタイミングを確保し、彼はまず状況を変える一手を闘技台の中央に置く。遮蔽呪文を受けた石畳が変形し、一本の柱となってそこに聳《そび》え立《た》つ。互いの間に初めて遮蔽物が生まれた形だ。

「**雷光疾りて**《トニトゥルス》—**雷光疾りて**《トニトゥルス》—**雷光疾りて**《トニトゥルス》！」

双方とも柱が邪魔になって直線では相手を狙えない。すぐさま時計回りに動きながらの曲げ撃ちに切り替えるステイシーだが、アンドリューズもそれを今まで通り迎え撃つことはしない。

彼は迷わず床を蹴ってフィールド中央の柱へと直進した。

「**分れ突け風槍**《インベトゥス》！」

同時にアンドリューズの放った風が柱へと直撃し、それがふたつに裂けて柱の向こう側へと滑り込む。並んで迫る二条の風刃を前にステイシーが連射を止めて舌打ちした。シンプルな弾速でこそ雷属性に後れを取るが、風属性にはこうした強みがある。遮蔽物を挟んでの撃ち合いはアンドリューズに利していた。

「**雷光疾りて**《トニトゥルス》！　——**瞬き爆ぜよ**《フラルゴ》！」

右に跳んで風刃の一発を躱《かわ》し、もう一発を呪文で迎撃した上で、ステイシーもまた柱へ向けて炸裂《さくれつ》呪文を放つ。遮蔽物を壊して射線を回復する狙いだが、もちろんそれもアンドリューズの想定の内。柱が崩れた瞬間を狙って正面から最大出力の反撃を試みる。

「**吹けよ疾**《インベトゥ》——」

が。呪文を口にしかけた瞬間、自分の周りが不自然に暗くなっていることに気付く。脅威を察した彼は瞬時に呪文の意念《イメージ》と狙いを変更、目の前の柱の残骸へと杖剣《じょうけん》を向けた。

「──巻き上げよ烈風《インペトゥス》！」

「雷光疾りて《トニトゥルス》！」

床から生じる突き上げの風。それでステイシーの電撃を逸《そ》らす一方、風に攫《さら》われた瓦礫《がれき》がアンドリューズの頭上へと一斉に舞い上がる。時を同じくして、彼の上空に立ち込めていた雷雲から斬り付けるような稲光が迸《ほとばし》った。

「……ッ！」

肌がびりびりと震え、落雷を受けた瓦礫《がれき》から散った火花がアンドリューズの体に降り注ぐ。それに驚く間もなくステイシーの連続詠唱が再開し、彼は後方へ間合いを取りつつそれを捌《さば》いた。動揺を鎮《しず》めながら少年は内心で自省する。──油断大敵だ。気付きが一瞬遅れていれば、勝負は今ので終わっていた。


「──ほう。あの組み立ては悪くない」

観客席の一角でゴッドフレイが感心の声を上げる。その言葉に、生徒会の盟友レセディ＝イングウェも同意を込めて頷《うなず》いた。

「相手に気取られないよう領域魔法でじわじわと雷雲を撒《ま》き、落雷と同時に正面から攻めたな。

ここまでの連続詠唱は相手の意識を上に向けさせないための布石だったわけだ。天井の高さを上手《うま》く活《い》かしている」

絶え間ない連射で相手から策を弄する余裕を奪いながら、自分ではしっかりと搦《から》め手《て》を準備している。実に出来た後輩だとレセディは思った。リヴァーモアとの戦いで施した教えが実を結んだ――そう考えるのは、さすがに指導者の驕《おご》りが過ぎるかと苦笑しながら。

「だが、Mr．《ミスター》アンドリューズも直前で仕掛けに気付いた。とっさに瓦礫《がれき》を巻き上げることで正面と頭上からの攻撃を同時に防いでのけるとはな。……状況判断はもとより、呪文の意念《イメージ》の切り替えが驚くほど速い。攻防共に隙がなく、さらに仲間のサポートまで上手《うま》いとなると、彼にはぜひ生徒会に来て欲しいものだな」

「風の使い手がいれば僕も毒ぶん撒《ま》きやすいですしね！　後で声かけときましょうか？　最近気付いたんですよ、何事も脅すだけじゃダメだって。カワイイ僕が腕のひとつも組んでやればたぶんイチコロで」

「待て、早まるな。その時は俺から切り出す。頼むから早まるな」

安請け合いするティムを真顔で制止するゴッドフレイ。その光景を横目に、レセディはふっと微笑《ほほえ》み、それから後輩たちの戦いへと視線を戻す。

連続詠唱を再開したステイシーに対してアンドリューズが再び守勢に回り、闘技台ではなおも距離を置いての撃ち合いが続く。攻防は激しく途切れずに続いていながら、その均衡は崩れない。

先の雷雲による不意打ちがアンドリューズを警戒させていた。ステイシーがかなり高い位置に雲を浮かべているため、確認のために一瞬は視線を上に向ける必要があるのだが、その一瞬が連続詠唱への対処を遅らせる。一発限りの騙《だま》し打ちではなく、事後にそれを意識させることまで含めての作戦なのだ。よく考えられた戦術の組み立てに、アンドリューズは素直に感心していた。

「予想よりずっと巧みだな。……が、布石を打っていたのは君だけじゃない」

無論、ただ感心してばかりのはずがない。連射の合間を縫って反撃の風を放つアンドリューズ。それを避けるために横へ跳ぼうとしたステイシーが、不意にそこで足を詰まらせた。

「……!?」

何かに足を取られた、そう感じて床を見下ろすステイシー。一見して何も異変はないようで、そこに渦巻く無色透明の気流が彼女の足首を絡《から》め取っていた。

『吸い込む風穴《エアホール》』。『沈む墓土《グレイブソイル》』と同様の崩し技であり、これまでの撃ち合いの間にアンドリューズが数か所に設置してあったものだ。整備された闘技台の上では巻き込む粉塵《ふんじん》の類が少ないことも視認を難しくしており、さらに厄介なことに小規模な竜巻は低速で移動する。拓《ひら》けた場所での撃ち合いは互いに円を描く動きになるため、アンドリューズの側で『いずれ必ず引っ掛かる配置』を導き出すことは容易だった。

「**吹けよ疾風《インベトウス》！**」

足が止まったステイシーへ向けて駆け込みながら放つ風の一撃。連続詠唱の火力では迎撃できないため、彼女も通常の呼吸に切り替えて対処せざるを得ない。呼吸を挟んだ分だけ遅れる詠唱。アンドリューズが接近しているため、この間合いでは次の一撃に詠唱が間に合わない。『吸い込む風穴《エアホール》』から足を引き抜いたステイシーが距離を稼ぐために後方へと下がり、

「――あ――」

自分が追い込まれたその場所が、左右に逃げ場のない闘技台の片隅であると気付く。彼女が対応に迷ったその一瞬を突いて、アンドリューズが容赦なく決め手に打って出た。

「**集えよ風よ《フォルテイス》　吹き荒れ攫え《インベトウス》！**」

満を持しての二節詠唱。地形のために左右には避けられず、同じ二節で迎撃するにはもはや時間が足りない。詰みの状況に立たされたステイシーの体を暴風が無慈悲に呑《の》み込み、

「一手遅い」

その瞬間、チームメイトの厳しい声が背後からアンドリューズの耳を打つ。その意味は彼にもすぐに伝わる。仕留めた相手が倒れているはずの場所に、並んで杖剣《じょうけん》を構えたふたりの敵が立っていたから。

「……間一髪だな、スー」

「うるさい。ちゃんと時間は計ってたわよ」

従者の苦言に少女が不機嫌な声で返す。ステイシーと合わせての一節呪文で風を押し返し、新たに参戦したフェイ＝ウィロックがそこに立っていた。


「ここで試合開始から三分経過！　闘技台の端に追い詰められたMs《ミズ》．コーンウォリスですが、チームメイトの参戦で辛くも命脈を繋《つな》ぎました！」

時間計測者《タイムキーパー》に確認しつつグレンダが実況し、その綱渡りのタイミングに観客席が沸き立つ。闘技台の上の四人を眺めてガーランドも微笑《ほほえ》んだ。

「いい粘りだ。互いに設置系の魔法を駆使しての技能戦だっただけに、Mr《ミスター》．アンドリューズも詰めに時間を食ってしまったな。これで戦況が大きく変わるぞ」


あと一歩で勝負を決め損なった。その事実を受け入れたアンドリューズが迷わず後退する。そんな彼と闘技台の中央で合流したジョセフ＝オルブライトがごきりと首を鳴らした。

「東側《あちら》の隅に追い詰めてどうする。西側《こちら》であれば俺の追い撃ちが間に合ったというのに」

「すまない。時間の制約もあって、位置の調整までは気が回らなかった」

厳しい指摘を受けて、アンドリューズが率直に自分の不手際《ふてぎわ》を詫《わ》びる。両チームの選手は自陣のサイドからの参戦がルールで定められているため、闘技台へ上がった直後のオルブライトにはとっさに東側の戦況への介入が出来なかった。これは半ば運ではあるが、三分経過を前にしたステイシーが可能な限り東側での立ち回りを意識した結果でもある。フェイもそれを分かって予《あらかじ》め近くに待機していたからこそ、二節呪文に対する防御がギリギリで間に合ったのだ。

文句を一言で切り上げたオルブライトが改めて敵の姿を見据える。ひとり目がステイシー＝コーンウォリス、ふたり目がフェイ＝ウィロック。事前の予想とはどこまでも食い違う参戦の順番に、彼はじっと相手側の意図を窺《うかが》う。

「……何か拘《こだわ》りがあるようだな、あちらには」

ぼそりと呟《つぶや》く。同時に、それが戦術的な理由ではないだろうことも悟っていた。この期に及んでミシェーラ＝マクファーレンを出さない判断に合理的な説明は付けられない。あえて困難な道を選ぶのは向こうの私《プライベート》的な動機であり、したがって謀《はかりごと》は疑うだけ無駄である。

異端狩りの流儀のもとに雑音《ノイズ》をばっさりと排除し。そうして必要な情報のみを整理した明瞭な戦場で、オルブライトは敵と向き合う。

「先行するぞ。変身される前に潰す」

「承知している。――**分れ押せ風壁**《インペトウス》**！**」

　オルブライトが大胆に前進し、背後のアンドリューズがその両脇から風を送り出す。味方の左右を通り過ぎた後に合流して襲い掛かる風圧の壁だ。殺傷力ではなく「押す力」に意念《イメージ》を傾けているのは敵の位置を踏まえての判断。斬り伏せる必要も打ち伏せる必要もなく、今ならただ闘技台の外へ押し出すだけで勝負は決する。

「遅いわよ」

　が、その予想を裏切る速さでフェイが地を蹴った。ふたつの風が合流する前にオルブライトの眼前へ肉薄、そのまま突進の勢いを乗せて杖剣《じょうけん》を打ち付ける。

「何⁉」

「WOOOOOOO！」

　予想外の襲撃を受けたオルブライトがとっさに体を振って相手を受け流す。同時にその眼前をステイシーの体が通り過ぎた。フェイの襟首を摑《つか》んで彼に引かせる形で同時に移動したのだ。驚くアンドリューズの右へ回り込んで闘技台の隅から脱出し、ふたりはそのままフィールドの中央へと復帰する。

「……！　無事か、オルブライト！」

「問題ない。だが、どういうことだ。すでに変身しているだと……？」

　警戒して構えるアンドリューズの隣に、オルブライトもまた怪訝《けげん》な顔で進み出る。どちらの認識の上でも、今のは考えられない脱出だった。予想を裏切るフェイの突進の速さもそうだが、さらに驚くべきは彼がステイシーを引っ張りながらそれを行ったこと。重心制御で荷重を可能な限り減らしただけでは到底成し得ることではない。それこそ乗せる側に人間離れした脚力でもなければ。

同時に、その疑問の答えは彼らの目の前にある。普段よりも格段に野性味を増した顔つき、筋肉の隆起で膨れ上がった制服のズボン、腰から下で大きく変化した骨格。現在のフェイ＝ウィロックが示すそれらの特徴はすでに人体の域に留まるものではない。そこから導かれる必然の答えを、心底からの驚愕《きょうがく》でもってアンドリューズが口にする。

「……変身工程の簡略化に成功していたのか」

「ここからが本番よ。行きなさい、フェイ！」

主の声に応えて走り出すフェイ。爆発的な加速と鋭角の方向転換は下手をすればそれだけで相手の視線を振り切りかねない。が、その姿を目で追う愚は犯さず、オルブライトは視野を広く取って敵のおおまかな位置だけを把握する。どれほど忙《せわ》しなく動き回ろうと関係はない。最終的にどの角度から来るのか、見て取れば良いのは唯一それだけだ。

「**氷雪猛り《フリグス》て！**」

相手が攻撃に踏み切る瞬間を待ってその方向に杖剣《じょうけん》を向け、襲撃の軌道上に冷気の壁を置く。すばしっこい獣の類に対しては見本的な対応だ。が——厄介なことに、彼が今戦っているのは獣ではない。

「貫け炎槍《フランマ》！」

行く手を遮る冷気の壁に向かってフェイが呪文を唱える。脚力の強化に魔力の多くを回しているため、呪文の出力は人間形態の時よりも目に見えて小さい。相殺《そうさい》など望むべくもないが、彼の狙いは最初からそこにはなかった。火力に乏しい分だけ細く絞った炎の槍《やり》が冷気の壁の一点に穴を穿《うが》つ。直径にしてほんの一フィート強ほどのその穴に向かって、さながら泳法の飛び込みにも似たフォームで、フェイは自らを一本の槍《やり》と化して突っ込んだ。

「む――!?」

迫る刃の切っ先へとっさに杖剣《じょうけん》を合わせるオルブライト。が、満足な踏み込みを伴わない受けでは全力で飛び込んできたフェイの突進に張り合えない。力で抗《あらが》う愚は犯さず、斜めにのけ反りながらの受け太刀で勢いを後方へ逃がす。突進をいなされたフェイがオルブライトの後方で両手から着地。すぐさまそこへ杖剣《じょうけん》を向けるアンドリューズだが、

「雷光疾りて《トニトゥルス》！」

当然のようにステイシーがカバーに回る。自分を狙った電撃に対処するため、アンドリューズは呪文をそちらに回さざるを得ない。その間に疾走を再開したフェイを、姿勢を回復したオルブライトが厳しい面持ちで見やる。

「……獣の敏捷《びんしょう》さと人の術理が融《と》け合っている。成程、半人狼《じんろう》の強みというわけだ」

「WOOOOOOOOOOOOO！」

「――変身工程の省略か。自力で見つけ出したなら大したものだな」

観客席の一角から傲然と声が上がる。影像と見紛《みまご》うばかりの完璧な美貌と、その半ばを凄絶に覆う火傷《やけど》の痕。ゴッドフレイらの現生徒会と対立する前生徒会派閥の長、レオンシオ＝エチェバルリアである。

「ああ、驚きだ。今日までの歴史で、魔法使いは人狼《じんろう》を相当数切り刻んできている。それでも解明しきれなかったのが変身の仕組みなわけで、研究テーマとしては一介の下級生の手に余るだろう。パーシィ、お前はどう思う？」

男の隣で陰惨な笑みを浮かべるエルフの七年生キーリギ＝アルブシューフが、そこからさらに隣へと問いを回す。次期統括候補のパーシヴァル＝ウォーレイがじろりと彼女を睨《にら》んだ。

「……そこまで突っ込んだ魔法生物の生態は私の分野じゃない。けれど、その上で憶測を語ってもいいのなら――Mr《ミスター》.ウィロック自身が純血の人狼《じんろう》ではなく、半人狼《じんろう》の魔法使いであるという点が追い風になったのかもしれないとは思う」

言葉を選んだ上で慎重に受け応えるウォーレイ。彼らと並んで座る七年生、〈酔師《バーマン》〉ことジーノ＝ベルトラーミが頷《うなず》きで同意を示した。

「確かに。研究対象が魔法使いであれば、意念《イメージ》の伝達を始めとした魔法使いならではの手法が使えます。『月を見て変身する』という現象には、その瞬間の本人の認識が大きく関わっていると考えられますから。認知の壁を越えるに当たって大きなアドバンテージになるでしょうね」

言いつつ、ジーノは今も闘技台の上で戦い続ける本人たちを見つめる。マクファーレンの流れを汲《く》む旧家の少女と、おそらくは暗い生い立ちを持つであろう半人狼《じんろう》の少年のペア。巷《ちまた》で見かけることはまずない組み合わせだ。両者に深い絆《きずな》が見て取れるとなれば尚更《なおさら》に。

「おそらく同じ観点での研究を試みた者も過去にはいたでしょう。……しかし、半人狼《じんろう》の変身にはただでさえ多大な苦痛が伴うものです。無理強いする形ではモチベーションが維持できない反面、この手の研究では本人の積極性が何よりも重要になります。必然、研究者と本人の間に極めて強固な信頼関係が必要になるでしょう。それを持ち得たのが、あるいは魔法史上であのふたりが初めてなのかもしれません――」

人狼《じんろう》の動きは当然ながら狼《おおかみ》に似る。その強みは第一に四足と二足を自在に切り替えての俊敏な機動であって、フェイの場合はそこに魔法使いとして培《つちか》ってきた多様な選択肢が融《と》け合う。重心制御を駆使した歩法と走法に加えて、魔法剣の技術さえも例外ではない。

「ウォォォォォォッ！」

その結果を端的に言い表せば、剣を執る狼《おおかみ》。もはや下段などというレベルではない。ほとんど地を這《は》うに等しい低さから当たり前に斬撃を繰り出し、それでいて攻撃後に姿勢の破綻はまるで生じない。立ち上がる必要すらなく、床に手を突いた姿勢からそのままトップスピードの疾走を維持できるからだ。四足機動の邪魔にならないよう杖剣《じょうけん》は逆手の形で掌《てのひら》に固定してあるため、柄を握るのは攻撃の瞬間だけでいい。呪文を使う際は順手に持ち替える必要があるが、その動作も数えきれないほど練習している。

地面に転がっての足斬りはロッシなども得意とするが、それはあくまで不意を突くことを前提とした奇襲。対してフェイの場合は、これこそが己の身体機能から導かれる正道の戦い方である。

「――チ……！」

「切り裂け刃風《インペトウス》！」

構えの高さが余りにも人と異なるため、初見ではとても剣術戦が成り立たない。アンドリューズとオルブライトも即座にそれを理解し、すぐさま意識を対人戦から獣狩りへ切り替えた。脛《すね》を狙った突進を引き付けて躱《かわ》し、後方へ抜けていったフェイの背中を追ってアンドリューズが風の刃を放つ。無論、左右への回避を先読みして効果範囲は横に広げてある。

「凝り留まれ《ブロイベーレ》！」

だが、フェイは左右へ跳ばない。代わりに杖剣《じょうけん》を順手に持ち替え、前のめりに跳躍して逆さの姿勢から呪文で風を迎え撃つ。出力ではアンドリューズが大幅に勝るが、範囲を広げたことで部分的な相殺《そうさい》が可能になっていた。追撃を凌《しの》いだフェイが一回転して着地する。

「**氷雪猛りて**《フリグス》**！**」

「**嵐の中より轟きて**《マグヌス》　**猛き白光は地を襲う**《トニトゥルス》**！**」

その間にステイシーが何もしないはずもなく、敵ふたりがフェイへの対処に追われる隙に二節詠唱を開始。そこにオルブライトが氷撃を放つが、彼女はそれを横っ飛びに躱《かわ》しながら大威力の電撃を放つ。ふたりを中心とした一帯を眩《まぶ》しく包み込む稲光。回避は無理と見て取ったアンドリューズが必要な部分だけを対抗属性で相殺《そうさい》するが、

「足元だ！」

そこへすかさずフェイが舞い戻る。帯電した床のわずかな隙間を抜けてアンドリューズへ肉薄、後ろからふくらはぎを狙って逆手に持ち替えた杖剣《じょうけん》を振るった。それが肉を抉《えぐ》る寸前でオルブライトがフェイの手首を蹴って軌道を反らす。駆け抜けていくフェイの背中へとアンドリューズが杖剣《じょうけん》を向けかけ、

「**爆ぜて広がれ**《マグヌス》　**満たして覆え**《フラルゴ》**！**」

そうはさせないとばかりに、ステイシーが二度目の二節呪文を叩《たた》き付《つ》ける。オルブライトとアンドリューズが同時に呪文で迎撃するが、それらがぶつかり合う寸前でステイシーの放った魔法が自ら炸裂《さくれつ》した。同時に溢《あふ》れ出《だ》す大量の黒煙。ふたりの周囲を色濃く包み込む煙幕と、そ

の中へ紛れたフェイの姿にオルブライトが舌打ちする。

「気を付けろ、人狼《じんろう》は鼻と耳が利《き》く！」

「分かっている！　**吹けよ疾風《インペトウス》！**」

足元に警戒しつつ、すぐさま煙を風で吹き散らすアンドリューズ。見晴らした周囲へ視線を走らせるオルブライトだが、予想に反してフェイの姿は近くにない。その瞬間を狙って遠間からふたつの呪文が響いた。

「**火炎盛りて《フランマ》！**」「**嵐の中より轟きて《マグヌス》　猛き白光は地を襲う《トニトウルス》！**」

属性を違《たが》えた一節と二節が別角度から同時にふたりへ襲い掛かる。即応して炎へ走ったオルブライトが眼前に迫るそれを相殺《そうさい》、アンドリューズも電撃の余波を打ち消しながらその背中を追う。さしもの彼らも冷や汗を禁じ得ない。距離があったおかげで二節呪文を真っ向から受けずに済んだが、一瞬でも反応が遅れていれば今のは防げなかった。

「ハァッ、ハァッ……！　まったく、しぶといわね……！」

荒い息を吐きながらステイシーが毒づく。魔力量の多さでは同学年でも上位の彼女だが、全力で放つ二節の三連発はさすがに消耗が激しい。ここまで駆け通しだったフェイも息が上がりかけていたが、シビアな防戦を切り抜けた直後のアンドリューズたちも状況は似たようなもの。

結果、戦闘再開までの猶予を求める点で両チームの判断が一致した。

闘技台の中心を挟んで互いの立ち位置を取り直す。距離を開けて息を整える間、オルブライトが薄く笑って語りかける。

「ここまで手こずらせるのは予想外だ。褒めてやるぞ、コーンウォリス」

「……そのイラつく口を閉じてくれるのが、私はいちばん嬉《うれ》しいけどね」

ステイシーも減らず口で返した。その傍《かたわ》ら、彼女はやや離れた位置に立つ従者へと魔力波で問いかける。

「まだまだいけるわよね、フェイ」

「当たり前だ。いつでも始めろ」

ふたつ返事でフェイが応じる。その返答の裏に隠された彼の苦痛を思《おも》い遣《や》って、ステイシーはぎり、と奥歯を嚙《か》みしめる。否応なく、彼と過ごした日々が頭をよぎる——。


「——ガァァァァァァァッ！」

閉め切った部屋の中に響き渡る獣の絶叫。迷宮一層に設《しつら》えた工房の中、あらゆる感情を押し殺した結果としての無表情でもって、ステイシーはその声の主と向き合っていた。即《すなわ》ち——彼の従者である半人狼《じんろう》の少年フェイ＝ウィロックと。

「……フェイ、鎮痛薬を飲んで。もうじゅうぶんよ。今日はここまでにしましょう」

爪の剝がれた指で床を搔《か》きむしって悶絶《もんぜつ》するフェイへと、ステイシーがそんな言葉をかける。

その瞬間に絶叫が止まり、鋭い牙が口元に覗《のぞ》く少年の顔が彼女を振り向いた。変身が半ばに止まった顔でぜいぜいと息を荒げながら、それでもなお折れぬ意思を瞳に宿して、フェイが首を横に振る。

「……いや……まだ、やれる。やらせてくれ。もう少しで感覚が掴《つか》めそうなんだ……」

「もういいって言ってるでしょ！　まだ言うなら無理やり昏倒《こんとう》させるわよ！」

語調を強めたステイシーが少年に杖《つえ》を突きつける。その先端をまっすぐ見返しながら、彼はひどく落ち着いた声で語りかける。

「……聞いてくれ、スー。やせ我慢をしてるわけじゃない。……俺はむしろ、苦痛の少ない方を選んでいる」

「……？」

意味を解《かい》しかねたステイシーが眉根を寄せる。その目の前で大きく息を吐き、フェイがゆっくりと天井を仰ぐ。

「空にではなく、俺の意識に直接月を浮かべる。お前の発想は間違いなく正解だ、スー。それが可能だということは、これまでの実験から誰よりも俺自身が確信している。なのに実現できないのは……間違いなく、俺のほうに理由がある」

苦い面持ちで少年が告げる。自らの体で繰り返してきた試みだからこそ、そこに立ち塞がる障害もまた、彼自身が誰よりも理解している。

「変身の痛みが始まった瞬間、意識が乱れる。せっかくお前が浮かべてくれた月の像がばらばらに散ってしまう。だから変身も途切れるんだ。痛みに耐えるだけでなく、その上で平常心を維持しなければこの方法は成立しない。要するに……繰り返すしかないんだ。何度も経験を重ねて自己制御《セルフコントロール》のコツを摑《つか》むしか」

「……ッ、分かってるわよ、そんなこと！　けど、それにだって時間がかかるのは当たり前でしょ！　今みたいに焦《あせ》らなくていいって私は言ってるの！」

半ば癇癪《かんしゃく》を起こしたようにステイシーが叫ぶ。その気持ちはフェイにも痛いほど分かっていた。実験で苦しむのが彼なら、苦しませているのは彼女なのだ。

ただの一度でも耐えがたい苦痛を、彼女はすでに従者の少年へ数え切れないほど味わわせてきている。……それが自分の痛みなら、ステイシーはまだ耐えられるだろう。しかし現実はそれよりも遥《はる》かに非情だ。半身にも等しい相手へ一方的に苦痛を押し付ける——その事実にこそ、彼女の心は折れかけている。

「これの完成が遅れるほど、お前と離れなければならない可能性が高まる。そうだろう？」

だから、残酷と知りながら、少年はそれを口にした。指摘を受けたステイシーの息が止まる。なぜ、と無言のまま問うてくるその視線に、フェイは苦笑を浮かべて答える。

「分かっているさ、そのくらいは。……家からしつこく責められているんだろう？　もう三年生なのに、いつまでも犬ころを傍《そば》に置くなと。……もっと言えば、俺が婿選びの邪魔だと」

ステイシーは何も言わない。が、その沈黙こそが何よりの答えだ。フェイが重く頷《うなず》いた。

「当たり前の話だ。どう足掻《あが》いたところで、俺はお前の夫にはなれない。コーンウォリスの系譜に人狼《じんろう》の血を入れることなど御館様が許可するわけがない。お前は別の魔法使いと婚姻し、そいつとの間に子をもうける。それは……受け入れている。コーンウォリスに拾われた時から、そういうものだと理解している」

事実を語る声に抑揚はない。誰に言われるまでもなく、彼は自分の立場を正しく理解している。未来を嘱望された魔法使いの令嬢と、数奇な偶然から彼女に拾われたに過ぎない薄汚れた野良犬《のらいぬ》。客観的に見たふたりの関係はそういうものだ。本人たちの間にどんな気持ちがあろうとも、魔法使いの論理はそれを一顧だにしない。

だからこそ。その線引きの中で行うと決めた悪足掻《わるあが》きを、フェイははっきりと口にする。

「……けど……それでも俺は、お前の傍《そば》にいたい。どんな立場でも、指一本触れることが叶《かな》わなくなっても、お前の番犬であり続けたい。それ以外のことは何も望まない。

けど、それにも根拠が要る。番犬にも値札は付くんだ。ひと山いくらの雑種ではお前の傍《そば》に居続けるだけの価値を示せない。……だから、今の護衛としての価値に加えて、研究対象としての価値を上乗せする。この体を使って、誰も無視できないような成果をお前が上げることで」

それこそが彼らの見出《みいだ》した唯一の活路だった。護衛の役目にはいくらでも替えが利く。だが、研究対象として唯一無二である限り、コーンウォリスの家もまたフェイの存在を容認せざるを得ない。それもまた婚姻と並んで魔法使いの重要な営みだからだ。

加えて、近い未来には、その成果をアピールするために打ってつけの決闘リーグという舞台まで用意されている。この機会に全てを懸けない理由などない。自らを取り巻くそうした状況の全てを踏まえた上で、フェイは主《あるじ》に自分の心をさらけ出す。

「苦痛なんて些細《ささい》な問題だ。いくらでも耐える、いくらでも呑《の》み込む。でも……お前と離されることだけは、どうしても耐えられない。お前の顔が見られなくなることが、お前の声が聴けなくなることが、お前と出会う前のただ一匹の野良犬《のらいぬ》に戻ることが——俺には他の何よりも恐ろしい」

一切の飾りなく、それが彼の本音だった。——お前の隣にいさせて欲しい。そのためにどれほどの代償を払うことになっても構わない。だからどうか、この首輪を付けたままで。

嘆願するフェイに歩み寄ると同時に、ステイシーの体が膝から頽《くずお》れた。半人狼《じんろう》の少年が口にした願いと、その主である少女の気持ち。同じ鋳型で打ち出したかのように、そのふたつは等しく重なっていた。

「……フェイ……！」

愛する者を抱き締め、ステイシーが哭《な》いた。自分たちはその道を進むしかないのだと理解し、慟哭《どうこく》した。愛《いと》しい相手と共にいるためにその相手を苦しめ続ける、それこそが自分たちの落とされた地獄なのだと解《わか》ってしまった。同様の責め苦はこの先もずっと自分たちを苛《さいな》み続ける。この実験や戦いが終わった後ですら、それは形を変えていつまでも。

「……続けてくれ、スー。そうして欲しいんだ。苦しい間は、恐ろしくない」

少女を抱き返し、フェイはそう求めた。他の道の全てはステイシーの眼前で断たれていた。だから嗚咽《おえつ》を呑《の》み込み、彼女は抱擁を解いて立ち上がる。……いつまでも抱き合って泣いていられるならどんなに良かったろう。しかし、それでは杖《つえ》が振れないのだ。彼を責め苛む忌わしい拷問が続けられないのだ。

「そんな顔するな。——知ってるだろ？　お前の番犬は頑丈なんだ。ちょっとやそっとのことで気が触れたりしないよ」

自分が今どんな顔をしているのか、ステイシーにはもう分からない。ただ、フェイの表情はひどく穏やかだった。これから再開される責め苦の全てを受け入れて、彼は余りにも優しい顔でそこに在った。目の前の少女の苦しみに比べれば、自分のそれは数えるうちにも入らないとでも言うように。

「そして——首尾よく成功したなら、その時は良くやった《グッド》と褒めてくれ。それだけで全て報われる。……犬ってのは、昔からそういう単純な生き物さ」

ステイシーは頷《うなず》いた。そうして息を吸った。杖《つえ》を振り、呪文を唱えた。

「――WOOOOOOOOOOOOOOOOOOO！」

闘技場の大気を隅々まで震わせる鬨の声《ウォークライ》。それに激しく胸を打たれながら、グレンダは手に汗を握って実況を続ける。

「――じょ、序盤とは一転してコーンウォリス隊の一方的な攻勢！　反撃の隙を与えないままアンドリューズ隊のふたりを防戦に追い込んでいます！」

「圧巻だな。Mr《ミスター》．ウィロックの動きの冴《さ》えに加えて、Ms《ミズ》．コーンウォリスの大胆な支援射撃がアンドリューズ隊を縫い止めている。広範囲の二節呪文はこの状況だと仲間を巻き込みかねない選択だが、意念《イメージ》の精妙な調整によってMr《ミスター》．ウィロックが抜けるための隙間を用意してあるようだ。人狼体《じんろう》の頑強さが保険になってはいるのだろうが……それを差し引いても見事な連携と言わざるを得ない」

　鬼気迫るコーンウォリス隊の猛攻をガーランドが手放しで評価する。が、その視線はもう一方のチームにもしっかりと向けられていた。こちらもやはり感心せざるを得ない。ステイシーとフェイの攻めが苛烈さを増す一方で、彼らの対応は逆に安定の度合いを増している。

「しかし、アンドリューズ隊の対応も悪くない。すでにMr《ミスター》．ウィロックの動きを把握するまでは防戦に徹する方針に切り替えている。今の段階ではどう反撃しても博打《ばくち》の色が濃くなると分かっているようだな」

堅実な判断には必勝を期した彼らの心構えが見て取れる。その冷静さが勝るか、はたまたコーンウォリス隊の灼熱《しゃくねつ》が全てを呑《の》み込んで焼き尽くすか――師範《マスター》の目を持ってすら先の展開は読み切れない。しかし、戦況が動くその瞬間は着々と迫っている。

「敵を攪乱《かくらん》するために絶え間なく動き回っているMr.《ミスター》・ウィロック、縫い付けるために大威力の二節を連発しているMs.《ミズ》・コーンウォリス、どちらも相応に消耗は大きい。彼らにとってはそれに見合うだけのリターンを得られるかどうかの勝負になる」


どれほど難しい相手でも、戦い続ければ必ずその性質に対して理解は深まる。冬場の冷たい湖水に潜り続けるような忍耐でもってアンドリューズとオルブライトはそれを行った。徐々に確実に、その成果は彼らの中で積み重なっていた。

「――フッ！」

駆け抜け様に足首を刈っていくフェイの一撃。それをオルブライトが片足を浮かせて躱《かわ》す。狙いを見切って最小限の動作に留《とど》めたことで姿勢のぐらつきは生じない。すぐさま振り向いて冷気を放ち、背中を追ってくるそれをフェイが床に生えた小さな壁の陰へ飛び込んで凌《しの》ぐ。ここまでの戦いで隙を見て、彼とステイシーが闘技台の数か所に設置したものだ。四足歩行で姿勢が低い分、彼の場合は遮蔽物にもごく低い壁で事足りる。

「WOOOOOOOOOOOッ！」

防壁から一瞬で飛び出したフェイが再び同じ相手へと疾駆する。それはオルブライトにとっても望むところだ。すでに膝から下を狙った斬り抜けには目が慣れつつある。今度こそはカウンターで一撃入れる――そう決めて身構えたオルブライトの眼前で、フェイの軌道がぐんと横に曲がった。

「む――」

オルブライトから見て左側を突っ切る動き。が、フェイの杖剣《じょうけん》は右手で逆手に握っているため、その位置ではどう振っても刃が足に届かない。フェイントで一旦通り過ぎるつもりか、そう判断したオルブライトがすぐさま呪文での追撃に切り替える。が――詠唱を口にしかけたその瞬間、彼の左足を予期せぬ熱が襲った。

「――ッ――⁉」

「オルブライト！」

仲間の異変に気付いたアンドリューズが声を上げる。――この試合における初めての流血。それは今、切り裂かれたオルブライトの左足から滴《したた》り、直下の床を赤く染めていた。

「……足の爪か」

負傷の原因を悟ったオルブライトがそれを呟《つぶや》く。上質の魔法加工が施されたキンバリーの制服は並の刃物を通さないが、強い魔力を帯びた魔獣の爪であれば話は別だ。今も闘技台を駆け続けるフェイの姿を改めて観察すれば、その革靴の爪先から鋭い切っ先が飛び出しているのが見て取れる。アンドリューズ隊の防御をすり抜けるために、彼らがここまで隠し通した切り札だ。

「チッ――」

「苦戦しとるやん、旦那」

同時にそこで六分が経過。両チームの三人目が闘技台へと登り、速やかに戦闘へと参入する。足の負傷で機動力を削《そ》がれたオルブライトを背後に守る形で飄然《ひょうぜん》とロッシが立ち、

「『雷光疾りて《トニトウルス》！』」

「『仕切りて阻め《クリペウス》！』」

新たに参加したシェラと合わせる形で、ステイシーがそこに電撃を叩《たた》き付《つ》ける。三人分の遮蔽呪文で立ち上げた壁がそれを防ぐが、その間にもフェイは壁の後ろへ回り込み、仲間の負傷で立ち回りが制限されたアンドリューズ隊へ襲撃を再開する。参戦直後で厳しい状況に置かれたロッシ。が、その口元がにやりとつり上がる。

「予定と違ってくれて嬉《うれ》しいわ。六分よだれ垂らして待っとったからなぁ」

続けざまにシェラとステイシーが撃った炸裂《さくれつ》呪文が防壁を打ち砕く。そうしてアンドリューズ隊に圧力を掛け続けながら、縦巻き髪《ロールヘア》の少女は隣に立つチームメイトへと目を向ける。

「スー、余力はありますか⁉」

「ハァッ、ハァッ……余裕！　続けるわよ、フェイ！」

「WOOOOOOOOOOOOッ！」

　残る力を振り絞ってステイシーが応え、その意思に呼応したフェイがひときわ大きな咆哮《ほうこう》と共にアンドリューズ隊へと駆け抜ける。あらゆる障害を喰《く》い破って主に勝利をもたらすと誓った番犬の突撃。鬼気迫るその爪牙《そうが》の正面へ、ロッシがゆらりと歩み出た。

「勇ましいなぁ。けども、ボクはもう初見と違うで？」

　床面スレスレから二重のフェイントを経て足首を狙うフェイの動き。それを露骨に目では追わず、しかし視界の端で確かに捉えて、ロッシが大きく股を割った。真上から落ちてくるロッシの刃に瞠目《どうもく》するフェイ。辛《かろ》うじて杖剣《じょうけん》でそれを受けるが、同時にその右手をロッシの両腕が絡《から》め取る。

「――ッ⁉」

「これでおんなじ高さや。まっすぐ見つめ合おうで、フェイくん」

「フェイっ！」

　状況を見て取ったステイシーが焦《あせ》りの声を上げる。床面で組み合う形になったことで、ここまで戦術の要として働いていたフェイの機動力が完全に殺されている。どうにか敵を振り払おうとする彼の体を両脚で挟んで引き留めながら、ロッシが近い位置の仲間ふたりへ叫ぶ。

「ボクごと撃つのは勘弁やで！　キッチリ仕留めるから時間くれたってや！」

「ふん──いい動きだ。そのまま釘付《くぎづ》けにしておけ」

「**切り裂け刃風《インペトゥス》！**」

　もっとも厄介な駒を押さえた彼らが一転して攻勢に移る。フェイを助けに向かおうとするステイシーとシェラの動きを、そこに立ち塞がるアンドリューズとオルブライトの呪文が強硬に跳ねのける。


「──三人目の参戦と共に呪文戦が再開！　これまで縦横無尽に動き回っていたMr《ミスター》．ウィロックですが、ここで参戦直後のMr《ミスター》．ロッシに押さえられた形！」

「あれは……センスとしか言いようがないな。今用いているのは寝技《グラウンド》の技術だが、そこまでの繋《つな》ぎに用いた真下への一撃は彼の即興だろう。あれほど使い所が限定された技は私の知るどの流派にもない。自分の足を餌にしての一点読みにそれを用いるのだから大した胆力だ」

　半ば感心、半ば呆《あき》れといった表情でガーランドが言う。フェイの押さえがアンドリューズ隊の急務だったのは確かだが、それがあんな形で実現されるとは男も予想しなかった。模範的とは口が裂けても言えないが──固まった戦況を揺るがすために、ロッシの奇襲がこの上なく有効に働いたことは疑いない。

「前の試合に続き、今回も全員参戦の三対三へともつれ込みました！　見応えのある展開が続いて私はもう嬉《うれ》しいばかりです！」

「ああ、実力が伯仲している場合はこうなりがちだ。最初から仕留めるつもりで動いても、もはや六分という短時間では互いの守りを崩しきれない。それほどに戦力が拮抗《きっこう》している。彼らがいかに厳しい競争を勝ち抜いてきた面子《めんつ》であるかが窺《うかが》われるな」

男が満足げに微笑《ほほえ》む。決勝リーグで特定の一チームの強さが際立《きわだ》つのではなく、ここまで勝ち上がってきた全てのチーム、全ての選手のレベルの高さが見て取れる。その光景に教師として喜びを覚えないはずがない。

「戦術の要だったMr.《ミスター》ウィロックが押さえられたことで、コーンウォリス隊も戦い方を変えざるを得なくなった。Mr.《ミスター》オルブライトの機動力を削《そ》いである分は彼女らに有利だが、二節を連発してきたMs.《ミズ》コーンウォリスの消耗も無視できない。加えてMr.《ミスター》ロッシとMr.《ミスター》ウィロックの密着戦がどう転ぶかでも戦況は大きく変わる。状況はまだ揺らぎの中だ」


「**雷光疾りて**《トニトゥルス》**！　雷光疾りて**《トニトゥルス》**！　雷光疾りて**《トニトゥルス》**！**」

立ちはだかるオルブライトへ向けてステイシーが立て続けに呪文を連射する。相手が片足を負傷している分は有利だが、ここまでの消耗が大きい彼女も力ずくでは押しきれない。息の乱れから循環呼吸《サーキュラーブリージング》の維持ももはや困難になっている。それを見切った上で、詠唱の合間にオルブライトが口を開く。

「……どうした、俺を仕留めたいのだろう。もう一歩踏み込んできたらどうだ？」

「あんたが膝を突いたらね！　**雷光疾りて**《トニトゥルス》！」

安い挑発には乗らず、ステイシーは頑として間合いを保ちながら呪文で攻め続ける。足の負傷の度合いによっては剣の攻防に打って出る手もあるが、オルブライトはそれを巧妙に隠して立ち回っており、何より魔法剣の技量では彼のほうに大きく軍配が上がる。フェイのもとに駆け付けたい気持ちをぐっと抑えて、ステイシーは粘り強く呪文戦に集中する。再び状況をひっくり返すための一瞬のチャンスを待って。

「──見違えるように上手《うま》くなりましたわね、リック。風の扱いではもう敵《かな》いませんわ」

「その口振りは昔と同じだな、ミシェーラ。**切り裂け刃風**《インペトゥス》！」

一方のシェラとアンドリューズ。こちらも呪文の撃ち合いだが、参戦直後のシェラに余力がある分、アンドリューズ側の立ち回りは慎重になる。この状況なら多少強引にでも捻じ伏せにくるかと予想したのだが、それに反してシェラに大きく攻め込んでくる気配はない。その消極性をアンドリューズが訝《いぶか》しんだ。

「僕を押さえるだけでいいのか？　あの手の戦いではロッシに分があるぞ」

「…………」

シェラは答えない。彼女としても相手の言うように動きたいのは山々だ。あえてそれをしないのは、他でもないチームメイトふたりと交わした約束があるからだ。

三人目に出て、アンドリューズかオルブライトを完全に押さえる。試合ではただそれだけでいい。シェラが彼らから受けた指示はそういうものだった。本人にも意図はもちろん分かる。今回はあくまでもステイシーが主導のチームなのだから、その采配に則《のっと》った形で勝てないのでは意味がない。シェラのスタンドプレーが勝敗を分けるようでは本末転倒なのだ。彼女に力を借りつつも、ステイシーとフェイは自らの力を示すためにこの場に立っている。その切実な想《おも》いをシェラは深く理解していた。故に——何よりもそれを尊重する。

「……ぐ……！」

自らに課したその拘《こだわ》りがある以上、今の苦境はフェイたち自らの力で乗り越えるしかない。だが、それは決して容易ではなかった。部分変化した人狼体《じんろう》は瞬発力でこそ人間に大きく勝るが、その代償として股関節の可動域を始めとする柔軟性を少なからず欠いている。そこに技術の差が加わり、寝技《グラウンド》の攻防は完全にロッシの土俵だ。

パスガードを繰り返して着々と相手の背後へ回っていくロッシ。そうしながら、彼は必死に抵抗するフェイの耳元で囁《ささや》く。

「寝技かじっといて良かったわ。力じゃ今のキミに敵《かな》わへんからなぁ」

「……ッ……！」

「っとと、あんまり暴れんといてや。まだボク下手やさかい、統括みたいにキレイには詰められへんねん。夜の寝技ならもっと上手《うま》いんやけどなぁ」

冗談めかして語りつつも、その攻め手は確実に進んでいた。相手の利き手《きて》を床との間で潰しながら首に腕を回し、逆の手で袖を摑《つか》んで頸動脈《けいどうみゃく》を絞め上げる。呪文詠唱を可能にするため、フェイの変身の恩恵は声帯を含む首に及んでいない。その構造と筋力は人間のままであり、必然的に絞め技は有効である。

決着を目前にした寝技の攻防。その光景を、オルブライトと向き合うステイシーもまた視界に捉えていた。彼女から見たフェイの姿はほとんどオルブライトの背後にある。呪文で直接の援護は出来ない。だが――それを承知の上で、この位置関係は彼女が望んだものだ。

「**満月よ浮かべ《ルーナプレーナ》！**」

「む⁉」

息詰まる呪文戦の最中、相手の意表を突くタイミングでステイシーが杖剣《じょうけん》を空へ向ける。そこから生じた青白い光が上空の一点に寄り集まって真球を形成。しまった、とオルブライトが自分の対処ミスを悟る。光球はオルブライトの頭を越えた背後の上空に浮かべられたため、それを杖《つえ》で狙うためにはステイシーに一度背を向ける必要がある。今の彼がそんな隙を晒《さら》せるはずもなく、シェラが完全に抑えているアンドリューズも状況はほぼ同じ。

「粘ったなぁ。けど、これで終わりや！」

寝技の詰めに集中しているロッシはその変化に気付いていない。絞め技で脳への血流を断たれたフェイの視界が秒刻みに暗くなっていく。が——意識の喪失に至る間際《まぎわ》、彼の耳に聞き間違えようのない主の声が届く。

「フェイ、空を見なさい！」

瞬時に意図を理解した。絞められている首は動かせず、代わりに眼球を動かす。その瞬間、狭まった視界の中に確かにそれが映る。今の彼が必要とするもの。即《すなわ》ち——空に浮かぶ青白い満月が。

「……GA……」

「えっ」

めきめきと拡張していく筋骨がロッシの腕を押し返す。もはやどれほど力を込めようと意味はない。人の腕で絞め上げるには、その首は余りにも太すぎる。

「——うそやん」

「GAAAAAAAAAAAAAAAAAA！」

完全な人狼《じんろう》体へと変じたフェイの口から獣の咆哮《ほうこう》が迸《ほとばし》る。彼が全身のバネで跳ね起きると同時にロッシもまた寝技を打ち切って後退した。背中合わせに合流したオルブライトがぼそりと口を開く。

「どうした。仕留めるのではなかったのか？」

「無茶言わんといてや！　ボクの寝技は人間と取っ組み合う技術やで！」

悲鳴に等しい反論がロッシの口を突いて出る。その瞬間、獲物ふたりを視界に捉えたフェイの体が一直線に彼らへと駆け出した。

「狙われているぞ、オルブライト！」

先の展開を読んだアンドリューズがシェラと撃ち合いながら警告を飛ばす。無論オルブライトも承知していた。完全な人狼体《じんろうたい》は一節呪文の直撃でも倒しきれない。ロッシと息を合わせて迎撃したいが、そうすれば今度はステイシーに背中を撃たれる。万全の状態なら突進を躱《かわ》して凌《しの》ぐことも出来たが、片足の負傷が響いている今はそれも難しい。

この条件下での選択肢は限りなく絞られる。それを一瞬で割り切って決断を下し、オルブライトは床を蹴って一歩下がった。迫るフェイのほうへ振り向きながら隣のロッシへ告げる。

「交代だ」

「旦那⁉」

互いの相手を入れ替える。その指示には応じてステイシーに向き直りながらも、ロッシは驚きを隠せない。今のオルブライトに完全変身したフェイの相手が務まるのか。いや――それ以前に、あの突進を凌《しの》いで生き延びる手立てがあるというのか。

「GAAAAAAAAAッ！」

半ば棒立ちに近い体勢で待ち構える獲物《オルブライト》。その首筋をひたと見据えて、フェイは一切の躊躇《ちゅうちょ》なく真っ向から喰《く》らい付いた。心臓を狙う胸への刺突のみ腕で防ぐ。それ以外は仮に零距離から呪文を受けようとも一撃は耐え、次の瞬間には必ず相手を噛《か》み砕《くだ》く。この状況ではもはや駆け引きの余地がない。

対して、オルブライトが取った行動はひとつ。顎《あぎと》が眼前に迫ったその瞬間、彼は左腕の肘を突き上げてそれを迎えた。

「ぐ……！」

肉を切り裂き骨を軋《きし》ませる牙の感触。その痛みに呻《うめ》きながらも、オルブライトは耐える。左腕から肩にかけての筋骨を魔力の体内操作で瞬間的に強化し、その盾でもって獣の圧倒的な顎の力を受け止める。無論、そんなものは噛《か》み砕《くだ》かれる運命を数秒引き延ばすだけの儚《はかな》い抵抗だ。

が──無意味ではない。その数秒の間に、彼にはまだ出来ることがある。

「──**氷雪猛《フリグス》りて！**」

故に、彼はそれを行った。右手の杖剣《じょうけん》で胸の中心に向かってフェイの腹を突き上げ、同時に最大出力で呪文を詠唱。分厚い腹筋に阻《はば》まれて切っ先は急所に届いていない。が、そこから放たれた冷気が獣の体内を一瞬にして凍《い》て付《つ》かせ、その侵蝕《しんしょく》はたちまち心臓へ至った。

「──KA……」

活動の停止を余儀なくされたフェイの体が、その意思とは無関係に膝から崩れ落ちる。圧《お》し掛かってくる相手の体を腕で横へ押して床に落とす。肉が抉《えぐ》れて骨の露出した左腕をだらりと下げながら、戦いを制した武門の嫡男は厳かに言ってのけた。

「……これがオルブライトの人狼狩《じんろう》りだ」

「フェイ――！」

従者の撃沈を目にしたステイシーが我を忘れて床を蹴る。その前に立ち塞がることはなく、ロッシはあえて横に跳んで彼女を素通りさせた。それから改めて無防備な背中へ杖剣《じょうけん》を向ける。

「堪忍《かんにん》やで、ステイシーちゃん。――**火炎盛りて《フランマ》！**」

「**氷雪猛りて《フリグス》！**」

ロッシの杖剣《じょうけん》から炎が放たれたその瞬間、シェラもまたチームメイトの窮地を見て取っていた。アンドリューズからの風を横っ飛びに躱《かわ》し、反撃に回すはずだった呪文を仲間の助けに飛ばす。ステイシーの背後で打ち消し合うふたつの魔法。その音でオルブライトに呪文を撃っていたステイシーもハッと我に返り――しかし同時に、アンドリューズもまたそちらへ杖《つえ》を向けていた。

「**打てよ風槌《インペトゥス》！**」

さしものシェラも押さえが間に合わず、狙い澄ました風の一撃がステイシーへ向けて放たれる。オルブライトのほうは呪文を一発迎撃した時点ですでに限界を迎えていた。彼から視線を切ったステイシーがすぐさま身をひるがえし、

「**凝り留まれ《プロイベーレ》！**」

迫る烈風に対して対抗属性での迎撃を試みる。が——それを真っ向から呑《の》み込んで、アンドリューズの一撃は彼女へと無慈悲に直進した。

「——っ、しまっ——！」

力負けしたと気付いた時はもう遅い。どんな回避も間に合わぬまま殺到する風がステイシーの体を強烈に打ち、吹っ飛んだ少女の体が闘技台の上をごろごろと転がった。完全に意識を失って昏倒《こんとう》したその姿を遠目に見据えて、アンドリューズがぼそりと呟《つぶや》く。

「……出力不足。ここまでの消耗が響いたな」

気持ちの強さでは補いようがない、それこそがステイシーの最終的な敗因だった。ぐっと唇を噛《か》むシェラ。一方で、一連の攻防を見届けたオルブライトが満身創痍《そうい》の体から力を抜き、床にどっと腰を下ろす。

「出血が限界だ。……悪いが、後は任せる」

アンドリューズとロッシが同時に頷《うなず》いた。半ば相討ちに近い形でフェイを仕留めたチームメイトにこれ以上の無理はさせられない。この試合の後も短い休憩を挟んで戦いが続く以上、無用の消耗は頑として避けるべきである。

「残りは君ひとりだ、シェラ。……どうする？」

それは彼らの相手にとっても同じことだった。ロッシと並んで杖剣《じょうけん》を構えながら、アンドリューズが目の前に立つ旧知の少女へと暗に降参を促す。ここで切り上げて次の試合に備えるのが得策だと、互いにとって至極妥当な決断を求めていた。

「……ごめんなさい、スー……」

　一拍置いて、それを受け入れたようにシェラが杖剣《じょうけん》を下げる。予想通りの答えにアンドリューズも胸を撫《な》で下《お》ろした。……ステイシーをリーダーとして立てるために、今の彼女が一歩引いたスタンスを取っていることは察している。である以上、ひとり生き残った状態から無意味に足掻《あが》くことはしないだろう。

　そんな彼の楽観を、押し寄せる圧倒的な魔力の波が裏切った。

「――!?」

　緩みかけた意識が一瞬にして臨戦態勢に立ち返る。全身の肌を粟立《あわだ》たせる彼とロッシの眼前で、縦巻き髪《ロールヘア》の少女の在り方が変わっていく。丸みを帯びた形の良《い》い彼女の耳。それが顔の左右で急速に伸びて、鋭く尖《とが》る。

「最後まで見守るつもりでした。けれど――今だけは、出しゃばらせてくださいませ」

　エルフ体への変身。可変型のハーフエルフであるシェラが切り札とするそれは同時に、これまでのスタンスから一線を越えて本気を出すという明確な意思表示。一変した状況を前にアンドリューズとロッシが弾《はじ》かれたように左右へ散り、

「**駆け敷け雷道《トニトゥルス》！**」

　その一方へと向けてシェラが呪文を放つ。これまでとは段違いに強化された電撃はもはや二

節呪文と見紛《みまご》うばかりの威力。が——ロッシは焦《あせ》らない。これまで踏んできた場数から冷静に呪文の軌道を観察し、それがやや下へ傾いていることを見切って最小限の後退で応じる。予想に違わず、手前の床に着弾した電撃がそこで激しく火花を散らした。

「ごっつい出力やな……！　けど狙いが雑やで！」

にぃと口元をつり上げたロッシが着弾点を跳び越えて反撃に移る。大幅に強くなった力を持て余している——相手の状態を彼はそう判断した。だとすれば付け入る隙はいくらでもある。魔力量で勝る相手の攻略はむしろ彼の十八番《おはこ》である。

だが、アンドリューズの認識は違った。そんな分かりやすい弱点をミシェーラ＝マクファーレンが残すはずがないと他の誰よりも理解していた。だから——この瞬間。彼だけが唯一、相手の本当の狙いに気付いた。

「違う、ロッシ！　そこはもう間合いだ！」

「？」

言葉の意図を摑《つか》みかねたロッシが眉根を寄せる。それも無理はない。シェラとの距離はまだ遠く、呪文詠唱に反応して回避するだけの余裕はじゅうぶんにある。いくら出力が上がっても詠唱や電撃の速度そのものに大きな差はない。もっと近付いた後ならともかく、今の段階で差し迫った脅威はないはずだ。

そんな常識の全てを裏切り尽くして。次の瞬間、シェラはすでに彼の目の前にいた。

「──は？」

どのような反応をする間もない。理解も観察も分析も絶望的に追い付かない。何の小細工もなく真《ま》っ直《す》ぐ突き出された杖剣《じょうけん》がロッシの胸の中心を貫き、その勢いのまま彼の体を後方へ押し出す。浮遊感と共にロッシの視界でシェラの姿が再び遠くなった。それを呆然《ぼうぜん》と見つめるまま過ぎ去った一秒の後、ついに指一本動かせないまま、彼の体が場外の地面へ叩《たた》き付《つ》けられる。

「──かッ──」

衝撃で呼気を吐き出すと同時に意識が途切れる。続いて訪れる圧倒的な静寂。理解を超えた光景に観客席の生徒たちが声を上げることも忘れて硬直する。無言のまま注がれる無数の視線の先で──刺突を繰り出した直後の姿勢のまま、縦巻《ロールヘア》き髪の少女がフゥ、と息を吐く。

「な──な、な、何が起こったァ──⁉　一足一杖《いっそくいちじょう》の遥《はる》か外にいたはずのMr《ミスター》．ロッシが一瞬で場外まで吹っ飛んだぞッ！　い──いや、これは私にもマジで分からん！　何なんですかあれ！　遠間からの超高速の刺突⁉」

「……浮動だ。あれも」

グレンダの実況と共に我に返った観客たちが騒ぎ始める中、ガーランドが低い声で解答を述

べる。感心を遥《はる》かに通り過ぎて、その口調はもはや戦慄を帯びていた。

「前の試合でMs《ミズ》.ヴァロワが使ったものと原理的には同じ。だが、活《い》かし方の方向性が根本的に違う。Ms《ミズ》.ヴァロワは動きを見抜かせないために浮動を使っていたが、Ms《ミズ》.マクファーレンは同じ術理を加速に用いた。直前の電撃は攻撃ではない、あれは相手までの地面に反発属性のレールを敷いたんだ。元の地面に合わせて浮動を行う場合に比べて、あれなら自分の得意属性で最大限の反発力を実現できる」

　それがロッシを襲った理不尽の正体。呪文の軌道を見切って最小限の動きで回避したと見えて、その場所はすでにシェラが用意した敗着へ至るレールの真《ま》っ只中《ただなか》だった。無論、その結果を責める気などガーランドには毛頭ない。三年生に初見であれを躱《かわ》せなどと求めるのは難題以前の無理強いだ。いっそ不可能と言ってもさほどの間違いではないだろう。

「リゼット流奥義《おうぎ》『閃の駆突《エタンセル》』。――理屈を口で説明するのは簡単だが、そんなものは机上の空論と何ら変わらない。重心制御を駆使した踏み込みによる加速と、浮動の反発力を乗りこなしての加速――その両方を高次元で調和させなければあの速度は成し得ない。もとより自らを砲弾と化すに等しい真似《まね》だ。途中で少しでも制御を誤れば、たちまち全身があらぬ方向へ飛んでいく」

　解説しながら、そうなっていないことこそが奇跡なのだとガーランドは思う。下級生の次元はもとより、シェラが駆使した技術はすでに学生に求められるレベルを大幅に逸脱している。

優秀ではなく異常、控えめに言っても異才の類だ。彼自身もそのように評されることは多いが――そのガーランドをしても、同年代の自分があの領域に踏み込めたとは思わない。

「あれを十代で実現した魔法使いの事例を、私は寡聞にして知らない。おそらくは魔法史を遡っても皆無だろう。……たった今、彼女が実演してみせるまでは」

「――ッ……！」

一撃のもとにロッシを退場させたシェラが静かに身をひるがえし、残るひとりの方角へと歩き出す。帯電した空気を身に纏《まと》うその姿にアンドリューズが息を呑《の》んだ。プレッシャーに押し潰されそうな心とは裏腹な引きつった笑いが、その口元に浮かぶ。

「……最初に出会った頃を、思い出すよ……」

目の前の光景が古い心象と重なる。……両親に連れられて挨拶に訪れたマクファーレンの屋《や》敷《しき》で初めて彼女と見《まみ》えた時も、彼の立場は今とまったく同じだった。大人たちが余興のつもりで提案した呪文の腕比べで、幼い少年が育てつつあった自信は粉微塵《みじん》に打ち砕かれた。

自分はこの少女の大幅な下位互換に過ぎない。自己を確立する時期に植え付けられたその劣等感に、アンドリューズはそれから長きに亘《わた》って呪われ続けた。自分たちは対等の友なのだと、そう在りたいと願うシェラの求めから必死に目を逸《そ》らし続けた。誰よりも彼自身がそれを認められなかったからだ。

さりとてプライドを捨てきれるほど彼の出自は安いものではなく、その葛藤の吹《ふ》き溜《だ》まりで、アンドリューズは他に対して自らの力を主張した。ミシェーラ＝マクファーレンを視界から外し続けることだけが彼の自尊心を守り、次第に拡張されたそれは少年の中に歪《いびつ》な処世術として定着しかけていた。即《すなわ》ち——確実に勝てる相手とだけ戦い、格上の相手からは逃げ続ける。そんな思考を自覚することすら苦痛であったから、ほとんど無意識のレベルで彼はそれを遵守し続けた。そう——あの日までは。

「……分かっているさ。君との力の差も、きっとあの頃のままなんだろう」

「——リック」

「それでも！」

腹に力を込め、呼びかけに被《かぶ》せて声を張る。——もう、逃げたくはないのだ。呪文ひとつ満足に唱えられない身で真っ向から紅王鳥《ガルダ》に立ち向かった少女のように。その傍《かたわ》らで彼女と肩を並べて戦った少年のように。リチャード＝アンドリューズもまたそのように在りたい。自分を戦友と呼んでくれたあの言葉を嘘《うそ》にしたくない。それが真実になった時、きっと生まれて初めて自分は己自身に向かって胸を張れるのだ。——だから、

「ひとつだけ、昔とは違うことがある。……今の僕は、もう目を逸《そ》らさない。君からも、君より弱い自分からも。

それが答えだ。──来い、シェラ！」

ありったけの想《おも》いを込めて、少年は幼馴染《おさななじみ》に杖《つえ》を向けた。今すぐ背を向けて逃げろ、勝ち目など絶無に等しい──そう叫ぶ心を真っ先に斬り伏せた。これまでに戦ってきたどんな敵よりもそれは遥《はる》かに手強《てごわ》かっただろう。だが、彼はついに屈さなかった。

「……ええ。参りますわ」

相手の覚悟を受け止め、シェラが杖剣《じょうけん》を中段に構える。その切っ先から放たれる圧力だけでアンドリューズの気が遠くなる。だがナナオ＝ヒビヤなら、オリバー＝ホーンなら同じ状況で怯《ひる》みはしない。記憶に刻まれた彼らの姿が少年を勇気付ける。それに自分を重ねるように、彼は戦いの火蓋を切る詠唱を舌に乗せ、

「そこまで」

鉈《なた》で割るように、頭上から声が下った。

ふたりが弾《はじ》かれたように視線を上げる。ひとりの男がそこにいた。焦げ茶のスーツで洒脱《しゃだつ》に身を包み、宙に浮かぶ箒《ほうき》に逆さまの姿勢で立ったまま。これより始まる両者の戦いに、セオドール＝マクファーレンが厳然と「待った」をかけていた。

「──お父、様」

「……いけないなぁ、シェラ。それはさすがに話が違うよ」

すぅとシェラの前に移動して箒《ほうき》から降り、くるりと上下を反転した男が音もなく着地する。

娘と向き合うその表情は一見していつもと変わらぬ飄然《ひょうぜん》とした笑み。が、シェラには分かってしまう。目にすることの極めて稀《まれ》な、それは父が本気で怒っている時の顔だと。

「決闘リーグに出るのはいい。学友とじゃれ合うのも君の好きにすればいい。でも、本気は出さない。そういう約束だったろ？」

抑揚のない声が条件を確認する。予想もしない乱入にアンドリューズが呆然《ぼうぜん》と立ち尽くす中、震える手で杖剣《じょうけん》を握りしめ、身を切るようにシェラが呟《つぶや》く。

「……スーを、勝たせたいのです……」

「彼女らの戦いだよ、それは。君の力で勝たせても意味がない」

どこまでも冷淡にセオドールが真理を告げる。その圧力に膝を折られかけながらも、父の目を真っ向から見返して、シェラは吐血に等しい言葉を紡《つむ》ぐ。

「分かっていますわ。……それでも……あたくしは、返したいのです。あの子から奪ったものを。本来あの子が得るべきだったものを、ほんのわずかでも……！」

そうして、己が願いを突き付けた。……血を分けた妹から生まれながらに奪っていた多くのもの、まさにその筆頭である人物へと。彼女がずっと胸に抱き続けたその痛みを。

短い沈黙が流れた。セオドールの口元に、苦笑とも自嘲とも付かない笑みが浮かぶ。

「無理な相談だよ、シェラ。自分でも分かっているはずだ。僕の娘に生まれた時点で、君は一生奪う側の人間だと」

「――ッッ！」

返答の瞬間、シェラが爆《は》ぜた。それだけは断じて認められない言葉を前に、己の全力を懸けて父への反抗を試みた。後先の一切を考えない踏み込みで床を蹴る。今の自分に為《な》し得る最高の刺突。同学年なら視認すら許さないそれでもって目の前の心臓を狙い、

「――はぁ」

そして、一瞬で終わった。

巨竜の尾が薙《な》いだ、とアンドリューズは感じた。その眼前で、シェラの体が冗談のように真横へ吹き飛んだ。

為《な》す術《すべ》なく床に転がった。受け身の真似事《まねごと》すら許されず、それ以前に認識が出来ていなかった。頬を襲った衝撃で意識の一切が刈り取られ、彼女の五感にはただ全《まった》き暗闇だけが訪れた。吹き飛んだ勢いのまま闘技台の上を端まで転がり尽くし、そうして横たわったシェラの口からは何の声も零《こぼ》れない。苦悶《くもん》を示す一片の余地すら、父の一撃は丸ごと娘から奪い去っていた。

「約束を反故《ほご》にした分はこれで済ませてあげよう。しばらくベッドで反省しなさい」

物言わぬシェラに、直立の姿勢で右手だけを胸の前に置いたセオドールが淡々と告げる。頬を平手で張ったのだと、それでようやくアンドリューズも目の前の出来事を追認した。何の構えも取らぬ棒立ちから、あの状態のシェラに一切の反応を許さぬままに。

もはや戦慄すら覚えはしなかった。そんな感情が意味を持つ次元を遥《はる》かに超えていた。ただ、

この世には自分の理解を超えたモノが存在する――その事実だけが歴然と胸に刻まれた。

「……それと。心配しなくても、あのふたりは簡単に引き裂かれたりしないよ。人狼《じんろう》の変身工程を解体してみせた成果は誰の目にも大きいんだから、決闘リーグの優勝で箔《はく》を付けるまでもない。コーンウォリスの石頭どもにはきつく言っておくさ。……部外者の僕に出来るのは、せいぜいそれくらいだからね」

すでに相手の耳には届かないと知りながらセオドールが呟《つぶや》く。そうして彼は倒れ伏したシェラへと歩み寄ってその体を両手に抱き上げた。そのまま立ち尽くすアンドリューズへと静かに歩み寄り、悠然と真横を通り過ぎる。

「見苦しいところを見せたね。試合は君たちの勝ちだ、Mr《ミスター》．アンドリューズ。胸を張って帰りなさい」

最後にそんな言葉を残し、親子は決闘の場から退場した。通路を抜けて遠ざかるその背中を見つめて――ただどうしようもなく、アンドリューズは己の無力に空を仰いだ。


「……その、これは……」

口にすべき言葉が見つからず、実況席のグレンダが同席の教師ふたりに視線を向ける。しばしの沈黙の後、ガーランドが目を閉じて首を横に振った。

「……マクファーレンの問題に口出しは出来ない。残念だが、Ms《ミズ》．グレンダ」

言われたグレンダがぐっと息を呑《の》み込む。……それ以外の答えがないことなど、彼女にもとうに分かっていた。だが、それでも一縷《いちる》の期待を込めてしまったのは——先ほどまで闘技台で対峙《たいじ》していたふたりの気迫が余りにも眩《まぶ》しかったから。あの続きを見たいと望んでしまったからに他ならない。

観客たちの多くもそれは同じ気持ちだった。だから、不本意な結果を告げるグレンダの声は、これまでで最も苦々しいものになった。

「……決勝リーグ第二試合。コーンウォリス隊の棄権にて、アンドリューズ隊の勝利です」

「——シェラ！」「おい無事か、シェラ！」

選手たちが運び込まれた医務室へ、試合終了と同時に観客席を飛び出したカティたちがすぐさま駆け付けた。まず目に入ったのが重傷のオルブライトが校医に治療を受けている姿。そこから横に視線を移した先の窓辺で、縦巻き髪《ロールヘア》の少女は目を開けてベッドに寝そべっていた。

「……心配をかけてごめんなさい、みんな。あたくしは大丈夫です。少し休めば動けるようになりますわ」

ベッドへ駆け寄ってきた仲間たちに、弱々しい微笑《ほほえ》みを浮かべてシェラが応じる。校医の治療が効いてセオドールに張られた頬の腫れはすでに引いていたが、それでもまだ上体を起こすことすら叶《かな》わない状態だった。一定時間まともに動けない程度に全身へ響かせる——その目的に沿って正確に与えられたダメージなのだ。

自分の状態を理解した上で、シェラは冷静に言葉を続ける。

「ただ……この後の試合は棄権することになりそうです。あたくしもこの有様《ありさま》ですが、何よりMr《ミスター》．ウィロックに無理をさせ過ぎました。間を空けずにこれ以上の変身はさせられません。スーも目を覚ませば同じ意見でしょう」

「あ……そっか……」「……あの戦いの後じゃ、無理もないな」

シェラの傍《かたわ》らに置かれた二台のベッド、そこに並んで横たわるふたりの姿を見つめてカティたちが納得する。ステイシーもフェイも未《いま》だに意識は戻っていなかった。ダメージ以上に力を使い切った反動が響いているのだろう。傷はすぐに治せても消耗した魔力まで同じようにはいかない。今の彼らには休息が必要だった。

「せっかく決勝まで来たのに、オリバーたちのチームと戦えないのは残念でなりませんわ。……けれど、結果はまだ分かりませんわよ。今のリックたちは本当に強い。オリバーたちと全力でぶつかった時にどうなるのか、正直あたくしには想像がつきません」

偽らざる印象をシェラが口にする。彼女の目から見ても、ステイシーたちの作戦は決して悪くなかった。並の相手ならあっという間に倒せていただろう。それを驚異的な粘りで凌《しの》ぎ切って反撃してのけたアンドリューズ隊の実力はシェラの予想を大きく超えている。オリバーとナナオに全幅の信頼を置く彼女をしても、その必勝を確約は出来ないほどに。

「同時に――彼らをあそこまで強くしたのは、きっとあのふたりなのです。……だからこそ、応えてあげて欲しいと思いますわ」

願いを込めてシェラが呟《つぶや》く。……決勝の間は各チームの控え室に隔離されるルールがあるため、今のオリバーたちは彼女の見舞いに来られない。おそらく伝えられているのは試合の結果のみで、シェラがこのような状態にあることすら彼らは知らないだろう。それでいい、とシェラは思う。強敵との戦いを控えた彼らに集中を乱すような情報を与えたくはない。そのわずかな動揺が勝敗を分ける決定打になりかねないほど、ホーン隊とアンドリューズ隊の実力は伯仲しているのだ。

まともに力の入らない腕を、それでもどうにかシェラがベッドの端で持ち上げる。位置の近かったカティが慌ててその手を握りしめた。自分の身を案じてくれる友人たちの顔をひとりずつ見つめて、縦巻き髪《ロールヘア》の少女がはっきりと告げる。

「……立てるようになったらすぐに行きます。だから――あなたたちは先に戻って。オリバーたちの応援に集中してくださいませ……！」

「……始まらないね、次の試合」

同じ頃、試合中断後の闘技場に残された観客たちは長い待機を強いられていた。本戦で一足先に脱落したカルステ隊と、彼らの友人ピーター＝コーニッシュもその中に含まれる。気まぐれに姿を消すせいで今は空になっているテレサの席の隣で、ディーンが腕を組んで鼻を鳴らした。

「遅ぇよな。なんか裏でモメてんのか？」

「君は馬鹿なのか？　あの乱入の後だぞ。揉《も》めていないと考えるほうが不自然だろう」

出し抜けに棘《とげ》のある声が横から突き刺さる。今は誰も座っていないテレサの席。それを挟んだひとつ隣の椅子に座るその声の主に、ディーンはじろりと視線を向ける。

「そうかい、頼んでもねぇのにご親切に説明ありがとよ。……てか、最初から思ってたけど、何でそこにいんだお前。来た時はまだ他にも席空いてなかったか？」

「無性にこの席に座りたい気分だったのでな。先客がいようと退《の》けて座ったとも」

傲然と足を組んで煌《きら》びやかな金髪の少女が言ってのけた。ディーンたちと同じく決闘リーグ本戦に残った二年生チームのリーダー、フェリシア＝エチェバルリアだ。校内にその名を知らぬ者とてなき前生徒会陣営の長、あのレオンシオ＝エチェバルリアの実妹である。

ディーンを挟んで彼女の反対側に座るリタ＝アップルトンが、その会話を聞いて彼に耳打ちする。

「……すごいね、ディーンくん。いつの間にエチェバルリアさんと仲良くなったの？」

「なってねぇよ。実況席でいっぺん隣になってから向こうが妙に絡《から》んでくんだ。こっちが理由を知りてぇ」

眉根を寄せたディーンがぼそぼそと耳打ちし返す。それから少しの間を空けて、逆側のフェリシアが再び口を開く。

「それにしても、先の試合が中断されてしまったのは残念だ。Ｍｓ《ミズ》．マクファーレンの戦いぶりをもっと見ていたかったのだが」

「……おれに話しかけてんのか？　それ」

「思い上がるな、もちろん独り言だ。が、私は寛大だからな。君がどうしても会話したいというのなら検討してやらんでもないが？」

「いや別に」

視線を切りつつごく素直に自分の気持ちを述べるディーン。その短い返答でフェリシアの額にぎゅっと青筋が浮かび、それを目にしたリタが慌てて彼に耳打ちする。

「ディーンくん、冷たくしすぎだよ……！　あれはディーンくんとお喋《しゃべ》りしたいってことだって！」

「はぁ？　分かるかよそんなの。だったら素直に言えばいいじゃねぇか」

「たぶんちょっと気難しい子なんだよ！　ほら、テレサちゃんとおんなじで！」

必死に両者を取り成そうとするリタ。一方、テレサと同じと言われたことで、ディーンの中にも多少の寛容が生じた。確かに——一年の頃の彼女と比べれば、自分から話しかけてくる分だけフェリシアのほうはまだ取っ付きやすい。そう考えることにして、ディーンはひとまず視線を彼女に戻した。

「……友達いねぇの？　お前」

「従僕を連れ歩く気分ではないだけだ。必要なら何ダースでも侍《はべ》らせるとも」

「あーそうかよ。……んで、何の話だっけ。マクファーレン先輩の戦いぶりが見たかったたって？」

「リゼット流の秘奥《ひおう》をまともに目にできる機会は多くない。先の試合の記録映像には後々生徒の閲覧願いが殺到するだろう。もっとも、まともな向上心のない者には無縁の話かもしれないがな」

「いや、すげぇのは分かるけど、たぶん見ても分かんねぇし……。おれぁどっちかって言うとロッシ先輩の戦い方を見返してぇな。ああいう喧嘩《けんか》っぽい動きは馴染《なじ》みが深ぇ」

「は、類は友を呼ぶという奴《やつ》だな。人狼《じんろう》と地べたで取っ組み合うなど下品にも程がある。あんな邪道に共感してしまう魔法使いの素性を疑うよ」

「育ちが悪ぃのはお察しの通りだよ。んでテレサ、お前はどの先輩の戦い方が良かったよ？」

「ホーン先輩。他はどうでもいいです」

いきなり何もないはずの隣の空間から声が響き、フェリシアがぎょっとして席から立ち上がる。してみると、先ほどから空席だったはずの場所にはひどく小柄な少女が平然と座っていた。今の今までその気配にまったく気付かなかったフェリシアが瞠目《どうもく》する。

「……⁉　君、いつの間にそこにいた⁉」

「あぁ？　二分くらい前からずっといただろ。ちっちゃすぎて目に入らなかったか？」

「ウドの大木は今日も高さだけが自慢ですね」

「上等だ、この後相手しろコラ」

売り言葉に買い言葉でいつものやり取りを始めるテレサとディーン。その様子を訝《いぶか》しげに見つめるフェリシアだが、彼女が口を開く直前でピーターの声が響いた。

「あ、見て！　先生出てきたよ！」

状況の進展を今か今かと待ちあぐねる観客たちの前に、通路を戻ってきたセオドールが再び姿を現した。闘技台の中心に立ってぐるりと周りを見渡し、それから男は話し始める。

「——あー、長く待たせてすまないね君たち。重ねて申し訳ないんだが、実は最初に悪い報せ《しら》がある。コーンウォリス隊とヴァロワ隊の棄権が決まった。よって、次のホーン隊ｖｓアンドリューズ隊が事実上の優勝決定戦だ」

その報《しら》せを受けた観客たちが一斉にざわついた。無論、それだけでは済まない。長く待たされた挙句の結論がこれとあって、怒りを覚えた生徒たちから一斉に不満が噴出する。

「なんだそりゃあ！」「ふざけないでよ！　試合数が半分以下になるじゃないの！」「もうトーナメントと変わんねぇだろ！」「観客ナメてんの⁉　決闘ナメてんの⁉」

殺到する批判に繰り返し頷《うなず》くセオドール。口にした本人としてももちろん、この決定に文句が付かないなどとは考えていない。予測ずくの反応を受け止めつつ、男は場の収拾にかかる。

「うんうん、不満はもっともだ。けれど、こればかりは他に仕様がなくてね。コーンウォリス隊もヴァロワ隊もまともに戦えるコンディションじゃない。僕も教師として彼らに無理を強いるわけにはいかないんだよ」

ひとまずは決定の理由を説明する。が、二戦目の試合を中断させたのは他でもないセオドール自身であり、その印象がある以上は生徒たちも納得しない。さらにヒートアップしていく罵《ば》詈《り》雑言に対して、セオドールは用意した最初の消火剤を用いる。

「もちろん、さっきの試合中断も含めて、この状況は全て僕の責任だ。あらゆる批判は真摯に受け止めよう。ただし、埋め合わせの準備はある。手の中の炸裂《さくれつ》球を僕に投げつけるかどうかは、どうかその内容を聞いてから決めて欲しい」

観客席のざわめきが急速に収まった。ぐだぐだと釈明するのでなく、具体的なリカバリーの手段があるならひとまず聞いてやる——そう考えるのが平均的なキンバリー生である。自分の在籍時から何ら変わらないその在り方に内心で微笑《ほほえ》みつつ、セオドールは「埋め合わせ」の中身を告げる。

「緊急特別戦だ。開催は明日、下級生リーグの脱落チーム全てに特例的な参加枠を設ける。その戦いで勝利したチームには僕のポケットマネーから追加賞金として一千万ベルクを進呈しよう。ささやかなお詫《わ》びの気持ちと思って欲しい」

それが提示された瞬間、観客席に質の異なるざわめきが生じた。運営側の責任によるトラブルだということを踏まえても、一千万の追加賞金は生徒側にとって大きなボーナスである。加えて敗退したチームにそのチャンスが与えられるなら文句の付けようもない。

一瞬で各々《おのおの》の算盤《そろばん》を打ち終えた愛すべき生徒たちへ、セオドールはさらに説明を続ける。

「どうやら納得してもらえたようだね。……では、試合再開の段取りを説明しよう。ホーン隊vsアンドリューズ隊――この決戦を制したほうが下級生リーグの優勝チームだ。途中の流れこそ僕のせいで不本意な形になってしまったが、おそらくリーグ戦が順当に進んでも、最後は同じようにこの二チームでの争いになったと思う。双方とも本当に強いチームだからね」

段取りを正当化するためのお為《ため》ごかしでなく、そればかりは本心の発言としてセオドールは述べた。個々人の実力はまた別だが、脱落が決まった二チームと最終戦を争う二チームでは集団としての安定感が違う。ここまでの試合を顧みても、一貫して「先」を踏まえた戦いを行っていたのはホーン隊とアンドリューズ隊だ。故に――この結果は早回しであっても、本来のそれと別物では決してない。男にはそう言い切れる。

「選手の入場は三十分後。それまでの時間は特別戦のルールを説明しながら繋《つな》がせてもらう。しっかりと聞いてくれたまえ」

前置きを受けた生徒たちが一斉に傾注する。授業のそれと見紛《みまご》うばかりの真剣な雰囲気の中、セオドールは新たな戦いの段取りを語り始めた。


「……やはり、シェラたちは棄権か」

控え室に戻ったアンドリューズ隊の面々にも、ほどなく同じ報《しら》せは届けられた。医務室での治療を終えてつい先ほど復帰したオルブライトが、椅子に腰を下ろしたままぼそりと呟《つぶや》く。

「さっきの試合はセオドール教諭に救われたな。……マクファーレンの娘があそこまで規格外に成長しているとは、流石《さすが》に俺も予想しなかった」

「せやな。あの突きは本気で見えなかったわ。もっかいやっても反応できる気がせぇへん。ボクもまだまだやなぁ」

長椅子にだらりと寝そべったロッシが自分の体験を振り返って言う。縦巻き髪《ロールヘア》の少女と向き合った時間に多くの想《おも》いを抱きながら、アンドリューズもまた頷《うなず》いた。

「僕も同じ感想だ。……ただ、あのまま試合が続いていたとしても、おそらく次の試合からコーンウォリス隊は棄権していただろう。立て続けの変身はMr《ミスター》.ウィロックの体に相当な負荷があったはずだし、Ms《ミズ》.コーンウォリスも二節呪文の連発で魔力を使いすぎていた。あれでは残りの試合を戦い抜く余力は残らなかったはずだ」

必ずしも棚から落ちてきた勝利ではない。暗にそう告げているアンドリューズの意図を察して、ロッシは長椅子の上でよいせと身を起こす。衝撃的な出来事ではあったが、いつまでもそれを引きずっていては気持ちが切り替わらない。それが彼に伝わったことを確認しつつ、アンドリューズはもうひとりのチームメイトに目を向ける。

「君のほうは大丈夫か、オルブライト。Mr《ミスター》.ウィロックに噛《か》まれた傷はかなり深かったが、次の試合への影響は？」

「問題ない。深手こそ負ったが、魔力そのものは温存してあったのでな。校医のところに運ばれるまで止血だけで留めていたのもそのためだ。あと一戦なら全力で戦えるだろう」

したたかに言ってのけるオルブライト。重傷の治癒に回す魔力すら勝利のために節約してのける――その執念にはアンドリューズも掛け値なしの信頼を置く。チームメイトの現状に懸念《けねん》がないことを見て取り、アンドリューズは自分自身の調整に回った。この先の戦いにおいて、誰よりも最大限のパフォーマンスを発揮しなければならないのは彼なのだ。

「結果論だが、僕らにとっては望み通りの最終戦になったと言える。……雑念は捨てて、全力で戦おう」

「――あれれ、二チームも棄権しちゃったんだ。なんでだろ？」

ユーリィが首をかしげる。別の控え室で最終戦の報《しら》せを受けたホーン隊の面々は、直前のトラブルの当事者でない分だけ困惑も強かった。コーンウォリス隊についてはおそらくフェイ＝ウィロックの変身負荷が主な理由だろうと予測を付けつつ、オリバーはもうひとつの脱落チームについても言及する。

「憶測だが、Ms《ミズ》．ヴァロワの精神面の問題だろうな。前の試合での敗北から立ち直れていないのだと思う。……響く敗《ま》けだったはずだ、彼女にとっては」

「今はそうにござろう。されど、あの御仁ならいずれ必ず立ち直り、より強くなって我らを倒しに来られる。拙者はそう信じてござる」

刀の手入れを続けつつナナオが言い切る。オリバーもまたその言葉に信を重ねた。――彼女と真っ向からぶつかって敗れた相手が、その敗北の先に何の光明も見出《みいだ》さないなどということはない。そう無条件に信じられる何かが、ナナオ＝ヒビヤの剣には確《しか》とある。

そこで情報の整理を終えて、オリバーはチームメイトふたりに向き直る。決戦を控えた最後の打ち合わせが、そうして三人の間で始まった。

「色々あったが、今は意識を前に向けよう。――最終戦の相手はアンドリューズ隊。メンバーの個々の実力、チーム全体の総合力、どちらを取っても今までで最強と言える強敵だ。俺たち全員が実力を出し切る前提で、それでもおそらくギリギリの戦いになる」

ナナオとユーリィが迷わず頷《うなず》く。リーグの優勝を目指すに当たって、アンドリューズ隊が最大の強敵になる——それは当初から予想されていたことだ。まず頭に浮かぶのは、カティたちが敗れた試合で二チームがかりの攻撃をびくとも揺るがず跳ねのけた彼らの姿。あの防御を正面対決で崩すとなれば、それは並大抵の仕事ではない。

「互いの戦い方に幅がある分、作戦は固め過ぎず柔軟に構えたほうがいいだろう。ただ、『誰が誰に当たるか』はおおまかに決めておいたほうがいい。その組み合わせをベースに試合運びを想定できるからな」

「然《しか》らば、拙者の相手はオルブライト殿にござろうな。あの御仁だけは拙者と正面から斬り合いに来ると確信してござる」

「俺も同感だ。剣の間合いで君と向き合って力負けしないのは、おそらく三年生全体を見渡しても彼だけだろう。何より本人が君との斬り合いを望んでいるはずだ」

「じゃあ、ぼくはロッシくんの相手でいいかな？　何をしてくるか分からなくていちばん楽しそうだし」

「セオリー無視の難剣に君の超直感をぶつける形か。……何が起きるか分からないが、今回はそれもいいだろうな。俺たちの中でロッシが『読めない』と感じる相手は君だけのはずだ。君への対処に意識を割かせることが、結果としてもっとも有効な『押さえ』になるかもしれない」

さほどの議論もなく戦いの段取りが決まっていく。それは互いの実力に対する信頼の表れであると同時に、この勝負にかけるアンドリューズたちの真っ直《ます》ぐな意志への信用でもあった。無粋な小細工は弄さず真っ向勝負で来る。そう確信できる以上は、オリバーたちもまた全力で迎え撃つことだけに集中すればいい。

「となると、俺の受け持ちはMr.《ミスター》アンドリューズ。……覚悟の要る相手だな。戦い方は嚙《か》み合《あ》う気もするが、今回の彼は俺たちとの戦いを徹底的に準備してきている。深いレベルでの読み合いはどうあっても避けられない」

「なればこそ、それを楽しまれるのが良いでござろう。久しく再会した友とじっくり語らうように」

気の利《き》いた比喩で表現してくれたナナオに、オリバーはふっと微笑《ほほえ》んで頷《うなず》いた。それから今までの会話を思い返し、話し合っておくべき点が他にないことを確認すると、最後に自分の胸に問いかける。心地好い昂揚《こうよう》こそあれ、不安の感情はそこに一抹も見当たらなかった。

「……よし、この辺りにしておこう。細かく考えすぎては逆効果になる。残りの時間は好きに過ごしてくれ」

そう告げてチームメイトふたりを解放し、オリバーはちらりと時計に目をやる。試合の開始までは残り二十分弱。決して長くはない時間だというのに、今は時計の進みがやけに鈍い。それが「待ちかねる」という感情だと自覚したところで、そんな自分への驚きと共に、オリバーはぽつりと呟《つぶや》いた。

「……これは君も同じ気持ちか？　Mr.《ミスター》アンドリューズ――」

第三章

最終戦《ファイナル》

説明を終えたセオドールが退場した後の待ち時間は、観客たちにとってもやはり数字以上に長かった。じっと膝の上で手を組んで待つ者がいれば、戦いの展開を予想して隣客と激しく議論する者もいた。が——やがてその全員が、会場に響く実況の声に顔を上げた。

「——お待たせしました、皆さん。悔しい中断もありましたが、それも今は呑《の》み込みましょう。……記憶に刻まれる数多《あまた》の激戦を経て、ついに訪れたこの時。下級生リーグ優勝決定戦、両チーム入場です！」

宣言と共に闘技場の両サイドから対戦チームが入場する。それに応じて一気に熱を帯びる観客席。選手たちの顔見せに合わせて、グレンダがありったけの熱量でその紹介を始めた。

「東からはホーン隊！　ハイレベルな万能型のオリバー＝ホーンを隊長とし、東方《エイジア》よりの剣客ナナオ＝ヒビヤと謎の野生児ユーリィ＝レイクを擁する今リーグの台風の目！　本戦の乱闘《バトルロイヤル》では序盤から他三チームによる狙い撃ちという苦境に立たされるも、その局面を見事に乗り越えて堂々の勝利！　続く決勝リーグ一戦目では恐るべき純粋《ピュア》クーツの使い手ユルシュル＝ヴァロワ率いるヴァロワ隊との激戦をひとりの脱落もなく突破！　強く、しぶとく、隙がない——まさに全員がエース級と言って差し支えのない強豪中の強豪チームです！」

ここまでの活躍を端的に並べつつ、個々人とチームの特色を紹介する。もちろん台本などありはしない。あらかじめ用意された文章を読むのでは宿らない熱量というものがある。実況とは現在《いま》に在って語る者。その流儀に基づいて、グレンダはもうひとつのチームに言及する。

「西からはアンドリューズ隊！　変幻自在の風使いリチャード＝アンドリューズの指揮のもと、異端狩り家系の超実戦派ジョセフ＝オルブライトと予測不能の難剣使いトゥリオ＝ロッシが暴れ回る危険度最大の蹂躙戦車《クレイジーチャリオット》！　本戦の乱闘《バトルロイヤル》ではフィールドの環境を活用したアールト隊の作戦に嵌《は》められて一度は守勢に立つも、そこから二チーム掛かりの猛攻を悠然と跳ねのけて返り討ち！　続く決勝リーグ二戦目は惜しくも試合中断となりましたが、その戦闘では人狼《じんろう》体の強みを駆使したコーンウォリス隊の攻勢へ強烈なカウンターを決めてのけました！　鋭く、狡猾《こうかつ》で、容赦がない――キンバリーの模範とも呼ぶべき超戦力のチームです！」

　ここまでの戦いから得た印象を余すところなく言葉にしたところで、グレンダはおもむろに隣へと視線を向ける。先の試合から引き続き臨席するガーランドとデメトリオに加えて、そこには新たに上級生ふたりの姿があった。一方はフリルをあしらった改造制服に身を包んだ〈毒殺魔〉こと女装姿のティム＝リントン、もう一方はすらりとした長身にフォーマルな装《よそお》いをまとった〈酔師《バーマン》〉ことジーノ＝ベルトラーミ。共に対立する陣営のコアメンバーである両者に、グレンダが嬉々《きき》として水を向ける。

「さて、これまでに輪を掛けた激戦間違いなしの最終戦。私と師範《マスター》ガーランドに加えて、こちら実況席には上級生からMr《ミスター》.リントンとMr《ミスター》.ベルトラーミをゲストに招いています。共に歴戦で知られるおふたり、この戦いの流れをどう予測しますか!?」

問われたふたりがちらりと互いに視線を向ける。が、ティムが頭の後ろで手を組んだまま動かずにいたので、少々意外に思いながらもジーノのほうから口火を切った。抑揚が少なく耳触《みみざわ》りの良《い》い声が闘技場に響き渡る。

「……まず重要なのが、チームの組み立てはどちらも似通ってるということですね。思慮深いリーダー、強力な前衛、気まぐれな引《ひ》っ掻《か》き回《まわ》し役。戦術の縛りを緩めにして個々の判断を重視する点も互いに同じ。双方とも相手のやりたいことが分かり対処もできる分、戦いが長丁場になるのは予測しやすいでしょう」

そこで一旦言葉を切り、探りを兼ねて隣へ発言を回す。取り立ててそれを嫌がるでもなく、これまでのジーノの説明を引き継いでティムが語り始めた。

「ま、順当に考えりゃそうなる。互いに初見の相手なら序盤戦で波乱も起こるだろうが、あいつらは一年の頃から因縁があるからな。自分を知ってる相手に対してそうそう大胆に不意は突けねぇ。……けど、ひとりだけその条件が当てはまらない奴《やつ》がいるよな」

そう指摘しつつ、チームメイトと並んで闘技台の脇に立つその人物へ目を向ける。およそ緊張とは無縁の佇《たたず》まいで目を輝かせるユーリィ＝レイクを見つめて、ティムはその存在の特異性を示す。

「最終戦まで来てもレイクの戦力には未知数のところが多い。下手すりゃチームメイトのホーンやヒビヤですら把握しきってない部分があるかもしれねぇ。早いうちに状況が動くとすりゃそこからだ。どっちに転ぶかは分かんねぇけどな」

「なるほど。他の要素が固まっている分、彼の存在が勝敗の分かれ目となり得るわけですね。となると、アンドリューズ隊もそこを意識して動くのでしょうか？」

「当然警戒はするでしょう。何より厄介なのは、Mr.《ミスター》レイクが気まぐれな引《ひ》っ掻《か》き回《まわ》し役でありながら防御は極めて固いという点です。ここまでの試合で彼がまともに攻撃を受けたのはただ一度、Ms.《ミズ》エイムズとの一騎打ちの時だけ。その瞬間も映像には残っていません。よって彼にどう対処するか、それがアンドリューズ隊にとっては真っ先に考えるべきポイントになります。

……君ならどうしますか？　ティム君」

　要点をまとめたジーノが再び隣へ話を振る。ティムが淡々と即答する。

「あいつを残して最後に仕留める。三人のうちひとりだけ得体が知れねぇなら、それがいちばん堅実だろ。いくら守りが固いっても二対一、三対一じゃ凌《しの》ぎきれねぇ。安全に殺《と》れる状況になるまであしらっとくのが妥当だ。それにも駒は割かなきゃなんねぇけどな」

「……同感です。となれば必然、それはMr.《ミスター》ロッシの役割になるでしょう。他のふたりはそれぞれ別の役目がありますからね。加えて、Mr.《ミスター》レイクのたった一度の不覚が魔法剣の攻防での出来事らしいという点も同じ判断を補強するかもしれません。Mr《ミスター》．ロッシの難剣はその再現を期待するにじゅうぶんな牙と言えるでしょうから」

「なるほど。総合すると、基本はMr《ミスター》．ロッシがMr《ミスター》．レイクの抑えとして働きつつ、その過程であわよくば撃破を狙う……といったところでしょうか？」

「そうなりますね。……ただ、もちろん逆も考えられます。Mr《ミスター》．レイクがMr《ミスター》．ロッシを返り討ちにしてしまえば戦況は一気に傾く。いずれの場合にせよ、彼らの場合はそれが他四人よりも早く起こる可能性が高い、という話です。

しかし、本題はむしろここからです。仮にそのどちらも起こらなかった場合、戦いの長期化は確定的となる。そうなった時、六人の中で最初に崩れるのは誰になるでしょうか？」

らしくもなく冷静な相手の語り口に興じて、ジーノがさらに問いを投げかける。それを少々うっとうしく思って唇を尖《とが》らせつつも、ティムは必然的に導かれる結論を述べた。

「長期戦ってのはイコール消耗戦だ。シンプルな話で、魔力量の少ない奴《やつ》が真っ先に息切れする。——この六人の中じゃ、それはどう考えてもホーンだろうな」

言葉を濁すことはしない。共に高いレベルにあるチーム同士の戦いだからこそ、魔力量の優劣はもっとも大きく影響するポイントだ。それを過少に小さく見積もるようではキンバリーの上級生としての現実感《リアリティ》に欠ける。心情的に肩入れする相手であればなおのこと。

「おおまかな結論として、時間はアンドリューズ隊に味方するってこった。……事前の予測としちゃその辺が限界だろ。僕は卜占《ぼくせん》はやらねぇからな、これ以上はなんも言わねぇぞ」

そう釘《くぎ》を刺した上で発言を打ち切るティム。政敵への牽制《けんせい》も忘れて後輩たちをじっと見守るその横顔に、何か変わったか――とジーノは不思議な違和感に囚われる。試合の展開と同じくらいそちらが気になって、〈酔師〉はしばし双方への集中力の配分を考えるのだった。


「……おいおい。オリバーたちが不利ってことかよ、そりゃ」

ティムの言葉を聞いたガイが眉根を寄せて腕を組む。カティに肩を抱かれながら、その隣でシェラが静かに首を横に振った。休憩の間に辛《かろ》うじて動けるレベルまで回復し、彼女もどうにか最終戦の開始前にこの場へ辿《たど》り着《つ》けたのだ。

「気にするほどではありません。情報を整理すればそのような予測も立つ、というだけのことです。魔力量の不利はこれまでの試合でもおおむね同じですし、オリバーたちはその全てを覆《くつがえ》してきました。もちろん今回もそうしてくれると信じていますわ」

「……でも、今まででいちばん厳しい戦いになるのは間違いない。そういうことだよね」

オリバーたちからアンドリューズ隊の三人に視線を移してカティが呟《つぶや》く。彼らと実際に杖《つえ》を向け合った経験があるからこそ、安易な楽観は頭に浮かばない。あの時は環境の助けを借りた上で二年生チームと合わせて攻めたというのに、アンドリューズたちは地力のみでそれを返り討ちにしたのだ。そんな掛け値なしの強敵と、オリバーたちはこれから逃げ場のない闘技台の上で向き合うのである。

「………」

開幕を目前に控えた緊張の中、それまで黙り込んでいた眼鏡の少年がすっと席から立ち上がった。その意図が分からず、周りの友人たちがきょとんと彼を見つめる。

「？　どうしたの、ピート」「便所か？」

彼らの問いには答えず、少年の視線は闘技台の傍《そば》の一点を見つめたまま。はぁぁ……と肺の中の空気を出し切って、それから大きく息を吸い込み。詠唱で鍛えた肺活量が許す限りの声量でもって、これまでの人生で一度も出したことのない大声を上げた。

「――勝てよ！　オリバー！」

闘技場を埋め尽くす他のあらゆる雑踏を貫いて、その声援はまっすぐ相手に届いた。

「――ピート」

「とびきりの激励でござるな」

いつもは物静かな友人の思いがけない行動。それに驚いて観客席を見返すオリバーに、隣のナナオが微笑《ほほえ》んで言う。まったくその通りだとオリバーも思った。これ以上の応援など、きっとこの世のどこを探しても存在しないだろうと。

「ああ。……気合いが入った、この上なく」

最初から十全だった調子《コンディション》にさらに火が入り、オリバーは決戦へ向けて時が満ちるのを感じる。まるでそれを見計らったかのように、実況席のガーランドの声が彼の背中を押す。

「時間だ。――両チーム先鋒《せんぽう》、前へ！」

指示に応えて闘技台へと足をかける。胸を高鳴らせて短い階段を登った先に、予想と露ほども違わない佇《たたず》まいで好敵手《ライバル》の姿があった。開始位置に着くまで同じ歩調で互いを見つめ合い、そうして彼らは約束の場での邂逅《かいこう》を果たす。

「やっと向き合えたな、Mr.《ミスター》アンドリューズ」

「……ああ。すまない、待たせてしまって」

最初に詫《わ》びがアンドリューズの口を突いて出た。無論、決闘リーグの開始から今までの時間だけを指したものではない。それは彼らの因縁の始まり、キンバリーに入学して最初の魔法剣の授業にまで時を遡る。

与《くみ》しやすい相手と見て入学初日のナナオに突っかけた。……そんな当時の自分について、アンドリューズは今思い出しても情けなさに胸が疼《うず》く。続く地下迷宮での決闘でも自分の勝利だけに執着し、当然の結果として相手を失望させた。そこで彼らが紅王鳥《ガルダ》と戦う姿に胸を打たれた後も、だからこそ安易に勝負を挑むようなことは出来なかった。心身の鍛錬が不十分なまま事に臨み、それでまた不様を晒《さら》した挙句に再度のチャンスを乞う――そんな恥の上塗りだけは、すでに面目の潰れ切った身でも断固として許容できなかった。

彼が求めたのは、それら膨大な負債の全てを呑《の》み込んだ上で打ち立てる最大の成果。己が成長の証明としての勝利に他ならない。それを成し遂げる自信を持ち得ない限り、自分にはオリバー＝ホーンともナナオ＝ヒビヤとも向き合う資格がない。そう心に決めてアンドリューズは今日まで己を磨いてきた。

だから――そう。先の詫《わ》びは、そのために費やした二年以上の時間を指してのものだ。

「杖《つえ》を構え！」

号令に応えて杖剣《じょうけん》を構える。待ち続けた時間がついに訪れる。その感慨の全てを集中力に変えて構えながら、アンドリューズは揺るぎない自信をもって口を開く。

「コンディションは最高だ。――失望は、決してさせない」

オリバーは黙って頷《うなず》いた。その言葉を疑う理由など、とうの昔に消えて失《う》せている。

「――始め！」

開幕と同時にまっすぐ地を蹴った。まるでそう定められた法則であるかのように、互いにそうすると約束があったかのように。一切の迷いもなく、彼らは鏡合わせで杖剣《じょうけん》を振った。

「**切り裂け刃風《インベトウス》！**」「**凝り留まれ《ブロイベーレ》！**」

放たれた呪文が真っ向からぶつかり合い、相殺《そうさい》し合う。出力で勝るアンドリューズの魔法、その差を補うためにオリバーの対抗属性が働いて風を左右に逃がす。互いの能力から自《おの》ずと導かれる、もはや通過儀礼にも似た初手の攻防。

続く一手に向けて、アンドリューズには無数の選択肢があった。オリバーにも多くの応じ手が考えられた。だが――およそ一切の合理を排して、彼らは迷わず前進を選んだ。重なる刃が交わり、軋《きし》む。それらが担《にな》い手《て》に代わって歓喜の金打《きんちょう》を奏《かな》でた。

「シィ――ッ！」「アァ――ッ！」

刺突が吼《ほ》えた。受け太刀が爆《は》ぜた。両者の間にいくつもの火花が弾《はじ》けて散った。二秒の間に三十を超える駆け引きが生じて消えた。息さえ続けば無限に連なったはずの返歌の応酬が、裏腹に訪れた双方の肉体的限界によって断ち切られた。まったく同じタイミングで同距離を後退した両者が一足一杖《いっそくいちじょう》の間合いで睨《にら》み合《あ》い、そこで同時に息継ぎに及ぶ。

「――フゥ――！」「――ハァ……！」

ここまで満ちた時間がこの世にある。血潮が激流となって巡る五体の全てでそれを実感する。様子見で浪費される僅か一秒すら惜しんで、ふたりは再び修羅の間合いへと踏み込んだ。

開始からそのまま局面が最高潮に達した。その光景に沸き上がる観客席の一角にあって、実況のグレンダは絶望的に幸せだった。こんな戦いを前にしては、もはや喉を温める暇もない。

「かッ――開幕と同時に呪文を相殺《そうさい》、そのまま迷わず両者突っ込んだァ！　様子見の呪文戦が見込まれただけにこれは予想外の展開！　互いに最初から全力でぶつかっています！」

「合理的ではないですね。彼らがここで早々に脱落するようなことがあればチームの戦略そのものが瓦解《がかい》します。長期戦に備える意味でも迷わず魔力をセーブすべき場面なのですが」

「馬鹿抜かせ。ンな野暮な真似《まね》が出来るかよ」

ジーノの苦言を隣からティムが一蹴する。眉を上げて振り向いた相手に、言わなきゃダメかと、彼はため息をついて言葉を添える。

「あの顔見りゃ分かんだろ。お利巧にブレーキなんて利《き》かせてる場合じゃねぇ。――分かってやれよ。あいつらは今、やっと繋《つな》がれたんだぜ？」


剣術戦から呪文戦への移行には思考に猶予を与える意味もある。刹那を奪い合う剣の間合いでの攻防に集中力を維持しきれなくなった時点で、オリバーとアンドリューズは互いにその判断を下した。共に後退した両者の間に距離が生まれたことで、戦いはまったく別の様相を呈する。

「――聳えよ円柱《クリペウス》！」

オリバーが闘技台の中央に円柱を打ち立てた。これもまた定石の初手、出力で勝る相手に直接の射線を通させない目論見《もくろみ》だ。一方のアンドリューズには風を操って遮蔽物を回り込む形での攻撃も出来る。だが彼はそれを選ばず、一手の遠回りを承知で障壁の除去に出た。

「**爆ぜて砕けよ**《フラルゴ》**！**」

「**押し出せ疾風**《インペトウス》**！**」

炸裂《さくれつ》呪文で粉砕された壁が同時にオリバーの追撃を押し返す。直後、散らばった破片を流し見たアンドリューズはその形に不自然な規則性を見て取る。破片に複数入り混じる細い円柱状の瓦礫《がれき》——それはオリバーが風で押し出して射出するはずだったものだ。かつてミリガン戦で用いた壁越しの不意打ちのさらに発展、障壁の強度をある程度維持しながらの搦《から》め手《て》である。乱戦《バトルロイヤル》でリーベルト隊と演じた壁越しの攻防が彼にこの着想を与えた。

「**切り裂け刃風**《インペトウス》**！**」

仕掛けを未然に防いだアンドリューズが反撃に移る。出力の優位がある分だけ効果範囲を広く取っての風の一撃。オリバーも後退しつつ対抗属性で受けるが、全体を相殺《そうさい》しきれないことで左右への動きが制限される。これを繰り返せば闘技台の端に追い込まれる未来は予想に難《かた》くない。それまでに手を打って状況を変える必要があるが、

「**吹けよ疾風**《インペトウス》**！**」

間髪入れずに追い打ちをかけるアンドリューズからの風圧に、オリバーは微《かす》かな違和感を覚える。本気で押し込むつもりならこの程度では済まない。つまりは余力を別の仕掛けに回して

いるということ。では、それは何か？　これまでほとんど風の呪文だけを連発している相手に、この状況でどんな罠《わな》を仕掛けられる？

それを見極めようにも、そもそも風は目に見えない。故に、オリバーは視界での観察を打ち切って自己の感覚領域へと意識を回した。自分の周囲に限ってではあるが、これで気流の状態が正確に感じ取れる。目では見て取れない傾向が確かにそこにはあった。風の一部分が彼の左右を迂回《うかい》して後方に流れ込んでいる。呪文に押されて後退する自分が、その先でやがて行き着く場所に。

「……！」

「**火炎盛りて《フランマ》！　雷光疾りて《トニトゥルス》！　夜闇包みて《テネブリス》！　――分れ集え烈風《インペトゥス》！**」

対するアンドリューズもその思考を削《そ》ぎにかかる。属性を違えての三連続詠唱で意識を散らして追い込み、その後に本命の一手に打って出た。真っ向からの一撃と見せかけて頭上と左右を迂回《うかい》する強風、それがオリバーの背後で渦巻く風を上下から圧縮する。そうして押し出された気流が相手の背中を襲う刃となる手筈《てはず》であり、

「――フッ！」

その干渉の要点である空中に向かって、オリバーが思い切り左腕を振り抜いた。その通過によって前提となる気流の圧縮が綻び、決め手となるはずだったアンドリューズの呪文も徒《いたずら》に風を乱すだけに終わる。杖剣《じょうけん》を握る右手を用いていないため隙も生じず、それどころかオリバ

ーは風の迂回《うかい》を見切って正面に反撃の呪文を撃ち出した。アンドリューズもすぐさま横に跳んでそれを躱《かわ》す。

「……さすがだ」

同時に、掛け値なしの敬意を込めて呟《つぶや》いていた。彼を動かしたことで場外への追い込みから逃れたオリバーが次の一手に移り、ふたりは再び互いの意図を探るべく読み合いに没頭する。

「──よく防いだな、今のは」

熱狂する観客席の一角でゴッドフレイが感心を込めて口にする。目だけでは見て取れない一連の攻防も、両者の動きによる推察から彼にはほぼ理解出来ていた。

「まずMr.《ミスター》アンドリューズの風の扱いが凄《すご》いが、それに初見で即応したMr.《ミスター》ホーンの洞察力にも感服する。おそらく直前の時点、周りの気流を感じ取ったところで相手の狙いを予測したのだろうな。風の刃の発生地点に手を突っ込んで散らせる──大胆だが最善の解答だ」

「予測だけではあるまい。ここまでの戦いを見る限り、ホーンはあの年齢では考えられないほど領域知覚に長《た》けている。あれなら大抵の不意打ちは通じない道理だ」

隣に座るレセディがそこに自分の見解を加える。リヴァーモアとの戦いで直接指導した分、オリバーの強みについては彼女のほうが熟知していた。ゴッドフレイが険しい顔で腕を組む。

「……どういう鍛え方をしたらそうなるのだろうな。異端狩り《グノーシスハンター》の猛者《もさ》たちのように、未知の敵と戦う前提での訓練を日常的に行っているのか。……だとすれば、何が彼をそうまでさせるのか」

「――**氷雪猛りて**《フリグス》**！**」「――**火炎盛りて**《ふらんま》**！**」

先の先を読んで布石を打つふたりの戦いに、そこで別角度からの呪文が乱入してぶつかり合う。闘技台へ登ったナナオとオルブライトが、それぞれ北東と南西から先に戦う両者の間に向けて撃ったものだ。互いの敵に対する攻撃というよりも、それはオリバーとアンドリューズに自らの参戦を実感させる意味合いを持つ。

「もう三分か。……光のように過ぎ去るんだな、楽しい時間というものは」

「安心しろ。まだまだここからだ」

束《つか》の間《ま》の仕切り直しにアンドリューズが額の汗を拭い、その隣に並んだオルブライトが猛獣の唸《うな》り声のように言ってのける。盤石の構えで肩を並べたホーン隊のふたりへ向けて、彼らが二対二の開始を告げる号砲を放った。

「**氷刃舞い散れ**《フリグス》**！**」「**吹けよ疾風**《インペトウス》**！**」

氷と風の呪文を重ねての収束魔法。鋭い氷の刃が入り混じる烈風に対して、ナナオが一切の躊躇《ちゅうちょ》なく踏み込んでいく。彼女の後に続くオリバーが先に呪文を唱えた。

「仕切りて阻め《クリベウス》！」

仲間を迂回《うかい》しての曲射で前方の床を撃ち、ナナオの正面に防壁を立ち上げる。本来なら形成に時間を要する防壁も、先の戦闘の間に床の一部を軟化させてあったことで速やかに展開された。固い床を「軟化」させてから「硬化」させる通常の段取りに対して、この仕込みがあれば壁の立ち上げに要する時間は半分以下になる。

「斬り断て《グラディオ》！」

その陰で凍て付《つ》く風を凌《しの》いだ直後、ナナオは何の未練もなく呪文で壁を断ってその向こうの敵を斬り付けた。各々《おのおの》の呪文でそれを迎撃するオルブライトとアンドリューズ。後者が援護のために後退し、オルブライトは逆に前進して斬り込んでくるナナオを迎え撃つ。

「オオオオォッ！」「ハァアアアアッ！」

凄《すさ》まじい剣圧が正面からぶつかり合った。古《いにしえ》の巨人の鍛鉄にも似た打ち合いを経て眼前で刃を重ね合い、さらに全力で鍔競《つばせ》り合《あ》うナナオとオルブライト。そこへ援護を加えるために角度を取ろうとするアンドリューズだが、同じ動きを取ると見たオリバーは意外にもナナオの後ろから動かず。その代わりに、なんと彼は仲間の背中に向かって呪文を唱えた。

「強く押されよ《イクストルディートル》！」

「!?」

押し込み呪文の後押しを受けたナナオが、さらなる勢いでもって猛烈に鍔《つば》迫る。思いも寄らず大幅に力負けして後退を強いられるオルブライト。靴底を削って床をずり下がりながら、しかし彼もまた、増した分だけ単純化した力の流れに活路を見て取る。

「――オォッ！」

のけ反った体が一気にねじ伏せられると見えた一瞬、彼は自ら倒れ込んで逆にナナオを巴《ともえ》投げした。放られたナナオが即座に宙で一回転して着地するものの、そこは同時にアンドリューズの正面である。

「**切り裂け刃風《インベトゥス》！**」

「**凝りて留まれ《プロイベーレ》！**」

着地の瞬間を狙った風の一撃にすぐさまオリバーが割り込んで相殺《そうさい》する。が、それで安堵《あんど》している暇はない。仰向けの体勢から跳ね起きたオルブライトが最短の動きでナナオを狙う。

「**氷雪猛りて《フリグス》！**」

「――フゥッ！」

瞬時に向き直ったナナオが諸手《もろて》斬り流しで冷気を受け流した。同時にオリバーが電撃を返し、それを避けて跳んだオルブライトが風の呪文の反動で一気に距離を開く。即時に仕留められる相手が誰の間合いにもいなくなり、両チームの四人は距離を開けたまま一旦呼吸を整えた。

「……仲間を押し込むとはな。冷やりとさせてくれる」

「瞬時に倒れ込む判断をしてのけた君も大概だ。俺が追撃するとは考えなかったのか？」

「ちらとも浮かばなかったな。それでは大駒の交換になる。仲間を助けないお前など想像もできん――！」

束《つか》の間《ま》の会話を打ち切ったオルブライトが地を蹴り、それを皮切りに攻防の続きが始まる。互いの前衛が闘技台の中央で斬り合う一方で、オリバーとアンドリューズはその周囲を回り込みながら援護に向いた位置を取り合う。無論、それに意識を傾けすぎれば直接の呪文攻撃が飛んでくることになる。

「**吹けよ疾風《インベトウス》！**」

「**凝りて留まれ《プロイベーレ》！**」

角度を付けてナナオを狙った風の一撃をオリバーが対抗属性で横に逸《そ》らす。が、当然ながら彼のほうも受けに回ってばかりはいられない。床の随所に抜け目なく設置された『吸い込む風穴《エアホール》』を的確に見極めて把握しつつ、速やかにアンドリューズへ曲射で呪文を撃ち返し、

「**雷光疾りて《トニトゥルス》！**　……ッ⁉」

そこで突然沈み込んだ床に足を取られ、さらに呼吸に詰まる。起きたことがとっさには理解出来なかった。呼吸という動作そのものが出来ないのではなく、環境に対してそれが成立しない。重く粘つく空気が濃厚な蜂蜜のように喉へ絡《から》み付《つ》き、なかなか肺に下っていかないのだ。しまった、とオリバーが自分のかかった罠《わな》に気付く。足を絡《から》め取ったのは表面の色のみ元通

りの床に偽装した『沈む墓土《グレイブソイル》』だが、さらにその上空に置かれたのは『息断つ空白《ストラングルエア》』と呼ばれる高難度の仕掛け技。いま彼が立つのはつい先ほどアンドリューズが何回か通り過ぎた場所であり、その際に行使した領域魔法によって空気の質が決定的に変えられている。本来の風が持つ『流動』とはまったく反対の属性、『停滞』に傾いた死んだ空気へと。

大気とは本来的に流れて動くものだ。だが、極めて精妙な意念《イメージ》のもとで強力に魔法干渉したそれには、ごく短時間のみ正反対の性質さえ帯びさせることが出来る。水を氷にするように、空気すらも重く固めてのけることが。アンドリューズが行ったのはまさにそれだった。オリバーを取り巻く空気はすでに空気として機能していない。人間の肺の構造からして、流れないものを呼吸できるはずがないのだ。

おそらく領域知覚に徹していればオリバーも事前に気付けただろう。だが、ふたり目の参戦による戦況の変化に加えて、床に複数設置された『吸い込む風穴《エアホール》』への気付きが彼の警戒を他へ向けさせた。罠《わな》は見切っているという楽観を無意識に生んだ。詠唱の直後に罠《わな》へ突っ込んだのは半ば不運とはいえ、もう半分は紛れもなくアンドリューズの自身の誘導である。

「**凝りて留まれ《ブロイベーレ》！**」

一方のアンドリューズも、大きな魔法で気流を乱せば「止めた」空気を「流して」しまう。強い火でも冷気でも雷でも、はたまた闇でさえもそれは同じこと。よって彼はオルブライトを回り込んで相手に駆け寄りながら、仕掛けと同じ属性の硬直呪文でオリバーへの止めを狙った。

『息断つ空白《ストラングルエア》』からの追撃は彼の家においてこれがセオリーとされ、敵の呼吸を奪う時間は長ければ長いほど良《い》い。泥濘《でいねい》化した地面から逃れた敵が一発は回避し、よしんば死んだ空気の外へ逃れたとしても、今度はそれに続く息継ぎの瞬間を狙い撃つ。『詠唱に呼吸を要する』呪文の原理上、これは魔法使いの本質的な弱点である。

「仕切《ク》り《リ》て……阻《ベ》め《ウス》……！」

必然として、罠《わな》に掛かった側は肺に残ったわずかな「生きた」空気で対処を行うしかない。追い詰められたオリバーは瞬時の選択のもとにそれを行った。あえて足は引き抜かず、その場で身を屈《かが》めながら不完全と知れきった遮蔽呪文を詠唱。ほとんど土を盛っただけに等しい低い壁を展開し——何の意味も持たないように見えるそれを、敵の呪文で逆に固めさせる。土壇場《どたんば》の英断にアンドリューズが瞠目《どうもく》した。硬直呪文は物体に対して貫通力を持たないため、時にこうした逆説的な防御が可能になる。

「打てよ風槌《インベトウス》！」

自ら強化してしまった防壁の横に回り込み、今度は何の気兼ねもない全力でアンドリューズが風を放つ。自ら領域内の空気に干渉し直すことですでに呼吸を回復していたオリバーだが、追撃を躱《かわ》すにはもう遅く、出力差のために対抗属性では防ぎきれない。よって、彼は再び瞬時の判断で呪文を選び抜く。

「——仕切《クリ》りて阻《ベウス》め！」

身を低く屈《かが》めたまま、彼はもう一枚の壁をそこに立ち上げた。それが最初の壁と横の一辺で接して鋭い角度で組み合った結果、そこに直撃した風は壁を打ち砕くことなく左右に裂けて流れる。信じがたい対処を目にしたアンドリューズが大きく目を見開き、それでも杖剣《じょうけん》を構えたまま二枚目の壁をさらに回り込む。同時にオリバーも沈んでいた片足を引き抜いた。

「雷光疾りて《トニトゥルス》！」

「夜闇包みて《テネブリス》！」

壁からの飛び出し際を狙ってアンドリューズが電撃を放つが、オリバーもそれは当然に予測して杖《つえ》を向けた。対抗属性による相殺《そうさい》で軌道が逸れる。決定打のチャンスを逃したアンドリューズがやむなく後退し、オリバーは斬り結ぶ前衛のふたりを挟んで再び彼と向かい合う。

「ま、またしても凌《しの》いだァ――！　互いに何というしぶとさだァ！」

「二枚の壁を組み合わせて角度を作り、風を裂いて左右に逃がしたな。同じ魔力で造った防壁でもあれなら遥《はる》かに強い風圧を受け流せる。あのまま教科書に載せたいような満点の対処だ」

「炸裂《さくれつ》呪文なら壁を壊して通った……いや、それでは弾速の遅さで対応されますね。あの状況でMr《ミスター》．アンドリューズが自分の得意属性を選ばない理由も薄い。やや悩むところですが、これはやはりMr《ミスター》．ホーンの英断でしょう」

興奮したグレンダの感想にガーランドとジーノの分析が次々と連なる。それを彼らに求めるだけの密度が今の攻防には凝縮していた。呪文戦を再開したオリバーとアンドリューズのふたりから闘技台の全体へ視界を戻しつつ、魔法剣の師範《マスター》が改めてそれを眺める。

「しかし、見事だな。互いに様子見は一切なしのぶつかり合いだというのに、その上で戦況がほぼ拮抗《きっこう》している。ここまでの名試合は上級生リーグでもざらにはない。生徒諸君には後でじっくり記録映像を見返して欲しいところだ」

「魔法剣の師範《マスター》から太鼓判が押されました！　この二チーム、やはり最終戦を飾るに相応《ふさわ》しいメンバーだった！　そして――薄氷を渡るような攻防を越え、じきに六分が経過します！」

「――はー……」

戦況が膠着《こうちゃく》した直後のタイミングだったために、両チームとも三人目の参戦は静かなものだった。ため息を吐きながら闘技台へ登ったトゥリオ＝ロッシが、鋭い視線でその場の顔ぶれをぐるりと一瞥《いちべつ》する。

「勘弁してや、ホント。こんなん見せられながら六分待つとか、苦行通り越してもう拷問やで。早う交ざりとーて交ざりとーて、途中から金魚みたいに口パクパクしとったわ」

凶悪な笑みを浮かべて掛け値なしの本音を口にするロッシ。そんな彼に、闘技台の反対側から登ってきた少年が明け透けな笑顔を向ける。ホーン隊の三人目、ユーリィ＝レイクである。

「ぼくも同じだよロッシくん。たった六分がこんなに長いなんて思わなかった。でもきっと、ここから先はあっという間なんだろうなぁ」

どこか惜しむように告げるレイク。が、その顔を見た瞬間にユーリィが露骨に渋い顔をした。不快も露《あら》わに肩をすくめ、敵意の欠片《かけら》もない相手を睨《にら》む。

「同じ感想とか気色悪いわ。ボクは食事で嫌いなもん最後までほかしとくタイプやけど、今回だけは真っ先に片付けるで。前からずっと気に入らんねん、ジブン」

「え、そうだったの？　ぼくはずっとお喋《しゃべ》りしたかったけどなぁ。だって、きみもオリバーくんやナナオちゃんが大好きなんでしょ？　同じ相手が好きなんだから、ぼくたちだってきっと友達になれるよ！」

何の含みもなくユーリィが対戦相手へ好意を示す。予想に違わず空振りした挑発に、ロッシが盛大に舌打ちした。

「ホンマ、ジブンだけは心底気に食わんわ。……始めてや、アンドリューズくん」

「……ああ。――**吹き押せ疾風《インベトゥス》！**」

無造作に前へ踏み出したロッシの背中へアンドリューズが風を放つ。領域魔法で足裏の摩擦を下げたロッシの体がその力に押されて闘技台の上を滑走し始めた。ヴァロワ隊も使っていた氷面歩き《アイスウオーク》だが、彼女らと違いロッシの場合は反発属性を利用した浮動ではない。チームメイトふたりに目配せした上で、ユーリィがそちらへ駆け出す。

「さぁ、ロッシくん！　きみは何を見せてくれるの⁉」

期待を込めて問いかけながら疾駆するユーリィ。相手が攻撃に移るまで観察に徹するのもいつものスタイルだ。対してロッシは両手をだらりと下げたまま彼との衝突点へ滑り込む。ユーリィが内心で首をかしげた。──何だろう、よく分からない構えだな？　あそこからどう動いて何をするんだろう。身体《からだ》のどこが最初に動くのかな。何を狙ってどのタイミングで、その際の踏み込みはどんな形で。

答えは最後まで「聞こえ」なかった。それに気付いた時にはもう、彼の脇腹を踵《かかと》が抉《えぐ》っていた。

「……かっ──」

「そのニコニコ面ぁ崩すとこからや、まずは」

骨を軋《きし》ませ臓腑《ぞうふ》を揺らす感覚を靴底に得つつ、初撃の後ろ回し蹴りを繰り出したロッシが冷然と言ってのける。同時に相手を蹴り飛ばして次の行動に移った。今のはほんの挨拶代わり、こんなもので自分の気は済まないと表情で語りながら。

「──当たった⁉　Mr.《ミスター》レイク、まさかの参戦直後の被弾！　純粋《ピュア》クーツを相手にしても崩

れなかった彼が、これは一体どういうことだァ――!?」

「ふむ……？　判断に迷うところだな。Mr《ミスター》．ロッシの動きが飛び抜けて変則的なのは確かだが、ああまで綺麗《きれい》に決まるとは」

「……考えていない」

実況席の面々が訝《いぶか》しんでいるところに、これまで一言も喋《しゃべ》っていなかったデメトリオがぽつりと口を開いた。その声を拾ったガーランドがそちらへ目を向ける。

「……？　アリステイディス先生、今何と？」

「考えていない。剣の間合いの手前から――また入ってから攻撃するまでの間、Mr《ミスター》．ロッシは何も考えていない。瞬間の思い付きで全てを決めている。あれでは読み取れる情報がない」

およそ非現実的な分析にグレンダが首をかしげた。ティムとジーノも同様、ガーランドでさえその言葉を鵜呑《うの》みにしかねて相手を見つめる。さすがに端的に過ぎたかと考え直し、デメトリオが説明を補足した。

「Mr《ミスター》．レイクの直感がどんな仕組みだろうと、事前に情報を受け取って対処していることに変わりはない。それが無ければ予測自体が成立しない道理だ」

「完全な手癖で動いているということですか？　にしては動きが複雑すぎますが……」

「手癖ではない。身体《からだ》に染《し》み付《つ》いた動きは即《すなわ》ち体の思考だ、その情報は頭の考え以上に見たままの姿に現れる。そうではなく、Mr《ミスター》．ロッシは一から創造しているのだ。剣の間合いに入る度、瞬間の閃《ひらめ》きで新たな動きを編み出している。身に修めた『理』をその瞬間のみ忘れて、限りなくまっさらの状態から」

　全員を代表したグレンダの疑問にデメトリオが衝撃的な解を与える。驚きに眉を上げるティムとジーノの隣で、ひとり腑《ふ》に落ちたガーランドが攻め立てるロッシの姿をじっと見つめた。

「……無念《イマジンフリー》か。確かに、あの自在さはその境地にある」

「し――しかし、それではいくら何でも破綻が避けられないのでは？　いかに彼の閃《ひらめ》きが優れていようとその場限りの思い付きです。長い歴史を通して無駄を削《そ》ぎ落としてきた剣の理と比べれば『正解』からは遠いはずで……」

「『正解』をもってノータイムで応じられればそうだろう。しかし忘れるな、『正解』を探るために必要なのもまた相手の動きから見て取る情報なのだ。自分の流儀を持つ使い手の多くにはそれがあり、だからこそ駆け引きというものが成立する。しかし、Mr.《ミスター》ロッシの場合は斬り合いの瞬間まで一切の情報を持たない。必然、相手は彼の出した即興のクイズに即興で答えるしかなくなる」

　それはまさに発想の転換。読み合いの精度で相手に競《せ》り勝《か》つのではない、読み合いそれ自体を拒否して盤外から攻撃を仕掛けるという反則にも似た暴挙。形としては同じ剣の争いに見えても、その瞬間から始まるのはまるで別のゲームである。積み重ねた剣の術理は悉《ことごと》くその意味を失い、そこで新たに問われるのは思考を白紙にした状態からの瞬発的な発想力。ロッシはそれを人並み外れて鍛え抜いている。だが、そんなものを狙って鍛える魔法使いは他にまずいない。当然だ。魔道の財産たる知と理の積み重ねを自ら捨て去って戦う、その発想がすでに魔法使いのものではないのだから。

「『読み』という過程そのものに費やす時間を突く——あれはそういう類の概念的カウンターだ。だからこそ、これまで予測に頼り切って戦っていた相手にはこの上なく刺さる。Mr.《ミスター》・レイクの現状はまさにそれだ。非凡な直感を持つからこそ、彼には『読めない』相手と向き合った経験が余りにも足りない——」

我が事のように——ではなく、文字通りの我が事として男が語る。彼ほどの英哲が自分の分魂の弱点を把握していないはずがない。だが、そのデメトリオをして夢にも思わなかった。まさか一介の三年生にその穴を突かれようなどとは——。

「わっ！　わわっ！　わわわっ！」

何も「聞こえ」ないまま矢継ぎ早に襲ってくる理外の攻撃。その人格の形成から初めて経験する「未知」の洪水にユーリィが圧倒される。やむなく反射に頼って応戦するが、同じ刹那の発想力を磨き抜いているロッシにとってその土俵はまさに独壇場。肩に脚に頬に、防ぎきれなかった刃と打撃が次々とその結果を刻む。何の対処も思い付かないまま、ただユーリィの血肉だけが一方的に削られていく。

「……っ……！」

「オリバーくん相手の切り札やったんやけどな、これは。ジブンにもよく刺さるわ。怖いやろ、なんもないいとこから攻撃が飛んで来るんは」

攻め立てる傍《かたわ》らでロッシが冷然と語る。いつもなら嬉々《きき》としてそれに乗るユーリィも、今ばかりは口を動かす余裕がない。その一方的な光景を、同じ闘技台の北寄りで戦うオリバーもまた横目で見て取っていた。

「ユーリィ！　……っく！」

タイミングを見計らって助けに回ろうとする彼だが、対面のアンドリューズが容赦のない風でそれを封じる。拮抗《きっこう》していた戦況に明確な優劣が生じた以上、彼らがそれを活《い》かさない理由はない。戦場《フィールド》の中央でオルブライトと斬り合うナナオも状況は同じだった。目の前の相手から意識を逸《そ》らせば直ちに斬り伏せられる。ユーリィを助けに向かう余裕はとてもない。

「どーゆー仕組みか知らんけども、ジブンは今までずっと解答用紙《カンペ》を見ながら戦っとった。せやろ？　ぜーんぶ答えを知ってる誰かがいつも傍《そば》にいて、そいつが『こうしろ』って耳元で囁《ささや》いてくれるんかい？　──だとしたら反吐《へど》が出るわ！」

怒りも露《あら》わにロッシが追い打ちをかける。相手を殴って刻むその攻撃に重ねて、溜《た》まりに溜《た》まった感情をユーリィへぶつける。──初対面の時から気に入らないとは思っていた。こいつが他者へ示す好意は無知に根差すもので、それは幼い子供が虫に向ける好奇心と大差がない。そんなものを臆面もなく撒《ま》き散《ち》らす光景に嫌気が差したし、それだけなら無視すれば済んでも、彼が一年の頃から追いかけている者たちの周りにその姿がちらつくのが我慢ならない。

昆虫採集と同じ感覚だ。ユーリィ＝レイクの交友について、ロッシはそう断じる。単に珍しいものを蒐集《しゅうしゅう》して並べ見て楽しむだけ。軽々しく手に取って放るそれがどれほどの血と汗の結晶であるかなど考えもしない。そもそもそれを想像できるだけの人生を歩んできていない。薄っぺらな笑顔を見れば一目で分かる、こいつは苦労も挫折も絶望も一切知らぬまま育った人間だと。自分の手で何も摑《つか》まず、その指の隙間から何も取り落とさず、ただ無条件に与えられるものを当然と思い貪ってきただけ。そんな人間がキンバリーにいることをロッシは認めない。ましてオリバー＝ホーンやナナオ＝ヒビヤの隣にいていいわけがない。

「大切な問題ほど、答えは自分の力で探すもんや！　ボクかてそうした！　オリバーくんとナナオちゃんだってそうや！　その当たり前の段取り丸ごとすっ飛ばしてなぁ、図々《ずうずう》しくあのふたりの仲間ヅラしてるんやない――！」

膨大な感情を込めた踵《かかと》蹴りがユーリィの鳩尾《みぞおち》に突き刺さった。横隔膜を打たれた結果の絶息と共にその体が大きく吹っ飛ぶ。何の身動きも取れないまま背中から床に落ち、そのまま闘技台の端近くまで滑っていって仰向けに横たわった。ロッシが蹴り足を引いて鼻を鳴らす。

「キレーに入ったで今のは。……もうそのまま寝とき。いくらボコしても面白ぅない。ボクはな、この舞台に立つ相手としてジブンを認めとらんのや」

そう告げてユーリィに背を向ける。止めを刺す価値もないとその背中で告げている。彼にとってこんなものは余興以下の煤払《すすはら》い、本当の戦いは闘技台の上で今なお戦い続けるふたりの敵と演じるものだ。そちらに向かってロッシが迷わず足を踏み出しかけ、

「……そういうこと、だったんだ」

そこに、思いがけず真摯な声が響く。ロッシの足がぴたりと止まった。彼が嫌い続けた幼稚で薄っぺらな喋《しゃべ》くりではない。ひとりの人間が己の内面と真剣に向き合った時にだけ口を突いて出る、それは魂からの声。

「ぼくは『謎』に惹《ひ》かれる。不思議なこと、分からないこと、隠されていることにどうしようもなく心が吸い寄せられる。大抵のことは見た瞬間に答えが『聞こえる』のに、その中に残るわずかなものが気になって気になって仕方がない。それは何故《なぜ》なのか、ずっと疑問だった」

萎えた手足に力を込めてユーリィが身を起こす。呼吸が浅く、体が重い。胸を思い切り殴られると人間はこうなるのかと新鮮に思う。それは彼が「聞いた」中にはなかった答えだ。自分自身の体をもって感得し知った、その事実が不思議なほど心地好い。問えば返るどの「答え」も、彼にそんな喜びは与えてくれなかった。

「でも、本当はすごく簡単なことだった。……謎を求めるのは、いつも答えが『聞こえて』しまうからだ。自分で探る前に『教えられて』しまうせいで、ぼくはいつまで経《た》っても何も『知

る』ことが出来ない。『聞こえた』答えは『与えられた』ものに過ぎなくて、それはぼくが『知った』ことじゃない。謎の正体そのものより――ぼくはずっと、それを得るまでの過程を求めていた」

彼は気付く。自分がずっと手段と目的を取り違えていたことに。理由《わけ》もなく新たな謎を探して追いかけ続けた自分の本当の望みに。答えを得たいのではない――答えを求めたいのだ。与えられるのではなく摑《つか》み取《と》りたいのだ。そうして手にしたものだけを――彼はずっと、在り物ではない自分の答えにしたかった。

「ロッシくん、君の言う通りだ。ぼくはずっと『知る』ことの意味を知らなかった。それは『探す』行いと分けられないものなんだ。知りたいことに向かって自分の足で歩いて、たくさん藪《やぶ》を搔《か》き分《わ》けて、泥の中を這《は》って辿《たど》り着《つ》いて……そこで得たものだけを、ぼくはやっと『知る』ことが出来る。その時初めて、そこまでの足跡が、ぼくになる」

命題《テーゼ》の核心を摑《つか》んだ少年が膝を揺らして立ち上がる。横目でそれを見つめるロッシが瞼《まぶた》を細める。同時に、チームメイトの明確な変化――否、変貌を見て取ったオリバーが、アンドリューズと撃ち合いながら呆然《ぼうぜん》と呟《つぶや》く。

「……ユーリィ……」

一変した世界の中で、ユーリィ＝レイクがぐっと頭上を仰ぐ。……いつの間にか「声」が遠くなった。与えられる「答え」がぼやけてひどく聞き取りづらくなった。だが、その代わりに

現実感《リアリティ》を得た。自分が確かに生きてここに立っているという確信を。この道を自らの足で歩んでいく覚悟と、その誇りを。だから、

「今なら分かるよ、オリバーくん。――ぼくはずっと、自分自身を探していた」

為《な》すべきことを大悟《たいご》したユーリィが静かに杖剣《じょうけん》を構える。その切っ先の指し示す先で、ロッシがゆっくりと彼を振り向く。

「……なんやジブン。そんな目ェも出来るんやないかい」

口元を愉快げにつり上げてロッシが呟《つぶや》く。それなら話は別だとその顔が語っている。

そう。――気が付けば、目の前にいるのはただの人間だ。己の欲求と目的を持ち、それを自覚し苦悩し、その実現のために多くの代償を払うと決めたもの。身勝手で矮小《わいしょう》で貪欲な、どうしようもなく自分と同じ存在だ。

なら、不快ではない。腹立たしくはあっても嫌悪《けんお》は湧かない。

今のこいつなら、喧嘩《けんか》の相手になってやってもいい。

「だったらしゃーない。もうちょっとだけ相手したるわ！」

行き先を切り替えたロッシが闘技台の南端に佇《たたず》むユーリィの左の床面へと遮蔽呪文を放つ。その上で彼は床を蹴ってまっすぐ突き進んだ。地形の加工によって相手の対応を絞りながら、己には自在の瞬発的創造力でもって予測不能の選択肢を確保している。手持ちの武器の差は歴然だ。この状況からユーリィに出来ることは決して多くない。

だから、彼も腹を据えた。少ない手持ちの中から、もっとも自分らしくないそれを選び抜く。肺活量が許す限りの空気で胸を満たし——その全てを、口から一気に吐き出した。

「VAAAAAAAAAAAAAAAA！」

「——!?」

臓腑《ぞうふ》を揺さぶる凄《すさ》まじい声量にロッシの体が固まる。——古流リゼットが一芸「竜叫《シャウト》」。魔力で一時的に強化した肺と声帯から人の域を超えた咆哮《ほうこう》を放つ荒技。同流の開祖が得意としたことで知られる一技だが、ユーリィの場合は迷宮内で魔獣の真似《まね》をしているうちに自然と身に着いたもの。

相手の感覚を叩《たた》いて本能的な硬直を強いる技であり、現代では知識と心構えがある経験者に効くことはまずない。だが、「無念《イマジンフリー》」の境地に突入したロッシはそれを自ら捨て去っている。加えて、彼は今までユーリィが声を荒げる姿すら一度も目にしたことがない。そんな相手が土壇場《どたんば》でこの技の行使に打って出る意外性——その極端な印象の振れ幅が、この瞬間のみロッシの創造力の限界を突き抜けた。

「アァァッ!!」

硬直したロッシへ向かって叫びながら斬りかかるユーリィ。手負いの獣が捨て身で喰《く》らい付くにも似たその迫力に、さっきまでとは別人だとロッシも認めざるを得ない。一躍攻めに転じたなどというレベルではなく、戦いに臨む感覚そのものが根本的に切り替わっている。何が何でもこの戦いに勝ちたい、絶対に勝たねばならない――そんな血の滲《にじ》むような執念が今のユーリィには確《しか》とある。

「……はっ！　なんや、いきなりおもろいやん！　やっとボク好みの喧嘩《けんか》になってきたで！」

「今度は教えてくれなくていい！　君を知りに行くよ、ロッシくん――！」

宣言と共にユーリィがさらに踏み込み、ロッシもまた全力の剣でそれに応じる。先に始まった二組と同質の戦い。互いの魂をぶつけ合う闘争《コミユニケーシヨン》が、そこで新たに幕を開ける。


「――レイクの剣風が変わったな。一気に自分から攻めるようになった」

観客席から戦いを見守るゴッドフレイが腕を組んで呟《つぶや》く。その隣でレセディが頷《うなず》いた。

「無念《イマジンフリー》への対処としてはあれでいい。型破りの相手に対する定石は、まず何よりも相手を自由にさせないこと。次いで自分の形に引きずり込むことだ。レイクから攻めている間はヤツのほうが出題する側になる。そうして問いを重ねて『正解』の幅を狭めることで、自然と相手の創造性《クリエイテイビテイ》は大きく制限される」

「ああ。むしろ、今までの受け一辺倒のスタイルが相性としては最悪だった。神がかり的な『読み』のおかげで他の相手には成立していたが、普通なら駆け引きでのコントロールなしに相手の攻撃を完全に受けきることなど出来ない。つまり、これでようやく剣術の試合になったと言える。ここからが本番と言っていいだろうな」

　そこで言葉を切って戦いに集中し直すゴッドフレイ。一方で、自ら指導した後輩の大きな変化を前に、レセディがふっと口元を綻ばせる。

「確かに、これまでのレイクは『戦っている』というよりも『観察している』という体だった。楽しんではいても勝利への執着は乏しかっただろう。が――今は一味違うようだ」


「――ヒュゥ！」

　フェイントの斬撃を意図的にすかすと同時に、腕を横へ薙《な》ぐ勢いのまま相手へ背を向けたロッシが床に両手を突く。その体勢から足を振り上げての変則的な後ろ蹴り。側頭部を襲うそれに対して膝を落として躱《かわ》し、そこからユーリィもまた片手を床に突いて横蹴りを繰り出す。

「その動きは分かるよ！　ぼくも先輩に教えてもらった！」

　踵《かかと》で脇腹を叩《たた》かれたロッシがバランスを崩して後退する。立ち上がりから続けて跳躍したユーリィの跳び回し蹴りがそこを追い撃った。不十分な体勢では満足に受けられず、ロッシはやむなく後退してそれを躱《かわ》す。戦場《フィールド》の端に相手を追い込んだ状態から、気付けば中央で斬り合うナナオとオルブライトの剣戟《けんげき》を背後に感じる位置まで押し戻されていた。

「生意気にスタイルあるんやないかいジブン！　最初からそうしときや！」

「ごめん、今思い出したんだ！　ぼくにも少ないけど足跡はあるって！」

ロッシと同じ師・生徒会のレセディ＝イングウェから学んだ異大陸の体術を活《い》かしつつ、ユーリィが誇らしげに言う。そこからしばし蹴り技の競い合いに興じる両者だったが、彼らの戦場中央《フィールド》への帰還を見て取ったオリバーとアンドリューズがそれを挟み込むようにして呪文で介入した。即応したふたりが逆方向に跳んで離れ、局面の変化に気付いたナナオとオルブライトもまた斬り合いを中断してチームメイトと合流する。並び立つ仲間ふたりの背中へ向けて、そこでオリバーが口を開いた。

「どうなることかと思ったぞ。──合わせてもいけるな？」

「もちろん！　どんどん行こうよ！」

「然《しか》らば、此度《こたび》は拙者から！」

嬉々《きき》として一番槍《いちばんやり》を買って出るナナオ。対してオルブライトは一歩下がり、アンドリューズ隊からはロッシが前衛に出てそれを迎え撃つ。

ナナオが上段から振り下ろす袈裟《けさ》斬り。落雷じみたそれを刃で受けると同時に追い風として、摩擦を消した床に爪先立ちしたロッシが一回転。杖剣《じょうけん》ではなく左手の手甲を使った「引の転回《トゥーロ》」の裏拳《バックハンドブロー》打ちを繰り出す。洗練の極みたるクーツの妙技と野蛮な喧嘩《けんか》術の融合。この一戦のために用意した彼の隠し技《とっておき》である。

「フゥッ──！」

が、狙いを見切ったナナオがわずかな前傾でそれを躱《かわ》す。即座に斬り返しを受けたロッシがその圧力に姿勢を崩しながら後退。とっさに割り込んだ仲間の呪文でどうにか事なきを得る。

「なんや、こっちもクーツに目ぇ慣れとるやん！　誰や余計なことしたの！」

「最初《はな》からお前の専売でもあるまい！　黙って邪剣の持ち味を活《い》かせ！」

口を突いて出た文句をオルブライトが切って捨てる。我流と融合したロッシのクーツ流もすでに相当な水準ではあるが、敵がヴァロワ隊の純粋《ピュア》クーツを相手取った直後というのはさすがに間が悪い。初見殺しのつもりで繰り出した一撃もあっさり躱《かわ》されてしまった。

「安心しや旦那！　ボクの行儀の悪さ、まだまだこんなもんやないで！」

それを悔しく思いながらも、そうでなくては困ると矛盾した感情を抱く。待ち焦がれた一戦の中で相手が予想以上に強く在ってくれることに無上の感謝を覚える。その喜びに背中を押されるまま——決して懲りることなく、彼らは何度でも剣戟《けんげき》の渦中《かちゅう》へ飛び込んでいく。

「……再び拮抗《きっこう》したな。Mr《ミスター》．レイクにああした一面があったとは驚きだ。Mr《ミスター》．リントン、これも君の予想のうちか？」

何度も激しく揺れ動きながら、それでも頑《かたく》なに均衡を維持し続ける戦いの天秤《てんびん》。そんな試合の光景を眺めながら、ふとガーランドが隣のゲストに問いかける。ティムが肩をすくめた。

「別に、予想もクソもないですよ。あいつら若ぇんだから、こんだけ盛り上がった戦いの中でなら殻の一枚や二枚破るでしょ。レイクの奴《やつ》はそれが特に極端だったってだけで」

当たり前とばかりにそう言ってのけた彼に、同席するもうひとりのゲストは納得の面持ちで繰り返し頷《うなず》いた。今戦っている六人の戦力を、言われてみればジーノはずっと固定的に見ていた。それは両チームの安定感を評価するからこそでもあったが——だとしても、人間は経験を通して質的に変わっていくもの。そこへの意識が欠けていたことは否《いな》めない。

「本番での成長ですか。……確かに、それは彼らと接してこなかった私には見えていなかったものですね。知らないうちに君もずいぶん先輩らしくなったものだ、ティム君」

「うるせぇ腐れバーテン。僕は昔っから好かれまくり慕われまくりのカワイイお兄さんだっての」

憎まれ口を返しながら、ティムがべぇと舌を出して中指を立てて見せる。今さら演じてみせる〈毒殺魔〉のキャラクターに、ジーノは思わず噴き出しそうになるのを堪えた。そんなことをすれば相手がまた元の険悪な態度に戻ってしまう。せっかく面白いものが見られているのに、それは余りにも勿体《もったい》ないと己に言い聞かせて。

「…………」

一方で、かつてない高揚感が漂う実況席の中、デメトリオだけがまるで違った感情でもって試合を見つめている。とりわけその一点——自分自身の分魂に生じつつある由々しき異変を。

「勢イイイイイッ！」

「オオオオオオッ！」

「**切り裂け刃風《インペトウス》！**」

「**凝りて留まれ《プロイベーレ》！**」

拮抗《きっこう》はなおも続く。闘技台の北側ではナナオとオルブライトが一歩も引かずに激しく打ち合い、並行して西側ではオリバーとアンドリューズが援護のタイミングを狙って熾烈《しれつ》な読み合いを繰り広げる。東寄りでユーリィを相手取りながらその戦況を横目に見やり、ロッシがぼそりと呟《つぶや》く。

「……ッ……接戦やなぁ、どこも。やっぱ、ボクが埒明《らち》けんとあかんか」

不敵な笑みがその口元に浮かぶ。すでに彼もユーリィも負った手傷は数え切れず、長時間に亘《わた》る削り合いで、双方の体力と集中力には底が見えつつある。このまま戦い続けた場合の未来はもはや誰にも見えない。どちらが勝っても負けてもおかしくはなく、その結果はいっそ運否《うんぷ》天賦《てんぷ》の領域と言うべきかもしれない。

だが、それは良くない。ロッシはある種の意地でもってそう思う。放り投げた賽《さい》の出目に勝敗を預けるなら、それは自分が望まれた仕事を果たしていない。これは個人戦ではなくチーム戦であって、彼にはその能力と性格に応じた役割というものがある。こういう状況こそかき混ぜてのけるのがトゥリオ＝ロッシだと、彼自身もその期待を承知でこの戦いに臨んだ。だからこそ、その役目を完遂しないうちには終われない。義務や責任などといった上等なものではなく、彼自身の譲れない拘《こだわ》りとして。

「……ヒュウッ！」

腹を決めたロッシが剣の間合いから跳び下がる。とっさに呪文を唱えるユーリィだが、そこで相手の足の動きを見て取った。靴に瓦礫《がれき》を載せた。蹴飛ばしてくる。相手にそう印象付けると同時に——死角で外してあった左手の手甲《アダマント》を、ロッシが下手投げで投擲《とうてき》した。

「**爆ぜて砕けよ**《フラルゴ》——うわっ！」

二重のフェイントを挟んで飛んできた手甲《アダマント》の手裏剣。それを片目に食らってのけ反ったユーリィの炸裂《さくれつ》呪文が空《むな》しく上空へ飛んでいく。一方、そうなった彼が体勢を回復するまでの間にロッシは斜め後方を意識する。苛烈な打ち合いの中で左手を伸ばし、オルブライトが相手に組み付こうとしていた。

「ハアッ！」

東方《エイジア》の少女もそれを見切って鍔競《つばぜ》りでオルブライトを吹き飛ばす。片目を打たれたユーリィが視野に余裕を持つために一歩下がり、その瞬間にロッシは千載一遇のチャンスを感じ取る。

「——**雷光疾りて**《トニトゥルス》！」

ユーリィに呪文を撃つと見せかけて、ロッシは振りかぶった杖剣《じょうけん》での背面撃ちでナナオを狙う。彼が放った電撃が空中を走り、その接近にオルブライトも即座に気付く。

「！　――氷雪猛りて《フリグス》！」

機を合わせてオルブライトが呪文を唱えた。前方から彼の放った冷気、後方からロッシの撃った電撃がそれぞれナナオに迫る。突如として置かれた挟み撃ちの状況にも怯《ひる》まず、彼女もまた自身の対処を即決する。

「――フゥ！」

踏み込みと同時に正面の呪文を刀に絡《から》め取って反転。諸手《もろて》斬り流しで冷気を背後に送り、その威力でもってロッシの電撃を押し返す。が――それはこれまで戦っていた相手から一瞬にせよ視線を外す行為。その隙を逃さずオルブライトが床を蹴る。

「もらったぞ、ヒビヤァ！」

勝機を前にしたオルブライトが上段で飛び込んでいく。呪文を受け流した直後のナナオが最短の動作で彼に向き直るが、その対処をもってしてもなお迎撃には間に合わない。不十分な受け太刀を押し退《の》けて首筋に斬り込む己の刃。疑う余地のないその光景を、オルブライトが目前の未来から先取りし、

「――ッ!?」

その確信が現実となるべき瞬間、眼前に何かが落ちてきた。彼らが薄氷を渡る攻防を繰り広

げる間、その上空で大きな放物線を描いたものが、ぶつかる寸前の両者の間に割って入った。

　それは、一発の炸裂《さくれつ》呪文。目に手甲《アダマント》の直撃を受けたユーリィが、その際に上へ向かって撃ち損じたはずのもの。

「ぐぅッ！」

　全力の踏み込みに強引なブレーキをかけて後退し、オルブライトが紙一重でその直撃を避け
る。すぐ目の前で炸裂《さくれつ》した爆炎が視界を赤く染める。どうにか躱《かわ》した。誰の目にも当然の、何
ひとつ間違いのない対応だ。そうなると分かって自ら爆風に突っ込む愚か者がいるわけがない。

だからこそ。――そんな彼の賢明さが、ここで決定的に命運を分けた。

「勢《セ》イィイイイ！」

　愚か者がそこにいた。彼が下がった瞬間、東方《エイジア》の少女は逆に自ら爆風へと踏み込んでいた。

全身の至る所に熱傷を負い、砕けた床の破片に頬を裂かれながら、その一切を意に介さず目の
前の敵だけを追い駆けて。

「な――！」

　予測できるはずがない。とっさに受け太刀で応じられたのが奇跡に近い。だが――その最後
の抵抗すら容赦なく押し込んで。彼女の一刀が、オルブライトの肩から胸へ深く斬り込んだ。

「――踏み、込む、か。そこで……」

「退《ひ》けば敗《ま》ける。偏《ひとえ》にそう信じてござった」

打てば響く潔《いさぎよ》さでナナオが即答する。その愚かしいまでの純粋さを前にオルブライトも悟る。……最後の一線で自分たちの勝負を分けたもの。それは皮肉にも、異端狩りの名門に嫡子として生を受けた自分が、その半生を通して芯まで刷り込まれた「生還」への拘《こだわ》りだったのだと。

筋の通った敗北を受け入れながら、オルブライトが力の抜けていく腕で辛《かろ》うじて刃を押す。それで体が倒れ込むように後ろへ流れた。そこに最後の引導を渡すべく、ナナオもまた残る力を振り絞って満身創痍《そうい》の体を突き動かし、

「──む──」

踏み込んだその右足が、くるぶしまでずぶりと泥濘《ぬかるみ》に埋まる。それで動きを止めた彼女へと、仰向けに倒れ込む最中のオルブライトが必要最低限の動きで杖剣《じょうけん》を向ける。──そう。彼もまだ、自分の仕事を果たしきってはいない。

「……氷雪猛りて《フリグス》」

断たれた肺から絞り出す最後の呪文。出力など望めようもない。が、ナナオにもまた対処するだけの余力はない。詠唱も回避も諸手《もろて》斬り流しも間に合わず、やむなく盾にした両腕が冷気を受けて半ば凍り付く。それを見届けたオルブライトが、今度こそ全身から力を抜く。

「只《ただ》では死なんのが異端狩り《グノーシスハンター》の流儀だ。……後は頼んだぞ、アンドリューズ……」

敗れてなお己の在り方を曲げぬまま、そうしてジョセフ＝オルブライトはこの戦いから最初に退場した。惜しみない敬意でもってその姿を見届けた後、ナナオはほぅと息を吐き──それ

から泥濘《ぬかるみ》に埋まった右足を引き抜く。両腕にはもうほとんど感覚がない。だが、まだ一度は刀を振れる。

　自らの戦いを制した東方《エイジア》の少女が顔を横へ向ける。その視線の先で、もうひとつの戦いが決着していた。互いに半ば密着する形で——ロッシとユーリィが、そこで静かに刺し違えていた。

「……読んどったんかい、ジブン。ボクがナナオちゃん狙うて……」

　相手の胸を貫いた杖剣《じょうけん》もそのままに、ロッシが呆然《ぼうぜん》と問いかける。それを受けて、彼の耳元でユーリィが囁《ささや》くように答える。

「……なんとなく、ね。きみの性格は、ぼくも少しだけ、『知って』たから」

　予測できた理由をそう告げる。——ナナオとオルブライトの戦いが一か所での打ち合いに近かったこと。ホーン隊の中であらかじめ詠唱の発音の違いによる援護の合図を決めていたこと。それらの条件があのユーリィの奇襲を可能にした。だが、何よりもその成立を支えたのはユーリィ自身の洞察力。ロッシという人間が何を考え、何に拘《こだわ》り、この局面でどう動こうとするか——それを必死に考え抜いたからこそ、最も大事な一瞬でその思考を上回れた。子供が虫に向けるそれとは違う、目の前の人間に対する深い関心と理解でもって。

　一方で、彼ら自身の勝敗はその結果とはまた別だ。……今、ロッシは右手の杖剣《じょうけん》でユーリィの胸を刺している。それは紛れもなく決定打だが、同時にユーリィの杖剣《じょうけん》もまたロッシの左脚を貫いていた。杖剣《じょうけん》は刺さった時点で手放され、ユーリィは空いた両腕で相手の腰に組み付いている。直下の床は領域魔法で泥濘化《でいねいか》しており、ふたりの両足はその中に深く埋もれていた。

「……やっぱり、楽しいなぁ。知るのは……」

そんな言葉を噛《か》みしめるように呟《つぶや》いて。それを最後に、ユーリィの意識は完全に途切れた。くずれた膝が泥濘《ぬかるみ》を突くが、その一方で、ロッシの背中に回して組んだ両手は頑として離れない。失神の間際《まぎわ》に両手の皮膚同士を固く接着してあったのだ。

倒した相手になおも拘束されたまま、ロッシはどうにかその体を押し退《の》けようとして——ほどなく、それがもはや無駄な努力であると悟る。

「……脚ぃ、動かん……」

刺された左脚はすでに死んでいて機能しない。残る片足だけで泥濘《ぬかるみ》から逃れるのはそれだけで難儀だというのに、今は重ねてユーリィの体が腰に組み付いている。背中の後ろでがっちりと組まれた両手は多少揺さぶった程度では離れる気配もない。当然だ、それは彼の執念なのだから。ふたりのチームメイトに勝利をもたらすと誓ったユーリィ＝レイクの意地なのだから。

時間をかければいくらでも打つ手はあるだろう。だが、今のロッシにそれは与えられない。遠間からナナオが放った炎の一撃が、もはや躱《かわ》しようもなく彼の背後に迫っている。

「……あーもー……。……腹立つ奴《やつ》やわぁ、ホント」

ため息と共に小さく愚痴を漏らす。すでに意識のない相手へ向けた、称賛に等しいその言葉を最後に――肌を炙《あぶ》る熱気を経て、ロッシの体は炎へと呑《の》まれた。

ふたりの戦いに呪文で終止符を打つと、重い体を引きずって、ナナオは残るひとりの仲間のほうへと歩き出す。それを見て自ら迎えに来たオリバーが隣に並んだところで、彼女の両手から刀が滑り落ちた。

「……すまぬオリバー。拙者、どうやらここまでにござる」

視線を落とし、口惜《くや》しさを滲《にじ》ませてそう呟《つぶや》く。ロッシを仕留めた呪文を最後に、凍《い》て付《つ》いた彼女の両腕は完全にその機能を失っていた。もはや刀を握ることはおろか肘から先を動かすことも出来ない。それがなくとも爆風を浴びた負傷で今にも倒れる寸前だ。

そんな彼女の状態を言われるまでもなく把握した上で。視線を敵に据えたまま、オリバーは力強く頷《うなず》く。

「よくやった。――後は、俺に任せろ」

微塵《みじん》も揺るがぬその声ににっと笑って、ナナオはついに膝から崩れ落ちた。その光景を目にした観客たちが、もはや声援すら躊躇《ためら》われて一斉に押し黙る。張り詰めた沈黙で満たされる闘技場の広い空間。その中にあって――やがて、それを破る権利を持つふたりが声を上げる。

「大詰めだ、Mr.《ミスター》・アンドリューズ。……決着を付けよう」

「──ああ」

オリバーの宣言を受けたアンドリューズが頷《うなず》き、闘技台の上で互いの位置を調整する。さながら時間を巻き戻したように一対一で向き合い、彼らは試合を締《し》め括《くく》る最後の戦いへと臨む。

「──はぁぁぁ……！　か、駆け引きに次ぐ駆け引きを経て両チームから二名ずつが脱落！　恥ずかしながら私も実況を忘れて見入っていました！　どこまで魅せてくれるんだ、この六人は……！」

「Mr《ミスター》．ロッシが不意打ちで均衡を崩そうとしたが、Mr《ミスター》．レイクはそのさらに前に布石を打っていた。瓦礫《がれき》の躱《かわ》し様に大きく上へ狙いが逸《そ》れたと見せかけて、大きく弧を描く軌道での着弾を狙っていたんだな。Ms《ミズ》．ヒビヤとMr《ミスター》．オルブライトの戦いが足を止めての打ち合いに近かったとはいえ、直後の動きまで予想してよくピンポイントで落とせたものだ」

息すら止めて一連の攻防を見つめていたグレンダと、その内容に大いに感心するガーランド。両チームから計四人が脱落するまでの流れは一瞬たりとも目が離せず、その全てが各々《おのおの》の執念で鮮やかに彩《いろど》られていた。

「爆風に怯《ひる》まず踏み込んだMs《ミズ》．ヒビヤも、最後の一瞬までしぶとく反撃を行ったMr《ミスター》．オルブライトも見事だ。Mr《ミスター》．レイクが最後に相打ち前提でMr《ミスター》．ロッシの足を狙ったのもその結果を踏まえての決断だろう。泥濘《ぬかるみ》の中で片足が死んだMr《ミスター》．ロッシはもはや相手を振り払えない。そこに呪文を撃ち込まれては避ける手立てがなかった」

「あの結果には私も息を呑《の》みました！　Mr《ミスター》．レイクとしては早期に自分の生き残りを見切り、確実にひとりを道連れにする方針を採った……ということでしょうか？」

「そういうことだな。直前に食らった手甲でMr《ミスター》．レイクは片目をやられていた。呪文の打ち上げを悟らせないために支払った代償だが、あれではもはやMr《ミスター》．ロッシ相手に今までのような斬り合いはできない。となれば道連れの脱落は最上の選択だろう」

ガーランドが頷《うなず》く。両者共にチームへ勝利をもたらすことに最後まで拘《こだわ》った――その縺《もつ》れ合《あ》いの結果があの相討ちだ。試合の途中で相手に厳しい言葉をぶつけたロッシだが、振り返ってみればユーリィは実に正しく彼という人間を理解していたと言える。その人間模様も含めてガーランドの目には実に眩《まぶ》しい。

「脱落した全員が仕事を果たし、勝負は両チームのリーダーに委ねられた状況です。……最後の一対一、師範《マスター》はどちらが有利とお考えですか？」

「どちらも余力を残している以上、こればかりは何とも言えない。無粋な予想は控えて、後は見守るばかりだ」

グレンダにそう答えて、ガーランドはそこからの発言をきっぱりと断った。予測など立てるまでもなく結論はじきに出る。それはきっと、自分が万の言葉を尽くすよりも遥《はる》かに雄弁なものとなるだろうから。

向き合うふたりの呼吸が完全に整った。同時に無言の意思疎通が交わされ、互いの杖剣《じょうけん》が一斉に跳ね上がる。

「……フゥ……」「……ハァ……」

「――**貫け風槍**《インベトウス》**！**」

「**凝りて留まれ**《プロイベーレ》**！**」

これまでから意念《イメージ》を大きく変じ、アンドリューズが面ではなく点で呪文を放つ。収斂《しゅうれん》された風の槍《やり》が空中を突き進み、それを見極めたオリバーが対抗属性でピンポイントの迎撃を行った。軌道を変えた風が脇に抜けていくが、相手の狙いはあくまで剣の攻防の直前に集中力を割かせること。続けて踏み込んでくるアンドリューズの刃を、オリバーが盤石の中段で迎え撃つ。

「シィッ！」

一足一杖《いっそくいちじょう》への突入と同時にアンドリューズが刺突を放つ。受け太刀で応じたオリバーがふと相手の刀身の尺に違和感を覚え、そこで即座に仕掛けを見抜いた。――「縮む風鞘《シュリンクシース》」。刀身にまとった風で光の屈折率を変え、刃を実際よりも短く見せている。

「ハアッ！」

が、それも布石に過ぎない。続く刺突と同時にアンドリューズの掌中で杖剣《じょうけん》の柄が滑った。リゼット流「三寸の延金《のべがね》」——攻撃と同時に杖剣《じょうけん》の握りを変え、相手の不意を突いて刃の間合いを数インチ延ばす技。「縮む風鞘《シュリンクシース》」と合わせて用いることで幻惑効果はさらに増す。

「フゥッ！」

　それらの技の相性はオリバーも先刻承知、よって見た目の刃渡りに頼るような愚は冒さない。襲ってくる刃ではなく柄を握る手元を観察し、並行しての領域知覚で確実に刀身の実寸を捉え、受け流す。そうした揺るぎない対処から、相手が少しも惑わされていないことをアンドリューズも瞬時に察した。たちまち杖剣《じょうけん》の迷彩を解き、今度は風の刃で切っ先を延長する「吹き足す風刃《エクステンドエッジ》」で攻め立てる。

「アァッ！」

　一方で、アンドリューズにも分かっている。こんな小細工が通じるレベルに相手はとっくにない。リスクを抑えた小手先の技を重ねつつ対応ミスを期待して待つ、そのような甘えた戦い方の先に勝ち筋はひとつたりとも存在しない。

　そうした相手の稀有《けう》な強さを、心から尊敬する。……人は勝ちたがる生き物だ。多少のセンスがある者なら、最低限の基礎を身に付けた上で強力な攻め手をいくつか覚えれば、同年代の相手にはそれなりに勝てるようになる。五本勝負で三本取るのは難しくない。十本勝負で八本取るのもその延長上で何とかなる。だが——百本勝負で百本取るとなると、もはや同じやり方では根本的に通用しない。遥《はる》かに厳しく徹底した修練を膨大な工夫と共に積み重ねた先にしか、その領域には決して辿《たど》り着《つ》けない。

オリバー＝ホーンの剣とはそういうものだ。多く勝つことではなく最後まで勝ち続けることを本願とし、負けに繋《つな》がる心技体の穴をどこまでも丁寧に塞ぎ続ける。リスクを放置したまま勝ち星を増やそうとする場合に比べて、それが実を結ぶまでの道程は途方もなく長い。アンドリューズ自身は幸いとセンスや練習相手に恵まれ、剣を学び始めた頃は自分がどんどん上達していくのが楽しかった。だが、オリバーはそうではなかったはずだ。彼がどんな環境で自分を鍛えたのかは分からない。だが少なくとも、勝利の快感という果実をその手にできるまでの期間は自分よりも遥《はる》かに長く苦しいものだっただろう。……あるいは。その年月に耐えるだけの執念を彼にもたらした出来事は、さらに自分の想像を絶するのかもしれない。

だというのに——その過去を背負いながら、彼はいつも穏やかに微笑《ほほえ》んでいる。他人に優しく誠実に在る。他者の弱さを責めず、その未熟を詰《なじ》らず、静かにそっと寄り添って成長を見守る。だからだろう——彼の周りではすくすくと人が育つ。カティ＝アールトもガイ＝グリーンウッドもピート＝レストンもそうやって才能を伸ばしてきた。キンバリーで無慈悲な暴風に晒《さら》された彼らという苗木を、オリバーの存在は温かな添え木となってここ《こ》まで《こ》支えてきた。

その全てが、眩《まぶ》しい。眺めるほどに胸が苦しくなる。より深く知りたい、関わりたいという願いが湧く。彼と同じ椅子に並んで語らい、その感じるところ、思うところをひとつひとつ聞けたなら、それはどんなに素晴らしい時間となるだろう。自ら剣花団と称する彼らの集まり。もし自分がその一員であったなら、それはどんなに幸せなことだろう。

だが——その願いのひと欠片《かけら》すらも、今の自分には決して口に出せない。かつての自分が彼らに晒《さら》した醜態はそんな軽いものでは断じてない。それを贖《あがな》うために自分は今ここにいる。何も特別ではないたった一言、それを口にする権利を取り戻すためだけに今もこうしている。

そう。ただ一言——君の友達になりたい、と。

「——フゥッ！」

純一の願いを胸に勝負を賭ける。数十もの剣戟《けんげき》を重ねた果てに待ち続けた機を見て取って、アンドリューズが首を狙った横薙《な》ぎの一撃を繰り出す。もはやオリバーの側では間合いの幻惑を完全に看破していた。回避直後の速やかな反撃を期して、彼はその一閃《いっせん》を最低限の仰《の》け反《ぞ》りで躱《かわ》し、

「——！」

姿勢を戻そうとしたところで、その動きがぴたりと止まる。

領域知覚が告げている。首の手前、たった今アンドリューズの刃が通過した場所——そこに風の刃が残されている。空中の一点に平たく留まって渦巻く極小の竜巻。リゼット流「残刃」——もとより卓抜した風の使い手が、自己領域下においてその意念《イメージ》を最大限に駆使して初めて可能となる高等技である。

首の手前に罠《わな》を置かれたことで、半端《はんぱ》にのけ反った体勢のオリバーは前に戻れない。攻めも受けもままならないその体勢はほぼ完全な死に体。二度は決して望めないだろう千載一遇の隙を狙って、アンドリューズは己の全てを懸けた決め手に打って出る。

「オォォォオッ！」

リゼット流『勇の一突』。大きく前傾した姿勢から「残刃」の下を潜る形で放つ一撃。前方へ体を戻せないオリバーには半端《はんぱ》な体勢でしか応じられず、腕だけで振る刃では踏み込みの勢いを乗せた渾身《こんしん》の一突きは防げない。対処するにはまず「残刃」から一歩退くしかないが、だからこそ選んだ「勇の一突」だ。退がったのならその引《ひ》き際《ぎわ》を深く追って胸を貫くのみ。思い切って後ろに倒れ込んだとしても同じこと、刺突はその動きに合わせて心臓を狙う。

「――っ――」

一手後の勝利をアンドリューズが確信する刹那。その予想に反して、オリバーは下がらず。代わりに――すとん、と。その場で腰を落とした。

「――!?」

真上から降ってきた刃が渾身《こんしん》の刺突を打ち落とす。逸《そ》らされた切っ先が空を切って真下の床に突き刺さる。その光景に愕然《がくぜん》としながら――同時に、アンドリューズは雷に打たれたように相手の対応を直観する。

のけ反った体勢から満足な受け太刀はできない。さりとて一歩下がってから受けるのでは間に合わない。だから──それらの代わりに、オリバーは腰を落とす際の重力を刃に乗せたのだ。足裏の摩擦を領域魔法で消すことで座り込みの速度を増して。

このような技は無論ラノフ流にはない。地に足の着いた立ち回りこそが同流の要なのだから当然である。だというのに、オリバーは刹那の判断でその外へ踏み出した。今この瞬間のみ、相手の一手を攻略するためにはその逸脱が不可欠だと確信して。

刃を打ち落とされたアンドリューズが抗《あらが》いようもなく床に膝を突く。先に腰を下ろしたオリバーと視線の高さが一致して真っ向から目が合う。引き戻そうとした右手が即座に手首から押さえられた。動きを封じられた彼の胸に向かって、オリバーの杖剣《じょうけん》がまっすぐ突き出される。

「──ッ！」

もはやどう動いても躱《かわ》しようのないその一撃を、アンドリューズが左の掌《てのひら》で受け止めた。

「ぐぅぅぅぅっ……！」

貫かれた掌《てのひら》ごと刃が押し込まれる。鍔《つば》まで貫き通して全力で押し返すが、相手のほうは利《き》き腕《うで》である上、今は自分の利《き》き腕《うで》が押さえられている。姿勢の優劣は明白だ。もはやどう技を駆使したところで状況を覆《くつがえ》す手立てはない。その事実を疑う余地なく頭で理解する。

だが──諦めが浮かばない。戦況が絶望的になったくらいでこの願いを捨てられない。あらゆる想《おも》いと執念を燃やして敗着の運命に抗《あらが》うアンドリューズの必死の眼差《まなざ》し。オリバーもまた、その瞳を間近で見返す。

「……分かってる。分かってるよ、アンドリューズ」

そうして、静かに呟《つぶや》く。……相手の想《おも》いの全てが、胸に痛いほど響いてくる。受け取り損ねたものは何もない。だから――もういいのだ。君はもう、何も伝えようとしなくていい。

それを教えるために、彼もまた口にする。ずっと前から温めていた気持ち。本当に長く、ずっとずっと、この相手に告げたかった言葉を。

「君は――本当に、強くなった」

耳に届いた優しい声に、アンドリューズの手からふっと力が抜ける。それを最後に――彼が受け入れたその結果へと、オリバーの杖剣《じょうけん》がまっすぐに滑り込んだ。


「――そこまで。試合終了だ」

決着を見届けたガーランドが厳かに口を開く。戦いの結果が、静寂の中に告げられる。

「アンドリューズ隊の全員が脱落、対してホーン隊はひとりが残存。……よって、勝者はホーン隊。同時に――この瞬間をもって、同チームを下級生リーグの優勝チームと認定する！」

最後に勝ち残ったチームが朗々《ろうろう》と宣言される。その瞬間に観客たちの感情が爆発し、怒涛《どとう》のような大声の波が全員の耳を聾《ろう》して響き渡った。それに打ち消されないよう拡声魔法の出力と声量を上げながら、グレンダが目尻に浮かんだ涙を拭って締《し》め括《くく》りの実況に及ぶ。

「～～～～～決着ゥ！　最後の最後まで息詰まる攻防を見せてくれた選手たちに、まずは渾《こん》身《しん》の喝采を！　彼らと同じ時代にキンバリーにいられたこと、この試合の実況ができたことを心から誇りに思います！　おめでとうホーン隊、お前たちが最強だァァァァァ！」

同じの熱狂の真《ま》っ只中《ただなか》で、彼らの友人たちもまた、その結果を受け止めていた。

「……うぉおおお……！」

「勝った……！　勝ったよ、オリバーたち……！」

「……ええ……ええ……！」

ガイが腕を震わせて立ち上がり、カティが応援のし過ぎで嗄《か》れた声で結果を繰り返し、シェラが両目から滂沱《ぼうだ》の涙を流してそれに何度も頷《うなず》く。彼らの隣で席に座るピートが、そこでふいに自分の首を両手で押さえて俯《うつむ》く。

「……ぜぇ……ぜぇ……」

「おい、大丈夫かピート!?　過呼吸起こしてんじゃねぇか！」

彼の異変に気付いたガイとカティが慌てて背中をさする。シェラがぼろぼろと涙を零《こぼ》しながら、その前に立ってピートの頬に手を添える。

「無理もありませんわ、まばたきするのも躊躇《ため》われる試合でしたもの。ピート、もう大丈夫です。力を抜いて……」

「お前はお前で滝みたいに泣いてんじゃねぇか！　干からびるんじゃねぇのかそれ⁉」

「そうなっても悔いはありませんわ。本当に……本当に良《い》い試合でした。あたくしは生涯忘れません。あの六人が全霊を尽くして戦う姿を――」


「――先輩たち勝ったよ！　ほら見てテレサちゃん、ほら！」

「当然です。揺さぶらないでください」

「クールだなぁテレサちゃん……。見てよほら、僕なんて手汗びっしょり」

舞い上がるリタに肩を揺らされながらテレサがぼやき、そんな彼女にピーターが試合の間一度も解《ほど》かなかった自分のこぶしを開いてみせる。一方で、ディーンもまた見届けた激戦の興奮に鼻息を荒くしていた。そこでふと思い立ってテレサを挟んだ隣客に声をかける。

「熱い戦いだったなぁ、おい。あれはさすがにお前も文句ねぇんじゃねぇの？」

「……ふん。まぁ、下級生リーグの試合にしては上等の部類だがね」

傲然と足を組んだままフェリシアが答える。が、その首筋が小刻みに震えて粟立《あわだ》っているのをディーンは見逃さない。発言とのギャップに呆《あき》れて声を上げた。

「……鳥肌立つほど感動してんじゃねぇか。素直に良かったたって言えよお前」

「違う、寒いからだ。この会場は空調がなっていない。後で運営に苦情を入れておく」

「……。まぁ、そういうことにしといてやるよ」

指摘を打ち切ってディーンが顔の向きを前に戻す。が、その後もなお感動にぶるぶる身を震わせ続けるフェリシアの様子を横目で眺めていて、彼はふっと笑う。――思ったよりずっと分かりやすい奴《やつ》じゃねぇか、と。最初の印象から、相手をそう修正しながら。

繰り広げられた激戦への歓呼が鳴り止《や》まずに降り注ぐ中、今なお闘技台に残るオリバーが静かに隣を見下ろす。力尽きて仰向けに横たわった対戦相手へ、彼はそっと問いかけた。

「……呪文戦が続いていれば、結果はまた違っていたかもしれない。そうしようとは思わなかったのか？」

質問されたアンドリューズがゆっくりと視線を相手に向ける。……たった今刺されたばかりの胸の傷は深い。接戦の消耗と重なって手足の感覚も薄いが、不殺の呪《まじな》いがあるため致命傷には至っていない。こうした場合は杖剣《じょうけん》から魔法を流し込んで止《とど》めに代えるのが定石なのだが、オリバーはあえて今回それをしなかった。不要とみなした理由は語るまでもない。

よって、この状態でも口を利《き》く程度の余力はある。少しの間を置いて、アンドリューズが質問に答え始めた。

「……前の試合までに剣術戦は見せていない。君のために取っておいたんだ。だから、ここで出さなければ意味がないと思った」

「……そうか」

その答えに、オリバーも納得して微笑《ほほえ》んだ。そんな彼の横顔をしばし見つめて、今度はアンドリューズのほうから問いを投げる。

「……『勇の一突』を受けた君の動き。あの座り込みはとっさの判断か？」

「ああ、半ば勝手に体が動いた。通常の構えを維持する形ではどうやっても対処できない以上、あの場面ではセオリーの外に活路を見出《みいだ》すしかなかった。受け太刀のタイミングを合わせられたのは君が最速で突いてきてくれたから。フェイントを挟まれていたら危うかっただろう」

その説明に、アンドリューズは改めて相手への感服を深くする。長く正統なラノフ流の使い手として腕を磨いてきた彼が、その逸脱が必要とされる場面で迷わずセオリー外の行動を選んだというのだから。フェイントを挟まなかった自分の決断についても一瞬考えるが、やはりそれは選べなかったと結論する。──フェイントをかけている間に後退されては本末転倒だった。となればやはり、あの決め手を選んだ時点で自分の敗着は決まっていたのだろう。

「……思えば。コーンウォリス隊との試合で、ロッシも似たようなことをしていた。君がやってくるとは夢にも思わなかったが」

「そうなのか？　……立ち合いを重ねるうちに、俺も彼に影響されたかな」

予想外の指摘を受けたオリバーが指先で頬を掻《か》く。……あれだけ何度も戦えば影響も受けるだろうし、あの自在さに自分が一抹の憧れを持ち続けたことも否定できない。そうした日々が大一番の勝敗を分ける局面で実を結んだというのなら、自分としてもロッシに感謝しないわけにはいかない。聞けば本人はさぞ嫌な顔をするだろうが。

そこで会話が途切れ、ふたりの間にしばし沈黙が流れる。その穏やかな無言の中で、オリバーは彼との戦いで感じた多くのことを思い出す。この舞台で自分たちと向き合うために相手が積み重ねた時間を我が事のように想像する。その果てに彼が手にしようとした誇りを。

こんなに腹を割って話せる機会は、あるいはもう二度とないかもしれない。そう思った時点で、オリバーの口は自然と動いていた。

「……その、だな。Mr《ミスター》.アンドリューズ」

「？」

「今日の試合は、良かった。俺はあまり戦いを楽しむほうじゃないんだが――君たちと戦っている時間は、本当に充実していた。過ぎてしまったのが惜しいくらいに」

そうして、訥々《とつとつ》と言葉を紡《つむ》ぐ。気恥ずかしいなどとは言っていられない。勝ったのが自分である以上、今度はこちらが伝える番なのだ。

「だから、その……何というか……」

言葉の選択にひどく迷う。決して口下手ではないはずなのに、選ぶ言い回しに不思議なほど自信がない。意図が正しく伝わるか不安に駆られながら、それでもオリバーは懸命に言葉を重ねていく。

「……こういう特別な機会だけじゃなくて、もっと気軽に試合が出来たらいいと思うんだ。今日の反省点を互いに洗い出せるし、全員の強みや弱みも色々な角度から検討できるし……いや、何か違うな。そんな堅い話でもなくて……」

理屈をこねればこねるほど本質から遠のく。それを悟り、オリバーは思い切ってその場で腰を下ろした。両膝を重ねて背筋を伸ばし、脚の上に両手を置いてまっすぐ相手に向かう。かつて東方《エイジア》の少女が教えてくれた、それは正座と呼ばれる日の国《ヤマツ》の作法。

「……君とはもっと、ちゃんと交流したい。俺が言いたいのは単にそういうことだ。だから——俺の友達になってくれないか？　Mr《ミスター》．アンドリューズ」

そうして、飾らずに想《おも》いを告げた。それを聞いた瞬間にアンドリューズがぐっと息に詰まった。鼻の奥がつんと熱くなり、そこから両目に何かがこみ上げた。それを相手に見られないために、今だけは首を回してそっぽを向くしかなった。

「…………リチャードだ」

やがて、顔を背けたまま少年が言った。声の震えを誤魔化すように、彼は早口で続ける。

「親しい者はそう呼ぶ。シェラはリックと呼ぶけど、あれは昔から彼女だけだ。子供時代を思い出して気恥ずかしくなるからやめてくれ」

オリバーが大きく頷《うなず》き、そこで膝を崩す。……気持ちが伝わったのが分かった。なら、もう礼の形に拘《こだわ》ることはない。相手と向きを揃《そろ》えて隣に座り、一緒に高い天井を仰いで脚を伸ばす。

「分かったよ、リチャード。……それにしても、疲れたな」

「ああ、疲れた。もう指一本動かしたくない」

歯に衣着せぬ本音を互いに口にする。そこでやっと顔の状態を制御下に置いて、アンドリューズが相手に視線を向け直した。辛《かろ》うじて動く右腕を持ち上げて、こぶしを握り――差し出す。

「次は負けないぞ、オリバー」

初めての響きで相手を呼ぶと、それは不思議なほど舌に馴染《なじ》んだ。オリバーがにっと笑い、自分のこぶしをそこにこつんと合わせた。

第四章

遠い瞬き《ファーライツ》

凍て晴れの空が好きだ。ひときわ冷え込んだ冬の夜であればなおのこと。

大きな背嚢《はいのう》と愛用の天体望遠鏡を担《かつ》いで丘を登る。素材から何から吟味して拵《こしら》えたものなので人間ひとりを超える重量だが、今だけは綿菓子ほどにも感じない。星空が自分を引っ張ってくれている。だから、その分だけ足取りが軽くなるのは当然のことだ。

丘の頂上には小さな展望台がある。この村に赴任してから三年目に住民たちが総出で造ってくれたものだ。施工《せこう》の最中は何を造っているか教えてくれなかったから、いざ完成したそれの前に連れて来られた時は気持ちが言葉にならなかった。ただただ嬉《うれ》しくて背筋が震えた。

同じものを見て、都市部の魔法使いたちなら色々とケチを付けるかもしれない。普通人の田舎大工では規模も機能性も高が知れる、ゴーレム技術を用いればもっと上質の施設を遥《はる》かに短い時間で造り上げられるじゃないかと。――確かにそうかもしれない。けれど、そういうことではない。これを見た時に何より嬉しかったのは、自分という人間が何をどうしようもなく好きでいるか――それを村の人々が分かってくれていたことだ。

屋上へ向かって階段を上がっていくと、ふいにその先から小声の会話が耳に届いた。まだ幼い少年と少女の囁《ささや》き声《ごえ》。それでもう誰々がいるのかまで察せられる。足を速めて屋上に出た途端──予想と違わず、もこもこと厚着した三人の子供たちが駆け寄ってきた。

「あっ、せんせーきた！」「ほらな！　言ったろ、今日はぜったいここ来るって！」

「リュカうるさい！　わたしだって分かってたし！」

が、そこから先は予想外だった。目の前の三人だけではない、屋上の奥のほうから他の子供たちも次から次へとやってくる。その誰もが厚着でがっちりと身を固めて寒さに頬を赤くし、この場でずっと自分が来るのを待ち構えていたのだと一目で分かる。思わず叫んでしまった。

「って──なんだこれ、ほとんどみんないるじゃないか！　よりによってこんなに寒い夜に！　何やってんだい風邪ひくよ⁉」

「へーきだもんなー！」「カゼひーたらせんせーが治してくれるもん！」「わたしちゃんとテブクロしてきたよ！　えらい⁉　えらい⁉」

村の学校で自分が受け持っているクラスのほぼ全員が揃《そろ》い踏《ぶ》みしていた。今日は特に冷え込んだ上に空がからりと晴れたから、それを見ながら昼の間に自分が何を考えているかもすっかりお見通しだったのだろう。苦笑しながら望遠鏡を床に置き、背嚢《はいのう》を下ろして口を開く。

「まったくもー……。もしかしてと思ってたくさん用意してきたからいいけど、足りなかったら小さい子から帰らせるとこだよ。……ほら、これを懐《ふところ》に入れて。熱いからあんまり触っちゃダメだよ？」

「あったかーい！」「やべー！　これもームテキ！」「朝までここにいられるね！」

不燃綿に包んで小さな袋に入れた炎熱球をひとりひとりに配って回る。使用に魔力を必要としない普通人用の魔法道具で、こうした細々とした日用品もこの村ではしばしば自分が作っている。「村付き」は手作業が速いなどとよく言われるが、何のことはない。そうでなければ住民たちの消費のペースにまったく追い付かないからだ。

全員の懐《ふところ》に炎熱球を忍ばせてから、今度は保温容器に入れてきた甘いミルクティーをたっぷりとカップに注いで配る。それでやっと子供たちの体への気遣いを済ませて、先ほど床に置いた望遠鏡へと歩み寄った。視線を上げて空を仰ぐ。雲ひとつない満天の星空が自分を待ちかねたようにそこにある。

「……いい頃合いだね。よし、観測を始めようか。みんな、約束は憶《おぼ》えてる？」

「ゆらさなーい！」「おっきな声ださなーい！」「むやみにレンズにさわらなーい！」

百も承知とばかりに子供たちが声を上げる。返事はいつだって良《い》いのに、最後までそれが守られた例は実に数えるほどだ。でも、それでいい。本当に集中したい時はそう言っておけばひとりにしてくれるし、この子たちが傍《そば》にいてくれるおかげで心が空高く浮かび過ぎずに済む。観測中のお前ときたら、今にもあの星のどれかに飛んでいってしまいそうだ――そんな言葉を、昔から父と母に何度となく言われて育ってきた。

レンズを覗《のぞ》き込みながら角度と倍率を調整し、見たい天体に手早くピントを合わせていく。真っ先に捉えたのは、やはり普段なかなか観測できない遠い星だ。紫と黒が斑《まだら》に入り混じる異界のほんの一片を見つめて、ほうと焦がれるようなため息を吐く。

「……あぁ、すごいなぁ。冥王の孤独《ヴァナトー》がこんなに大きく見える。都市部のほうじゃあんなに朧《おぼろ》だったのに……こればっかりは空気の綺麗《きれい》な高地じゃないと……」

観測に熱中していると、ふいに隣に小さな気配が寄ってきた。自分が受け持つクラスで最年少の女の子、マヤだ。こちらの集中を散らさないよう、この子はいつもそっと隣に立って話しかけてくれる。今回もやはりそうだった。

「……ヴァナトーってゆうのは、すごくさびしいせかい、だよね？」

「よく憶《おぼ》えてたね。……そう、あそこはひとりぼっちの異界。この世界と近付く回数はいちばん少なくて、たまにやって来る『渡り』もほとんど定着せずに死んでしまう。他の異界との間でもたぶん同じだろうって言われてるんだ。あそこの生き物には、別の環境に適応して生きていく力がほとんどないから……」

「わたしがおうちをでたら、さびしくなっちゃうのといっしょ？」

「……そうだね、そうかもしれない。でもきっと、家にひとりきりでいるのも寂しいんだと思う。だから数は少なくても定期的に『渡り』が必ずやって来る。さびしくて死んじゃうと分かっていても、それでも旅立った先で誰かに出会うために……」

「……せんせーが行ってあげたら、そいつ喜ぶかな？」

ふと別の子の声が割って入る。マヤの隣に立つその男の子は、教室でいつも賑《にぎ》やかにしている活発な子だ。こんな風に静かに会話に入ってきてくれるのは珍しい。それを何となく嬉《うれ》しく感じながら言葉に答えた。

「それが出来たら素敵だね。……でも、すごく難しいんだ。向こうに渡るタイミングや方法も少ないし、その先で寂しくて死んじゃわないための準備がこっちでもたくさん要る。それに、何より……今の魔法界だと、異界は『行く』場所じゃないんだよ。あそこからはおっかないものがたくさんやって来るから、魔法使いはみんなそれを怖がってやっつけることに忙しい。だから……ぼくが行きたいって言っても、誰も話を聞いてくれないんだ」

「あきらめんなよー！」「ぜんぶこわいひとばっかりなの？　ちがうでしょ？」「いいやつもいるよ！　ぜったい！」「おれもそうおもうー！」

弱音の混じる自分の言葉に、それを耳にした子供たちが次々と頼もしい声を上げてくれる。その全てが泣きたいほどに嬉《うれ》しい。都市部で長く鬱屈を抱えて過ごしていた頃、そんな言葉をかけてくれる相手は周りにひとりもいなかった。あの場所ではどこまでいっても自分は異界好きの変人でしかなく、その疎外感から逃げ出すように地方の「村付き」を買って出て赴任した。情けない過去だが、この子たちの姿を見ていると、今は決してそれも間違いではなかったと思う。

「ぼくもそう信じてるよ。……だから、こうやっていいやつの姿がないかずっと探してるんだ。あいにく性能が足りなくって、この望遠鏡じゃなかなか見つからないけどね」

レンズから一度目を離して子供たちに向き直り、にっと笑ってそう告げる。その服の袖をマヤがくいくいと横で引っ張る。

「……おとなになったら、わたしもいっしょにさがす」

「ありがとう、マヤ。その時はとびきりの望遠鏡をプレゼントするよ」

頼もしい提案に小さな約束で返す。……もちろん、そんなものは忘れてくれていい。この子は自分の生きたいように生きて、なりたいものになればいい。魔法使いの過酷で無慈悲な現実なんてものとはいつまでも無縁でいて欲しい。ただ――時々夜空を見上げる大人になってくれたのなら、彼女に教えた「村付き」としてこんなに嬉《うれ》しいことは他にない。

「……おほしさま、きれいだねぇ。デメトリオせんせー……」

「うん、きれいだ。……本当にきれいなんだ、あれは……」

少女と代わりばんこに夜空を覗《のぞ》き込みながら優しい時を過ごす。星々へと渡る遠い夢は胸の奥でそのままに。この日々が永遠であって欲しいと、心の底から想《おも》う。

下級生リーグの最終戦から一夜明けた翌日。特別追加戦《エクストラゲーム》の名目のもと迷宮二層「賑《にぎ》わいの森」に集まった参加者たちの顔ぶれを、発起人のセオドールがぐるりと眺め回した。

「参加チームは全員揃《そろ》っているね？　よし、それでは改めて特別戦の概要を説明しよう。競技はここ二層での特定生物の駆除。仕留めた数をチーム単位で競ってもらう」

そう言いながら、あらかじめ用意してあった黒板を白杖《はくじょう》で指す。そこには十数種類の動植物の一覧がイラストと説明付きで載っていた。狩猟対象となる「特定生物」が具体的に明かされるのはこの時が初めてで、その内容を見た生徒たちが一斉に眉をひそめる。彼らの予想に反して半ば以上が植物だったからだ。

「これが対象動植物の一覧だ。生息環境や駆除方法も添えてある。タイムリミットはきっかり二時間。参加チームは複数の区域に分かれてその範囲内で駆除を行う。なお、今回も学年分のハンデとして、全ての二年生チームには最初から五十ポイントを配布する。

また、それぞれの区域での行動は上級生に監督してもらう。指揮に回る上級生側のメンバーはこの通りだ。こちらには報酬こそないが、この機会に好きなだけリーダーシップを発揮してくれたまえ。作業の段取りは任せるけど、全体の効率と個々のチームの成果を両立させる点は忘れないように。特に後者をおろそかにすると後々不満が出るよ」

セオドールが隣に視線を向けると、ミリガン、ウォーレイ、ティムを始めとする統括選挙の立候補者たちがそこに勢揃《せいぞろ》いしていた。特別戦に乗じて彼らの指導力アピールの場を設ける狙いである。ミリガンとウォーレイが早くも視線で火花を散らす。

「続いて禁止事項。他チームへの妨害は当然ダメとして、逆にチーム間での対象生物の融通や取引、またはそれに準ずる誘導や忖度《そんたく》も禁止。抜け目ない君たちのことだから、どうせずるい抜け道を色々と考えるだろう。それを控えろとは言わないけど、上空から常に僕の目が光っていることは忘れないように。不正を見て取ったチームはその場で失格にさせてもらうからね。

ルールの説明は以上。何か質問はあるかい？」

解説を終えたセオドールが澄まし顔で確認する。ルールはいいとしても、狙う生物の大半が動かない植物というのは決闘リーグの一環として明らかにおかしい。それを疑問に思って――というよりも裏にある企てをほぼ察して、生徒たちが次々と口を開いた。

「……質問、というか……」「……予選の後始末じゃないッスか？　これ……」

「とんでもない！　敗退チームへのフォローにかこつけていじくり回した生態系の修復を手伝わせようなんてこれっぽっちも考えていないよ！　ああ、でも、五層から流入してきたこの岩食いサボテンなんかは特にオススメだなぁ！　なにせ地中に根を深く張るから厄介でね、雑に除草してもすぐにまた生えてきちゃうんだよ！　偶然にも、ポイント高めの設定だし、これに狙いを絞ってみるのもいいんじゃないかと思うなぁ！」

清々《すがすが》しいまでの露骨さでセオドールが誘導する。やはりか、と参加者たちがため息を吐いた。

上級生リーグ予選のトレイルランで滅茶苦茶《めちゃくちゃ》になった二層の環境——それを彼らに体よく整備させようというのだ。迷宮の恒常性《ホメオスタシス》に任せきりでは回復が遅れるのである。

「……何かと思えば草むしりかよ。気合い入れてきて損したぜ」

「わたしは……ちょっと安心したかな。生態系の回復が目的っていうなら、競技で生き物を殺《あや》めることにもまだ納得は出来るし」

「後始末なのは完全にその通りだけどどな」

肩透かし感を隠すこともなくアールト隊の三人が言う。草むしりというのは端的ながらも実に事の本質を突いていた。手強《てごわ》い狩猟の対象となる大型の魔獣などはバネッサが暇潰しに狩り尽くしてしまったため、いま残されているのは大量の小物。手に汗握る大物狩り《ビッグハント》などは望めようもない。

が、それはそれで見方によっては好都合ではある。大したリスクもなしに高額の賞金が狙えるなら見逃す手はない。そう考えた参加者たちが続々と気持ちを切り替え始めた。

「まァ、こっちも文句はねェさ。一位が六百万、二位が三百万、三位が百万。二時間のバイトの報酬としちゃ破格だ。せいぜい稼がせてもらおうぜェ」

「財布の中身カツカツだもんね、僕たち」「リーグ前の情報戦でめちゃくちゃ金使ったからな……。ここで何とか黒字にしねぇと」

分身の使い手ロゼ＝ミストラルをリーダーとするミストラル隊の面々が切実な事情を呟《つぶや》く。

リーグ戦を本気で勝ちに行ったチームはそのために相応の投資を行っているため、入賞未満に終わった彼らの財布の中身はおおむね貧しい。それを補填できるチャンスとあっては自然と気合いも入るというものだ。

「ふんふん、植物系がポイント高めだね……！　こういうの得意だよ、わたし！」

「良かったですね。健闘を祈ります」

「待てコラ、さっそく逃げようとしてんじゃねぇ。お前もやるんだよ」

カルステ隊からはリタが真っ先にやる気を出し、早々に一抜けしようとするテレサの襟首をディーンの腕が摑《つか》んで止める。そんな彼らからほど近い場所に、予選を通過したもうひとつの二年生チームであるフェリシア隊の姿もあった。

「私は土など触らん。分かっているな？　従僕ども」

「お任せください！」「フェリシア様のお手は一切煩わせません！」

直立不動で敬礼するチームメイトふたりの前で、リーダーのフェリシアは器化植物《ツールプラント》で作った椅子に悠然とふんぞり返っている。各チームの多様な人間関係を笑顔で眺めつつ、箒《ほうき》に立ったセオドールがぐんと上空へ浮き上がる。

「うんうん、みんな気合いじゅうぶんで何よりだ。――それでは配置に付いて！　スタート前の打ち合わせは自由！　もう戦いは始まっているよ！」

　準備を促された生徒たちがそれぞれの担当区域へと一斉に駆け出す。指揮下のチームが揃《そろ》うと、それぞれを監督する上級生たちも続々と指示を出し始めた。中でも頭ひとつ抜けて手際《てぎわ》がいいのは前生徒会陣営のパーシヴァル＝ウォーレイである。

「狙いは植物系の三種に絞る！　Ａ班は第一区画、Ｂ班は第二区画にそれぞれ回れ！　駆除へ入る前の準備として地面全体へ軽く溶解呪文をかけろ！　目安としてはこの程度だ！」

　足元の地面に実践してみせながら説明する。二層の探索経験が豊富な三年生には必要最低限の指示で留《とど》めつつ、続いて二年生たちへ目を向ける。

「Ｃ班とＤ班、君たちは共同で第三区画に当たれ！　二年生の君たちが駆除速度で三年生に張り合うのは難しい、下手に急がず丁寧な作業を心がけろ！　それでもハンデ分を加味すればじゅうぶんに賞金が狙えるはずだ！」

　期待できる働きの平均値を踏まえて方針を示す。二年生と三年生を大きな集団として使い分ける目論見《もくろみ》だ。それぞれの担当区画で作業ペースがある程度均質化されるため、こうすると管理は圧倒的にやり易《やす》い。

　そんなウォーレイの手慣れた指揮ぶりを感心して眺めつつ、別の範囲を任されたミリガンが呑気《のんき》な声を上げる。

「おお、さっそくテキパキやっているねぇ。やはり大人数を指揮させると輝くなぁ彼は」

「どうすんですか、こっちは」「細かく段取り決めますか？　向こうみたいに」

なかなか行動に移らない彼女に、その姿を怪訝《けげん》に思った参加者たちから声がかかる。彼らに向き直ったミリガンが微笑《ほほえ》んで首を横に振った。

「いや、その必要はないよ。担当範囲内でおおまかにばらけてくれればそれでいい。なるべくポイントの高い植物系を中心に狙って欲しいけど、具体的なやり方はそれぞれに任せる」

「え。いいんですか？　それで」「作業ペースで向こうに負けますよ」

意外に思った生徒たちがウォーレイの担当範囲と見比べつつ確認する。当然の疑問を示す彼らに、ミリガンが悠然と右手の人差し指を立ててみせた。

「1ポイントにつき一万ベルク」

ぴたり、と参加者たちの時間が止まった。たった今耳に入った言葉の羅列に、そ、それはどう、いう意味かと無数の視線が問いかける。ミリガンがにやりと笑い、彼らの期待通りの解説をそこに加える。

「学校側からの賞金とはまた別に、私から直接、それだけの賞与を各チームに与える。この競技での順位とは関係なく、だ。支払いは明日中を確約する」

凄《すさ》まじく気前のいいことを言ってのけた彼女の視界に、ぎらぎらと輝き始めた参加者たちの目が映る。数秒前とは段違いに燃え上がったその士気へ、ミリガンは最後の薪《たきぎ》を放り込む。

「口約束だが、今の私の立場がそのまま信用の担保だ。――頑張ってくれるね？」

同時にセオドールが開始の号砲を鳴らす。その瞬間から、飢えた獣たちが一斉に野に放たれた。

「うおおおお！」「探せ探せ探せぇ！」「堀ナマつかみ取りだぁぁ！」

欲にまみれた眼光で地面に齧《かじ》りつく。もはや草むしりなどと軽んじる者はなく、彼らの目には金貨がそのまま土に生えているようにすら見える。タダ働きの可能性が払拭《ふっしょく》されたことでミリガン指揮下の生徒たちの意識が劇的に変わった。その凄《すさ》まじいまでの熱量に気付いた他の範囲の生徒たちが作業の手を止めてそちらへ目を向ける。

「な――なんだ向こう」「ものすごい勢いで動き始めたぞ」

呆然《ぼうぜん》と眺める彼らとのモチベーションの差は当然である。いくら高額の賞金を提示されても、それを手に出来るのはトップ三組だけ。こうした作業が得手でないチームにそれは狙えず、半ば諦めている者にとっては単なる徒労でしかない。だが、ミリガンの担当範囲では違う。労働に対して破格の、それも確実な報酬があると保証されているのだから。

「狙いの吟味、適切な分担、作業の効率化！　君は本当に優等生だねぇMr《ミスター》．ウォーレイ！　ご立派ご立派、あんまりお行儀が良すぎて欠伸《あくび》が出てしまうよ！　そういうやり方で褒めてもらいたいならフェザーストンにでも出張したらどうだい⁉」

目論見《もくろみ》通りの働きぶりを見て取った蛇眼の魔女が、その立場から一転して政敵を挑発する。それで相手のやり口を悟ったウォーレイが怒りを込めて彼女を睨《にら》み付《つ》ける。

「ミリガン、貴様……！　後輩に金をばら撒《ま》いたな⁉」

「おやおや人聞きの悪い！　労働に対して適切な報酬を提示したと言って欲しいなぁ！」

「ふざけるなッ、これはただの草むしりじゃない！　統括選挙のルールを忘れたのか！　投票を促す目的での金銭授受は明らかな違反行為だ！　重いペナルティを免《まぬが》れないぞ！」

「何を仰《おっしゃ》るんだい優等生、これは競技だよ！　選挙活動とはこれっぽっちも関係のないただのスポーツじゃないか！　それに先生も言っていただろう、開始前の打ち合わせは『自由』だと！　報酬を上乗せしちゃいけないなんて一言も言っちゃいない！　勝手な思い込みから偏《へん》狭《きょう》な解釈をするのは慎んで欲しいねぇ！」

指摘されたウォーレイがぐっと反論を喉に詰まらせる。――確かに、事前の説明でセオドールは「存分にリーダーシップを発揮してくれ」と言っただけで、次期統括候補として指導力をアピールしろとは一言も口にしていない。が、時期と状況からして自分たちに指揮させる意図がそこにあることは明らかだ。然《しか》るべき裁決を求めたウォーレイの視線が上空のセオドールを向き、それを受けた縦巻き髪《ロールヘア》の教師が首をかしげる。

「うーん……Mr.《ミスター》ウォーレイの言うことも分かるけど、僕も『自由』と言っちゃったからなぁ。突発的な催しでルールの設定がゆるゆるだったのはこちらの落ち度だけど、そういう隙を突くのはキンバリーだと美徳に分類される。君自身も普段はそういうスタンスだろう？　その辺りを踏まえると……代価として直接投票を求めてるわけでもないし、まぁいいんじゃない？」

「な――」

「あーっはっはっは！　かちかちの頭に道理が染《し》み渡《わた》ったかいMr.《ミスター》ウォーレイ！　これが、これこそがキンバリーってものさ！　そんな当たり前の前提に今さら気付いてるようじゃ、やはり君に学生統括は時期尚早だと言わざるを得ないねぇ～！」

期待通りのセーフ判定を与えられたミリガンがここぞとばかりに高笑いする。傍《そば》から眺めるその姿ときたら普通人のお伽噺《とぎばなし》に登場する邪悪な魔女そのもので、ともすれば二股に分かれた舌先をチロチロさせているようにすら見える。同じ範囲で作業に当たっていたカティがたまらず顔を両手で覆った。

「……ねぇ、ガイ。わたし、誰を応援してたんだっけ……」

「考えんなカティ！　手が止まるぞ！」

「ボクたちは普通に学校側の賞金を狙う。そういうことで納得しろ、今は」

早々に割り切ったピートが黙々と作業に集中する。確かに――自分の研究を進めるため、今のカティも大金は喉から手が出るほど欲しい。その事情と良心の間でギリギリの葛藤を越えた末、彼女はやけくそのように目の前の植物へ摑《つか》みかかっていった。

「……えーっと……」「なんかあっち、すごいことになってますけど……」

一方で、また別の上級生が指揮する範囲では、参加者たちが今なお戸惑いがちにその状況を見つめていた。彼らの気にする方角へ一瞬だけ視線を向けて戻し、ティムが口を開く。

「気にすんな、適当にやれ。賞金を狙う奴《やつ》は好きにすればいいし、そうでない奴《やつ》は無能って思われない程度にポイント稼いどけ。くだらねぇ草むしりでもいちおう教師が見てるってことは忘れんなよ。そこそこ評定に影響すんぞ」

言われた生徒たちがハッとそのことに気付く。参加者たちを露骨に焚《た》き付《つ》けることはせず、それでいて作業成果にはある程度のボトムを設定し意識させる。指揮の在り方としてはこれもひとつの好例だ。

さらに、それで終わりではない。開始の号砲を受けたティムが呪文による加工で真っ先に造り上げたいくつかの大きな水盆。その中身はすでに、担当範囲内を流れる小川の水で希釈した大量の薬液によって満たしてある。彼は参加者たちにそれを指し示す。

「んで、二十分に一回はこれで手を洗え。頑張る奴《やつ》は十五分に一回だ。駆除対象に毒のあるやつが多いからな、気ぃ遣わねぇと手が腫れて後でひどいことになる」

「げ、マジすか」「おれ洗っとこ……」「私も私も」「賞金取れない上に怪我《けが》しちゃ丸損よね」

これ幸いとばかりに水盆へ群がる生徒たち。競技後のアフターケアまで考慮してくれるのは彼らにとってありがたいばかりだ。そこへティムが重ねて忠告する。

「二層《ここ》の状況はまだ不安定だ。足元ばっか見てて視界の外から不意打ち食らわねぇようにな。ひとまず僕からは以上」

「はい！」「注意します！」

生徒たちが素直に頷《うなず》く。自分たちの身の安全を第一に考えてくれていると分かったことで、彼らの中でのティムに対する印象が格段に好転していた。競技を見守る上空のセオドールもまた、興味津々《きょうみしんしん》でその様子を見下ろす。

「――意外なものが見られたなぁ。何があったんだろう、彼」

長きに亘《わた》って校内に悪名を轟《とどろ》かせた〈毒殺魔〉が大きく変わろうとしている。選挙を控えての一時的な演技などではないだろう、そんな器用さがあればとっくの昔に発揮していたはずだ。だからきっと――何かしらの出来事が、彼の心を大きく動かした。単なるゴッドフレイの片腕を越えた「先輩」としての自負をティム＝リントンに抱かせた。それが誰かは知らないまでも、いい仕事をしてくれたと縦巻き髪《ロールヘア》の教師は思う。

「……ん」

そこでふと、違う方向にぴり――とした気配を感じて振り向く。そちらでは今まさに、さらなる獲物を求めたエイムズ隊の面々が、深い茂みへと自ら突っ込んでいくところだった。

「……意外と楽しくございますね、これは」

対象植物を根の一番先までずるりと綺麗《きれい》に引き抜き、リーダーのジャスミン＝エイムズがぽつりと呟《つぶや》く。半ば押し付けられた草むしりではあったものの、この手の作業が性に合っているのか、いざ始めてみると癖になる面白さがあった。そんな彼女が黙々と成果を上げる傍《かたわ》らで、チームメイトのふたりは輪を掛けたテンションで作業に励んでいる。

「うぉぉぉぉ！　稼ぐぞぉぉ！」「ミンに美味《おい》しいごはん食べさせるぞぉぉ！」

モチベーションは目に見えて高い。金をばら撒《ま》いたミリガンの担当範囲でこそないが、彼女らもリーグ戦に多くのコストを費やした立場だ。何よりリーダーのエイムズを慕う気持ちと、試合で彼女の足を引っ張ったことへの悔しさがふたりを突き動かしていた。どちらも性根はとても素直なのである。

「うわっ、これでかっ！」「慎重にね！　途中で千切れるとパァだよ！」

大物を前にしたふたりが夢中になって周りの土を掘り返す。それを手伝おうと向き直るエイムズだが、その瞬間、チームメイトを挟んだ向こう側の茂みから迫る大きな気配を感じ取る。

「――!?　何か近付いてございます、ふたりとも！」

「へ？」「え？」

警告されたふたりがぽかんとそちらを振り向く。同時に――鬱蒼《うっそう》とした緑の間から、無残に溶けて爛《ただ》れた飛竜の顔が突き出した。その顎の奥に煌々《こうこう》と灯《とも》る息吹《ブレス》の光。突然の事態に棒立ちのチームメイトたちを庇《かば》ってエイムズが前に飛び出し、そこに容赦なく灼熱《しゃくねつ》の炎が放たれる。

どどん、と地面を揺らして響く轟音《ごうおん》。競技中の生徒たちが草むしりの手を止め、一斉にその方角を見やる。

「うぉっ――」「なんだありゃ」「爆発？」

「警戒しろ！　何が起こった!?」

「手を止めなさい！　トラブルのようだ！」

異変を前にしたウォーレイとミリガンが指揮下の生徒たちに臨戦態勢を取らせる。が――状況を見極めようとするその視線の先で、事態はすでに決着していた。息吹《ブレス》を真っ向から相殺《そうさい》された上で彫像のように凍り付いた飛竜がそこにいる。駆け付けた箒《ほうき》の上からそれを為《な》した縦巻き髪《ロールヘア》の教師の姿と共に。

「――大丈夫かい？　四人とも」

脅威の無力化を確認したセオドールが背後の生徒たちへ声をかける。ぽかんとするエイムズ隊の三人に加えて、そこには彼女らを守って飛竜の前に立ち塞がったティム＝リントンの姿があった。息吹《ブレス》の出だしを浴びた改造制服もろともに左肩は焼け焦げていたが、本人はそれを気にした様子もなくセオドールへ声を返す。

「問題ねぇですよ。――怪我《けが》、ねぇよな？」

「……あ……」「……毒の先輩……？」

彼に守られたことに気付いたエイムズ隊の面々が目を丸くする。と、全員の無事を見て取ったセオドールがふぅと息を吐いた。

「予選の時の個体がまだ残っていたようだね。いやはや、すまない。またしてもこちらの落ち度だ」

「構やしませんよ。それも込みで先生が見に来てんでしょうし」

制服の炭化した部分をはたき落としつつティムが言う。そんな彼に向かって恭《うやうや》しく頭を下げ、エイムズが謝辞を述べる。

「……肝が冷えました。感謝してございます、リントン先輩」

「別に。仕留めたのは先生だし、僕がいなくても軽く火傷《やけど》したくらいだろ」

「だとしても、その分は先輩に被《かぶ》って頂きました。些少《さしょう》ながら、せめて治癒を任せていただきたく」

「あ、待ってミン！」「それわたしたちが！」

真っ先に礼を言うべきは自分たちだと気付いたふたりが慌てて杖《つえ》を構える。そこへセオドールが柔らかく声を挟んだ。

「まぁまぁ、その辺りは僕がやっておくよ。君たちは競技に戻りなさい。リントン君もそのために守ってくれたのだからね」

教師にそう言われては仕様がなく、ティムに繰り返し礼を述べてから競技へ戻っていくエイムズたち。彼女らが見通しの良《い》い場所まで辿《たど》り着《つ》いたのを確認した上で、セオドールは薄く笑って隣の教え子へと口を開く。

「……よく目を配っているね。彼女らが茂みに入った時から注意していたんだろう？」

「そーいうのいいんで。ほら、さっさと治してくださいよ」

会話には乗らず、ティムが仏頂面《ぶっちょうづら》で焼かれた肩を示す。そんな反応にセオドールが肩をすくめて箒《ほうき》から降り、彼の火傷《やけど》へ治癒を施し始めた。


「……なんか、意外ね。あの先輩、あまり面倒見のいい印象はなかったのに」

予選の時と同様、投影水晶によって競技の状況が映し出される大教室。その一角に知己の生徒たちと並んで立ち、不思議なものを見たという顔でステイシーが呟《つぶや》いた。そんな彼女を横目に、オリバーが微笑《ほほえ》んで首を横に振る。

「そうでもないさ。以前から頼れる人だよ、リントン先輩は」

「ですわね。けれど――それが目に見えるようになったのは、きっとあなたの影響だと思いますわよ。オリバー」

「？　俺の？」

シェラに言われた少年がきょとんと目を丸くする。相手に自覚のないところが尚更《なおさら》愛おしくなって、縦巻き髪《ロールヘア》の少女は有無を言わさずその体を抱き締めた。少々戸惑いながらもオリバーはされるがまま。いつもと同じ親愛のハグのようで――決勝リーグでの出来事を踏まえると、今はそこに少しの甘えが混ざると分かっていたから。

「……それにしても、ミリガン先輩は本当にあれで大丈夫なのか。確かにインパクトはあるが、ざっと計算しても参加者に支払う報酬が莫大《ばくだい》になるぞ。カティに話を聞く限り、懐《ふところ》にそこまで余裕があるとは思えないが」

「ええ……ですから借金でしょうね、ほぼ間違いなく。リーグ戦の現状を踏まえて、あの人もここで勝負に出ると決めたのでしょう。次期統括候補の多くが敗退したことで、勝ち残っているミリガン先輩の当選はかなり現実味が出てきています。五年生のウォーレイ先輩とは決勝での直接対決が望めませんから、リーダーシップで優位を示せるこの機会は彼女にすれば非常に貴重です。莫大《ばくだい》なコストを費やす価値ありと考えたのでしょうね」

冷静に判断の根拠を見て取るシェラに、確かに、とオリバーも思う。まともな選挙では顰《ひん》蹙《しゅく》を買うだろう反則スレスレの方法も、キンバリーでここ一番に用いるならじゅうぶんにアリだ。目に見えないだけで、前生徒会陣営もその程度のことは日頃から当たり前にやっている。セオドールが今のミリガンを咎《とが》めないのもそうした下地を踏まえてのことだろう。

トラブルに収拾がついて再び動き始めた競技の光景。そこから一旦視線を外し、長く抱きしめていたオリバーをやっと解放した上で、シェラが腰に手を当てて口を開く。

「ともあれ――長かった決闘リーグも、あたしたちの出番はこれで終わりです。カティたちが帰ってきたら慰労会を開きましょう。今夜は盛大に祝いますわよ」

「ふん、いいわねそっちは。優勝を祝う相手がいて」

「スー……。だからお前は、そういう憎まれ口を叩《たた》くなと」

ぼそりと呟《つぶや》いたステイシーの隣でフェイがため息を吐く。そんな彼らに、縦巻き髪《ロールヘア》の少女が朗らかな笑みを浮かべて向き直る。

「何を言っていますの。あなたたちも来るんですのよ」

「え？」

「何を驚くことがありますの。慰労会と言ったでしょう？　あたくしのチームメイトを呼ばない理由などひとつもありません。というよりも、そんなのは断固として許しませんわ。今回の頑張りについて、あたくしはまだまだあなたたちを褒め足りないんですのよ」

そう言いながら圧のある笑顔で相手に歩み寄るシェラ。彼女の勢いに呑《の》まれかけながら、ステイシーが目を泳がせて逃げ道を探す。

「う……い、いや、でも……私、あんた以外の連中とは付き合ってないし……」

「ならば今回が切っ掛けにござるな」

その逃げ道の先に、今度はナナオがどんと立ちはだかる。立ち往生する主の肩をフェイが隣からがしりと摑《つか》む。

「観念しろ、スー。さすがの俺も、今回ばかりは首に縄を付けてでも引っ張っていく」

「フェイ!?　何よ、あんたまで……！」

「同学年に友達を作ると約束しただろう。これ以上ミシェーラ様を困らせるんじゃない」

まっすぐ目を見つめながら、ここばかりは心を鬼にして言ってのける。うう、と追い詰められたステイシーの口から呻《うめ》きが漏れた。なおもしばらく視線を右往左往させた後、彼女はやっとのことで腹を決める。

「……分かった、行くわよ！　行けばいいんでしょ！」

「やっと折れたか。……すまない、ホーン。また迷惑をかけるが」

「迷惑も何も、こちらには最初から歓迎する気しかない。君たちの研究についても、よければ話せる範囲で俺たちに聞かせてくれ。決勝の映像を見て驚いたよ」

「せやせや！　ボクもそれ聞きたいわ！」

飄々《ひょうひょう》とした声が何気なく会話に割り込む。その主である少年へきょとんとした目を向けつつ、シェラが平然と尋ねる。

「……Mr.《ミスター》ロッシ？　あなた、なぜここにいますの？」

「なんやその塩対応！　なんでキミらいっつもボクにだけ辛口やねん！　ボクかてむちゃくちゃ頑張ったんやで、最後くらい交ぜてくれてもええやないか！」

「そんな暇があればな」

必死に主張するロッシだが、その襟首が後ろから大きな手に鷲摑《わしづか》みにされる。彼がおそるおそる振り向くと、ジョセフ＝オルブライトが額に青筋を浮かべてそこに立っていた。

「今夜は全員で反省会と言ったはずだ。目の前で堂々とダブルブッキングとはいい度胸だな？」

「い、嫌やーっ！　もうボクはパーッと騒ぎたいんやぁ！　後生やで旦那ぁー！」

「命乞いには耳を貸さんのが異端狩りの鉄則だ。邪魔をしたな、この馬鹿は連れて行くぞ」

泣き叫ぶロッシを問答無用で引きずってオルブライトが去っていく。その姿を眺めたオリバーが苦笑して呟《つぶや》く。

「……さっそく試合の反省か。さすがだな、あちらは」

「それがリックの良《い》いところですわ。けれど──今のうちにあなたも覚悟しておいたほうが良くてよ、オリバー」

「？　どういうことだ？」

「じきに分かりますわ。あのリックと友達になるというのがどういうことか」

意味深な笑みを浮かべてシェラが言う。それに首をかしげるオリバーだが、ふとそこで縦巻き髪《ロールヘア》の少女が回りをきょろきょろと見回した。特別戦の内容が内容なので観客席にも緊張感はないが、本命の上級生リーグを控えての余興ということもあり、気楽さを求めた生徒たちで室内はそれなりに賑《にぎ》わっている。その中に求める姿がないことを確認した上で、シェラが再び口を開いた。

「Mr《ミスター》.レイクの姿がありませんが、これはいつもの放浪癖でしょう。さすがに慰労会には来てもらえますわよね？」

「……おそらく。ただ、確約はできない。最後の試合で彼なりに何か摑《つか》んだものがあったようなんだ。そのせいかは分からないが……あれから少し、様子が変わったように思う」

試合後のチームメイトの姿を思い返しつつオリバーが言う。シェラが苦笑を浮かべて頷《うなず》き、それから特別戦の映像へと視線を戻す。

「あちらも終盤ですわね。さて——カティたちの首尾はどうでしょうか？」


競技終了を告げる号砲が二層に響くと、参加者たちの多くが崩れ落ちるようにその場に腰を落ろした。制限時間を最後まで働き尽くした彼らに向けて、大教室の実況席からもはやお馴染《なじ》みの声が響く。

「皆さん、体のいい草むしりお疲れ様でした！　これより下級生リーグ特別戦の結果発表に移ります！　さぁさぁ、いちばん土にまみれて頑張ったのはどこのチームかなぁ⁉」

うきうきと結果を確認するグレンダの気配が伝わる。現場から送られてくる数字を確認した上で、彼女はさっそくその発表に移る。

「まず第三位！　二年生チームからカルステ隊とフェリシア隊が同着入賞！　賞金は分割して五十万ベルクずつ授与されます！　どっちもよく頑張った！　しかし、何よりヤバいのがエチエバルリア隊のほうはMs《ミズ》．フェリシアがまったく働いてないこと！　さすがはあのMr《ミスター》．レオンシオの妹君、二年生にして人を馬車馬のようにこき使う才能を見せつけてきた！」

名指しで評価を受けたフェリシアが器化植物《ソールプラント》の椅子に腰かけたままフンと鼻を鳴らす。彼女の足元ではふたりのチームメイトが疲労困憊《ひろうこんぱい》で倒れ込んで荒い息を吐いていた。同着のカルステ隊がその様子を遠くから眺める。

「……マジで何もやんなかったのか、あいつ。一周回ってすげぇな」

「うん。わたしたちも必死でやったのにね……」

「手が痛いです」

ディーンとリタが呟《つぶや》き、テレサが腫れた両手を目の前にかざす。その間も、フェリシアは足元の従僕たちをじろりと見下ろす。

「まずまずの結果だな。……で、いつまでそうしているつもりだ？」

「失礼しましたァ！」「何なりとご命令をッ！」

チームメイトふたりが弾《はじ》かれたように直立不動へ戻って敬礼する。微笑《ほほえ》んだフェリシアが小さな容器に入った手製の軟膏《なんこう》をふたりへ放り投げ、それを受け取った従僕たちが恍惚《こうこつ》とした表情で涙を流し始めた。ああ、一応アメもあるのか……と無関係のディーンがなぜかほっとする。

「続いて第二位！　ここには三位以下に大きく差を付けてアールト隊が入賞！　魔法植物に強いMr《ミスター》．グリーンウッドが的確に対象植物の群生地を発見し続けたことが最大の勝因となりました！　本戦の乱　戦《バトルロイヤル》でも感じましたが、このチームは野性的な環境に強い！　その特性を今後ますます伸ばしていくことが期待されます！　景気付けの賞金三百万ベルクを受け取れェ！」

順位を宣言された三人がふぅ、と大きく息を吐いた。ようやく労働から解放され、カティがぼんやりと上空を仰ぐ。

「……疲れた……」

「まぁまぁ、その甲斐《かい》はあったろ！　三百万ベルクだぜ！」

「ああ。これでまた専門書が買える」

ガイとピートもそれぞれ成果を喜ぶ。決闘リーグが収入に繋《つな》がるとは思っていなかった彼らにとってこれは嬉《うれ》しいボーナスだ。とはいえ、この三人の学習意欲の前にはそれもあっという間に溶けてしまうのだが。

「そして、お待ちかねの第一位！　欲望渦巻く激戦のトップに立ったのはミストラル隊だ！　メンバー三人の働きに加えてMr.《ミスター》ミストラルによる実体分身をフル活用しての乱獲には鬼気迫るものがあった！　その執念を忘れずに次のリーグでは今度こそ上位入賞を目指して欲しい！　さぁ、持っていけ六百万ベルク！」

競技を制したチームが宣言され、それを聞いたミストラル隊のふたりが、土に座り込んだまま顔だけをのそりと上げた。嬉《うれ》しくないわけではないのだが、疲労が重なり過ぎてそれを表現できない。どうやら聞き間違いではないと確認した上で、彼らはうつぶせに横たわったままピクリともしないリーダーに目を向ける。

「おい、ミストラル……。……ダメだ、死んでる……」

「アールト隊とのデッドヒートになったけど、何とかいけたね……。と言ってもまぁ、六百万はエイムズ隊とリーベルト隊と山分けだけどさ。こういう競技なら、わざわざ改めて同盟組まなくても良かったなぁ……」

と、事前に掛けた保険が空振ったことをぼやく。対象生物が分かるまでは競技の質も判断できなかったので、こればかりは自分たちがババを引いたと諦めるしかない。各人各様の思いで結果を受け止める参加者たちへ、グレンダが締《し》め括《くく》りの言葉を投げかける。

「特別戦が決着したところで、これにて決闘リーグ下級生部門は今度こそ終了！　予選から決勝まで総じてハイレベルな内容で、参加者たちの今後に期待が膨らむ結果となりました！　みんな本当にお疲れ様！　いい決闘見《も》せてくれてマジでありがとう！

そして、ここから先はいよいよ上級生リーグの決勝戦！　これだけ後輩たちが頑張ったのですから、その奮戦に恥じない戦いぶりを誰もが見せつけてくれることでしょう！　以上——彼らの勇姿を思い描きつつ三日後を待てェ！」

そうして迎えた同日の夜。友誼《ゆうぎ》の間から運んできた大量の料理と飲み物が、事実上の貸し切りになった談話室のテーブルに所狭しと並べられた。招かれた全員でそれを囲んだところで、いよいよ予告通りに慰労会が開催された。

「……こほん。えー、じゃあ、改めて」

音頭《おんど》を任されたカティが咳払《せきばら》いしてジョッキを手にする。白ぶどうジュースをなみなみと湛《たた》えたそれを高く掲げて、彼女はおもむろに口を開く。

「オリバー。ナナオ。Mr.《ミスター》・レイク――は遅刻しててまだいないけど、まぁ、ともかく。決闘リーグ優勝、本当におめでとう！　ホーン隊の健闘と勝利を祝って――乾杯！」

その声と同時に全員がジョッキを突き出し、ぶつかり合ったそれから透明な雫《しずく》が飛び散る。ぐびりと喉を鳴らしつつ八割がた中身を空けたガイが、ジョッキをどんとテーブルに置いて待ちかねたように口火を切った。

「いやー、決勝ヤバかったな！　おれぁもう初戦から緊張しっ放しでよ！」

「同感だ。正直、ボクたちが上がっても一勝も出来なかっただろうな。乱戦《バトルロイヤル》では地形に助けられていたことを実感した……」

ジョッキを片手にピートも苦い面持ちで語る。シェラがすかさずそのフォローに回る。

「決勝のレベルの高さは否定しませんが、あなたたち三人の力も決して見劣りしませんわよ。地形や環境を活《い》かしての戦いは何よりも実戦的です。それをきっちりと見せたことで、今後はあなたたちと組みたがる生徒もぐんと増えるでしょう」

「左様にござるな。同じような機会があれば、今度は拙者もカティらと組んで戦ってみたくござる」

「え、ほんとに⁉　じゃあ次は一緒にやろうね！」

顔を輝かせたカティがナナオと手を取り合ってはしゃぐ。その様子に微笑《ほほえ》みながら、シェラが今度はゲストの面々へと視線をやった。

「この場の全員が、決闘リーグで自分の魔法使いとしての株を上げました。――それはもちろん、あなたたちもですわよ。カルステ隊」

名指しされた三人の中で、ディーンがジュースをぶっと噴き出しかける。濡《ぬ》れた口元を慌てて袖で拭いつつ、彼はチームメイトのリタと共に自分たちを招いてくれた先輩へ向き直る。

「いや、おれは不意打ちに失敗しただけですし……」

「わたしなんて盾に取られちゃいました……。ほんとにごめんなさい、グリーンウッド先輩……」

「だー、暗くなんなっつーのおまえら！　特にリタ、同じこと何べん謝ってんだ！　ありゃおれのやり方がまずかっただけだ！　次はもっと上手《うま》く助けるから安心しろって！」

駆け寄ってきたガイがふたりの後輩の頭をわしゃわしゃと撫《な》でる。その乱暴な気遣いを受け止めながら、リタが上目遣いにおずおずとガイを見つめる。

「……次も、助けてくれるんですか？」

「あん？　当たり前だろ、先輩なんだから」

「……えへへ」

彼が平然と言ってくれた言葉に、少女が思わず笑みをこぼす。そんなやり取りを微笑《ほほえ》ましく眺めながら、オリバーもまた隣に立つ後輩へ話しかけた。

「……テレサ。君はどんな感想だ？」

「特に何も。強いて言えば、もっとましなチームメイトを用意したかったです」

「ぐっ……！」「あぁっ……！」

容赦のない言葉に胸を刺されたディーンとリタが並んで悶絶《もんぜつ》する。オリバーがそこへ速やかに異論を唱える。

「俺はそうは思わないな。君が優秀なのはその通りだが、Mr.《ミスター》・トラヴァースもMs.《ミズ》・アップルトンもそれぞれの強みを持っている。その良さを活《い》かしきれなかったとすれば、まず事前の打ち合わせ不足を反省すべきだ」

「……む」

「魔獣とタイミングを合わせて攻める作戦、それにMr.《ミスター》・トラヴァースを水面下に潜ませての奇襲。どちらももう一手の追い撃ちがあれば成立し得た。その仮定には君の立ち回りも含まれるはずだ。あのタイミングでこう動いていれば――本当のところ、そうした思いは君自身にもあるんじゃないか？」

　横目で少女を見つめつつ指摘する。本人は無表情だが、オリバーに限り、それが図星を突かれた時の沈黙であると手に取るように分かる。彼はふっと笑って言葉を続けた。

「機転が利《き》いて決断力に富み、何より勇気がある。彼らはいい仲間だ。今回の結果だけで彼らを測らず、この経験を糧《かて》にして一緒に強くなりなさい。そうすれば、次はきっと勝てる」

「……先輩がそう言うなら、ちょっと考えてみます。私も負けっぱなしは不愉快なので」

　諌《いさ》められたテレサが率直にそう答える。その会話に耳を立てていたカティがガイに歩み寄り、ひそひそと耳打ちした。

「……テレサちゃんには厳しいよね、オリバーって」

「そうかねぇ？　あれはむしろダダ甘なんじゃねぇの？　先輩通り越してもう親目線っつーか」

「というか、テレサちゃんがホーン先輩にだけ素直なんですよ。今の見たでしょ？　あんな反応、僕たちじゃどうやっても引っ張り出せませんって」

　二年生のピーター＝コーニッシュがそこに口を突っ込む。テレサたちといつも一緒にいる友人なので、自然と彼もこの場に招かれていたのだ。後輩たちの中でいちばん積極的にコミュニケーションを取ってくるので、ガイたちとしても彼とは話しやすい。共通の友人の話題を通して場はすぐに盛り上がり始めた。

そんな賑《にぎ》やかな空気の中。ふいにディーンが飲み干したジョッキをテーブルに置き、意を決した面持ちでオリバーへ歩み寄る。

「……ちょっといいすか、ホーン先輩」

「ん？　どうした、Mr《ミスター》．トラヴァース」

「ディーンでいいっす。その――見ました、決勝。凄《すご》すぎて細けぇところはぜんぜん分かんなかったけど。それでもその、なんつーか……感動しまして」

後頭部を掻《か》きながらディーンがぽつぽつと述べる。その様子に真剣な相談の気配を感じ取り、オリバーもジョッキを置いて彼に向き直る。

「それは……光栄だ。少しは参考になっただろうか？」

「なりました。参考っつーか、すげぇ遠い目標って感じですけど。……試合見てくれたなら分かると思うんすけど、おれ、剣も呪文も色々雑で。これまでずっとケンカの延長上でやってたんす。けど――先輩の最後の試合見てたら、それじゃもうダメだってなって」

「振り返って基礎を固めたい。そういうことだろうか？」

「その通りっす。それで相談なんすけど……イチから鍛え直すとして、どこから取り掛かればいいっすかね？　あ、がっつりキツい稽古でも望むところっす！　これでも気合いと根性だけはあるつもりなんで！」

語気を強めて意欲を示すディーン。そのやり取りを聞いたガイたちが一斉に硬直する。

「……やべぇスイッチ押したぞ、おまえ」

「へ？」

「これはもう止まりませんわね。……どうぞ、オリバー。そちらの床が空いていますわよ」

何もかも承知済みとばかりにシェラが空いたスペースを指さした。無言で頷《うなず》いたオリバーがディーンの手首を摑《つか》んで引っ張っていき、そこで再び彼を立たせて向き直る。

「――まず構えてくれ。教科書通りを意識しなくてもいい。君が普段やっているように」

「こ、こうすか？」

「摑《つか》みを意識した中段だな。メインの狙いは手首を取っての脇固めか？」

「わ、分かるんすか」

「相手が接近戦に乗らない場合、離れ際の呪文攻撃をよく食らいがち？」

「そこまで!?　この構えひとつで!?」

「構えから見て取れる情報は君が思う以上に大きい。同時に、それを隠すのもまた構えの目的だ。今度は俺のほうを見てみろ――ラノフの基礎の中段だ。これをどう感じる？」

「えっと……うーん、よく分かんねぇっす」

「正解だ」

「え？」

「『何をしてくるか分からない』。言い換えれば『あらゆる行動が取れる』。それこそラノフ流の中段が期するところだ。君の印象は本質的に正しい。そこから次に進んで、君ならこの構えに対してどう攻める？　喋《しゃべ》るのではなく実際にやってみてくれ。加減なしの本気で」

促されたディーンが慌てて気を引き締める。ここで彼の側でもようやく、すでに相談ではなく教導の段階に入っているのだと気付いた。

「んと……じゃ、じゃあ、このまんまだとやり辛《づら》いんで……うわっ⁉」

「杖剣《じょうけん》を叩《たた》いて切っ先を反らそうとしたな？　俺はそれを読んで刃を引き付けて躱《かわ》し、カウンターで手首を断った。これは何も難しいことじゃない、君の構えから最短で取れる行動がごく少数に絞られていたからだ。選択肢が限られればそれを見極めるための注意力も少なくて済む。結果、こちらは君の行動に素早く反応しやすい」

「えっと……つまり、情報を与えちゃダメってことですか？」

「間違ってていないが、どんな達人も戦いの中でそれを完全に隠しきることはできない。だからもう一歩踏み込んで考えて欲しい。隠せないなら、それを掴《つか》ませないために君はどうする？」

オリバーが真剣な問いを投げかける。それを受けたディーンが懸命に熟考し、やがて彼なりに思い付いた回答をおそるおそる舌に乗せた。

「……隠せないなら……増やす？」

「そうだ。常に複数の選択肢を持ち、それを相手に突き付けろ。相手が見極めを誤れば反撃の隙が生まれるし、そうでなくても考えさせた分だけ相手の反応速度を削れる。人間の集中力のリソースは有限だ。剣術戦でも呪文戦でも、それを奪い合うところに戦闘の本質がある」

耳に入ったその説明が頭へ染《し》みた瞬間、ハッと目を見開いたディーンが雷に打たれたように立ち尽くす。その様子に相手の理解を見て取り、オリバーが続けて分析を口にする。

「今までの君はおそらく、戦いになった時は迷わず『こうする』と打つ手を決めて掛かっていたんだろう。巷《ちまた》の喧嘩《けんか》レベルなら別にそれは問違っていない。あれは技術云々《うんぬん》の前に腹を決める速さの勝負だからな。が――キンバリー生の心構えは常在戦場。覚悟《そんなもの》は誰もが懐《ふところ》のハンカチも同然に持ち合わせている。である以上、求められるのはその先の強さだと分かるな」

「……は、はい。な――なんか今……戦いの見方が変わった気がします」

「いい兆候だ。俺の見る限り、君には厳しい練習を続けるだけの気力もモチベーションもある。欠けていたのは本質理解だ。そのピースが埋まった以上、君はこれからどんどん伸びていくだろう。保証するよ」

締《し》め括《くく》りにそう請け合って、片手で優しく後輩の肩を叩《たた》く。ディーンがぶるぶると身を震わせ、そこで弾《はじ》かれたように頭を下げた。

「……あざッしたッ！」

全霊の感謝を込めて叫ぶと、彼は身をひるがえしてテーブルへと駆け戻る。そこで暇そうにしているチームメイトの少女へと一直線に向かい、ディーンは上気した顔で話しかける。

「おい、テレサ！　おい！」

「何ですかいきなり」

「すげぇな、ホーン先輩！　ちょっと教えてもらっただけで頭の霧がパーッと晴れてよ！　おまえが懐《なつ》くのが分かるわ！」

「聞いてたよ、今のすごく丁寧で分かりやすかったね！　必要な助言がすぐに分かって、しかもそれをあっという間に相手に伝えられる……やっぱり優勝した人はすごいなぁ……！」

会話に加わったリタが尊敬の視線で離れた位置のオリバーを見つめる。そんなふたりを前にした瞬間にテレサの中で何かがガチンと切り替わり、即座に振り向いて空のジョッキふたつに白ぶどうジュースを注ぐと、彼女はそれらをチームメイトへ差し出した。

「どうぞ、ディーン」

「お、おお？」

「さっきは失礼しました。ホーン先輩にもあのように言われましたし、私たちも試合の反省をしましょう。リタ、あなたも参加してください」

「う、うん。――え？　ちょ、ちょっと待って。テレサちゃん、今わたしたちの名前呼んだ⁉」

初対面から一度もなかった出来事にリタとディーンが血相を変える。やや離れた位置でそれを見ていたピーターがみるみる目を見開き、ぽつりと呟《つぶや》いた。

「……そっか……」

「？　どしたピーター。石投げられたバジリスクみてぇな顔して」

「……いま分かったんです、テレサちゃんと仲良くなる方法が。共通の話題を持つこと――これって対人関係の基本中の基本ですよね。でも、テレサちゃんって好きなことを自分で語るタイプじゃないから、僕たちにはずっとそれが出来てなかった。――その空白が今、初めて埋まったんです」

膨大な観測を経てやっと法則を見て取った――さながらそんな学者のような風情《ふぜい》でピーターが言う。ぽかんとするガイとシェラに向かって、彼は紅潮した顔で一気にまくしたてる。

「ホーン先輩なんですよ。テレサちゃんが好きなのって、たぶん一から十までぜーんぶホーン先輩なんです。それさえ分かれば後はシンプルで、僕たちもホーン先輩のファンになればいい。こっちもホーン先輩が好きで尊敬していると分かれば、その時点で彼女にとって僕たちは同志なんです。……そっか。ああ、そういうことだったんだ……！」

確信の手応えにこぶしを握り締めたピーターが、その勢いのまま床を蹴ってオリバーへと直進した。ガイとシェラが唖然《あぜん》として彼の背中を見送る。

「ホーン先輩、僕ともお喋《しゃべ》りしましょう！　実は生まれた時からあなたの大ファンです！　あなたの人となりを僕に洗いざらいぜんぶ教えてください！」

「え!?　い、いや、喋《しゃべ》るのは構わないが――」

戸惑いながら会話に応じるオリバー。たちまち始まった怒涛《どとう》の如《ごと》きピーターの質問攻めを蚊《か》帳《や》の外から眺めて、ガイがにやりと口元で笑う。

「……試合には出てなかったけど、あいつもなかなかクセがあって面白ぇな。上級生相手に物《も》怖《お》じしねぇところが気に入った。ありゃキンバリーでも上手《う》くやってくぜ」

「ええ、人付き合いに長《た》けた子のようですわね。他の三人はその辺りがあまり得意ではなさそうですから、彼が補うことでバランスが取れます。きっといいパーティーになりますわよ、あの四人は」

後輩たちの強みを把握したシェラが彼らの未来を頭に思い描いて微笑《ほほえ》む。と——その優しい視線がふいにパーティーの光景を横切り、彼女のすぐ隣の人物へと移った。

「それより、こちらにもいますわね。人付き合いの苦手な子がひとり」

「……うぅ……」

水を向けられたステイシーが肩を縮めてフェイの背中に隠れた。が、すぐさまガイがその横に回り込む。

「ここまで一言も喋《しゃべ》ってねぇもんな。こんなにガチガチだとかえって構いたくなるぜ。安心しろよ、どう転んでも今日は逃さねぇから」

あえて脅《おど》かすようにそう言ってみせる。相手の遠慮を打ち消すための彼なりの気遣いだ。それはステイシーの側でも半ば分かっているのだが、どうにも輪に入るきっかけが摑《つか》めない。従者のフェイ以外の相手と、嫌味や憎まれ口を挟まずに会話した経験が乏しいのである。

こういう状態の相手とどう話して打ち解けたものか。コミュニケーションの突破口を思案するシェラとガイの前に、そこで思わぬ援軍が割って入った。しばらく発言を控えていたピートである。

「……ステイシー。そう呼んでもいいか？」

「へっ⁉ あっ、そっ、そのっ——す、好きにすれば⁉」

急に名前で呼ばれたステイシーの声が上ずる。一年の頃に喧嘩《けんか》を売った記憶がある相手なので、ここで自分から話しかけられるのは予想外だった。眼鏡の少年が頷《うなず》いてさらに踏み込む。

「じゃあそうさせてもらう。……オマエもフェイでいいか？ ボクも呼び捨てで構わない」

「ああ。もちろんだ、ピート」

「じゃあ話すぞ。——試合で見せた人狼《じんろう》体の部分変身と変身工程の簡略化、あれには心底驚いた。実は以前から同じ分野にボクも目を付けていたんだ。長年手つかずの問題ってことは解決の糸口が魔法使いの死角にある可能性が高いと思ったからな。その見込みはどうやら正しかったみたいだけど、オマエたちに先を越された。……率直に悔しいよ」

「え……あんたも人狼《じんろう》の研究やってたの？」

「意外だな。お前は魔道工学の方向に進むのかと思っていた」

「それも考えてはいるけど、まだボクは自分の進路を一本化できるほど何も学んじゃいない。工学と並行して魔法生物学だって掘り下げてるし、その中で人狼《じんろう》についての文献もそれなりに当たった。有名どころの『魔獣変化大全』と『人狼《じんろう》なる種』と『人里に潜みたる獣』、それに『月光の魔力』や『混血の功罪』辺りにはひと通り目を通してある。あとは……バネッサ先生経由で死体を確保して解剖もさせてもらった。これはカティのついでだけどな」

「三年生の時点で⁉　専攻してるのと大差ないレベルじゃないそれ！」

「博学だと思ってはいたが、そこまで手広く学んでいたのか……。いや、お見それした」

「自分の体で学んでるオマエには負けるよ。まぁそういった知識がある分、オマエたちの成果についてもそれなりに推測は立つ。たぶん肉体じゃなくて認知の方向から攻めたんだろ？　ただ、それだけじゃ説明しきれない部分が残るよな。というのも、人狼《じんろう》の変身には必須とされる魔素がいくつか確認されているだろ。月から大量に放射されるヤツだ。これぱっかりは認知からのアプローチだけじゃどうにもならない。そこをどうやって解決したのか気になっていて」

段階を踏んで掘り下げた質問を突っ込むピート。問われた側としても、多くの労力を注いできた自分たちの研究を褒められて嬉《うれ》しくないはずがない。すぐに口を突きそうになる返答をぐっと抑えながら、ステイシーは隣の従者に目を向ける。

「えっと……フェイ、言っちゃって大丈夫よね？」

「ああ。すでに提出した論文の範囲だ」

「そうよね、じゃあ話すわ。——いくつかの魔素が変身に必要になるのはあんたの言った通りよ。でも、それらは工夫すれば体内に蓄積が可能なの。私が注目したのは主に脾臓《ひぞう》の機能で

「……」

すでに遠慮は無用と悟ったステイシーが続々と専門知識を並べ始める。それをしっかりと受け止めた上で応答するピートとの会話は否応《いやおう》なく捗《はかど》った。その様子に、これはもう放《ほう》っといても大丈夫だなと感じたシェラとガイが微笑《ほほえ》みを向け合う。剣花団の中でいちばん気難しい少年と真っ先に打ち解けられたのだから、後はもう時間の問題だ。

会場のそこかしこで新たな交流が花開く中、遅れてやってきたもうひとりの主賓が談話室へ飛び込む。息を弾ませたユーリィ＝レイクである。

「ごめんごめん、また遅れちゃった！　まだぼくの分のごはんある⁉」

「たくさんござるぞ！　こちらに座られよ！」

「やっと来たか、ユーリィ！　今度はどこをほっつき歩いてたんだ！」

ナナオとオリバーがすぐさま彼をテーブルに引っ張り込む。今なおずらりと並んだ料理に、ユーリィがこれ幸いとばかりに飛び付いた。

「いやー良かった、気付いたらお腹《なか》ぺこぺこでさ！　ここで食べられなかったら購買に辿《たど》り着《つ》くまでに行き倒れてたかも！　あ、これ皿ごともらうね！」

そう言って許可を待たずに大皿いっぱいのラザニアを掻《か》きこみ始める。呆《あき》れるオリバーの前で、冬眠前の栗鼠《リス》のように頰を膨らませたユーリィが目を輝かせた。

「ん、おいしいなぁこれ！　こんなの初めて食べたよ！　何て料理？」

「――え？」「ミートソースのラザニアですわよ？　いつも友誼《ゆうぎ》の間で出されている定番メニューの」

妙な質問に回りの面々が首をかしげる。その瞬間にぴたりと食事の手を止めて、ユーリィは珍しく真剣な顔で口を開く。

「……ぼくはこれを食べたことがあるんだね？　みんなの前で、たぶん何度も」

「そりゃそうだけど……」「どうしたの、Mr.《ミスター》レイク。一層で忘《わす》れ草にでも当たった？」

心配したカティが近くに歩み寄って声をかける。が、当のユーリィは平気な顔で首を横に振ってみせる。

「――いや、大丈夫。ぼくもね、そ、そんなこ、と、だ、ろうなって思ってたんだ」

意味深なことを言って食事を再開する少年。そこへ質問を重ねようとするオリバーだが、同時にそれを遮ってユーリィのほうから声を上げた。

「っていうか、今日は賑《にぎ》やかだなぁ！　コーンウォリス隊のふたりに二年生までいる！　よぉし、今日で全員と友達になっていこうっと！」

「ほどほどになさいませ。あなたのテンションは初対面だと多くの人が面食らいます」

「だな。あー、怖がんなくていいぞ二年生。異常に人懐《ひとなつ》っこくてめちゃくちゃ胡散臭《うさんくせ》ぇけど、本気で何も企《たくら》んでねぇからこいつ。これが素なだけ。ナナオと同類だ」

「むむ、それは心外。拙者は色々と考えてござるぞ。今もこの肉のかたまりの何割が拙者の取り分であろうかと熟考してござって……」

「普通に考えれば人数分の一だ、ナナオ……。俺の分は譲るからそれで満足してくれ」

再び始まった会話の流れにオリバーたちも巻き込まれていく。ちょっとした違和感はそれで印象から薄れて、そこへさらに後輩のリタが皿を持っておずおずとやって来た。オリバーに譲られた分のローストチキンを早くも平らげてしまったナナオへ、彼女は自分の皿を差し出しながら語りかける。

「あ、あの……ヒビヤ先輩。わたしの分もあげますから、ちょっとお話ししませんか？　試合のこともですけど……その、わたしずっと東方《エイジア》の農業や食文化に興味があって……」

「む!?　……いや、いくらなんでも年少の者より施しは受けられぬ。武士は食わねど高楊枝《たかようじ》、気持ちのみありがたく頂戴致そう」

「もうめちゃくちゃ食ってるけどな……」「お肉好きだもんね、ナナオ……」

「武家の育ち故、拙者が故郷の農作について知るのは主に稲と大豆と蕎麦《そば》、他には救荒の芋くらいにござる。実家の庭には柿や椎《しい》も植わってござったな。それでも宜《よろ》しいか？」

「はい！　ぜひ教えてください！」

快く応じたナナオの隣にリタが笑顔で座り、彼女が語る日の国《ヤマツ》の農作風景に他の面々も次々と質問を飛ばす。そうして話題が途切れることを知らぬまま、彼らの宴《うたげ》は賑《にぎ》やかに進んでいく
――。

同じ頃。校舎上階の会議室でひとり寛《くつろ》いでいたセオドールのもとに、同じ部屋の扉を音もなく開けて、どこか険しい面持ちのデメトリオが現れていた。

「やぁ先生。どうだい？　分魂くんからの今日の報告は」

「ない」

開口一番にそう告げる。眉を上げるセオドールに、天文学の教師は淡々と説明を添える。

「刷り込んでいるはずの場所に現れない。強烈な衝動が生じるはずだが、無意識に抗《あらが》っているようだ。……リーグ戦で受けた刺激の影響か、不具合が進行している」

「君の管理を離れつつあるってことかい？　それは宜《よろ》しくないね。せっかく彼の目を通して色々と見えてきたところなのに」

セオドールが腕を組んで懸念《けねん》を示す。デメトリオが小さくため息《いき》を吐いた。

「多くの人間と関わらせた分、体験の密度が濃すぎたのかもしれん。……いずれにせよ回収の潮時だ。一度こちらに取り込んで人格を解体し、経験を漂白した上で再び放つ」

「大丈夫かい、それで？　決闘リーグのチームメイトを中心に、分魂くんのほうでもかなり深い人間関係を築いているようだけど。その経験をなかったことにしちゃうと、さすがにコミュニケーションの面で不都合が生じるんじゃない？」

「調整には難儀するだろうな。あるいは同じ人物としての運用はもう難しいかもしれん。……ただ、この変化そのものが非常に興味深い。これまでは一度も起こらなかったことだ。その原因の分析も含めて、最後の報告には期待しているが——」

男がそこまで言ったところで、部屋の片隅に置かれた紫水晶《アメジスト》の塊が強い光を発する。外部との連絡用に教員たちが使う部屋へ据え置かれたものだ。椅子から立ち上がったセオドールがそこへ歩み寄る。

「珍しいね、異端狩りの本部から緊急連絡だ。何事かな？」

彼が白杖《はくじょう》を抜いてその内容を受け取ろうとすると、横から突き出されたデメトリオの杖《つえ》が一足先にその輝きへ触れた。たちまち意識に流れ込んでくる情報の数々を、彼は即座に整理して口に乗せる。

「——卜占《ぼくせん》課からの協力要請だ。近日中に中規模の『門』が開くとの予知が出たらしい。場所はここから北西の一帯に絞られている」

「つまり、最寄りのウチから戦力を出せってことか。で——相手はどっちだい？」

横着したセオドールが椅子に座り直しながら問いを投げる。どちらか、というのは彼らにとって重要な分岐だ。『門』を越えて渡って来るものには大きくふたつある。淘汰《とうた》圧による押し出しや新天地を求めた回遊の延長上で流れて来る「渡り」と、この世界の侵略のために長期的で具体的なプランをもって訪れる「使徒」。前者も油断ならないが、後者は少なく見積もっても危険度の桁がふたつ以上違う。

「場所とタイミングから測る限り、突発的な『渡り』の可能性が高いと本部は推測している。現時点では私も同感だ。接近中の異界があれだけに敵意は高く見込まれるが、異端絡《がら》みの『呼び込み』のセンは薄いだろう」

「そりゃそうだね。聖光《せいこう》教団さんから全面戦争を仕掛けるんでもなきゃ、わざわざキンバリーの近くに『門』を開ける意味がない。となると――校長も同じ判断をしそうだけど、対処《こ》にはバネッサ先生を向かわせるのがいいんじゃないかな。相手が『渡り』なら彼女も気兼ねなく暴れられるだろうし」

白杖《はくじょう》の先端にぽっと炎を灯《とも》し、懐《ふところ》から出したパイプにそれで火を点《つ》けながらセオドールが言う。聞いたデメトリオが顎に手を当ててふむ、と唸《うな》った。

「それが妥当だろうな。……が、今回は私も出よう」

「へぇ？　何か考えがあるのかな？」

「バネッサは仕事が粗い。この前の飛竜のように、撃ち漏らしをこの辺りにうろつかせたくはないというのがひとつ。それと――校長が許すのであれば、生徒たちを現場に連れて行きたい。社会見学の良《い》い機会だ」

　思い切った提案を受けて、セオドールが口からふぅ――と細く煙を吐き出す。言い知れない無数の感情がその横顔に浮かび、ほんのわずかな波紋を生じさせて、忽《たちま》ち消える。元通りの微《ほほ》笑《え》みを取り戻した彼がそのまま同僚に向き直る。

「……そうだね。『門』が開くところを実際に見られる機会は少ないし、いい提案だと思うよ。たぶんエミィもふたつ返事で頷《うなず》くだろうけど――どの学年から連れて行く？　下級生はさすがに留守番させておいたほうが無難だと思うけど」

「三年から上で構うまい。私とバネッサがいれば確実に守り切れる数だ」

　自負をもってデメトリオが言う。大胆な采配ではあるが、セオドールもそれに異を唱える気はない。異界からやって来るモノと向き合い続けた年月の長さにおいて、この男はフランシス＝ギルクリストに次ぐ校内二番目の経歴を持つ。その点では校長のエスメラルダも、もちろんセオドール自身も彼に遠く及ばないのだから。

「生徒たちの登校と同時に報《しら》せを出す。――留守は任せるぞ、セオドール」

　後を託された縦巻き髪《ロールヘア》の教師が無言で頷《うなず》く。……彼に連れられた生徒たちが、この現場で何を見、その現実に何を感じ取るか。自分の経験に重ねて、それらをつぶさに想像しながら。


　盛り上がりの天井を知らぬまま続いていた慰労の宴《うたげ》も、夜十時を迎える頃にシェラの采配でお開きとなった。二年生たちを校舎の外へ送り出したところでユーリィがどこへともなく立ち去り、さらに迷宮内の工房へ向かうステイシーとフェイのペアと扉の前で別れた上で、剣花団の六人は連れ立って学生寮への帰路に就いた。

「――いやー、楽しかったな！　解散しちまうのが惜しかったぜ！」

「ほんとだね！　もっとみんなとお喋《しゃべ》りしたかった！」

「まぁまぁ。あたくしたちだけなら夜更《よふ》かしも良《い》いでしょうが、あの場には二年生もいましたから。あなたたちにも競技の疲れが残っていますし、今日は早めに休息を取りましょう。物足りない分は明日以降の交流に回せば良いのですわ」

まだまだ語り足りない様子ではしゃぐガイとカティを、シェラが穏やかな声で宥《なだ》める。彼らと並んで歩くピートは口を開かず、ステイシーたちに聞いた研究内容を歩きながら黙々と反芻《はんすう》しているところだった。彼にとっても楽しい時間だったとその姿が如実《にょじつ》に語る。

そんな友人たちの後に少し遅れて続く形で、オリバーとナナオはふたり並んで歩いていた。賑《にぎ》やかな宴《うたげ》の後の心地好い昂揚《こうよう》のまま、少年は隣の友人へ話しかける。

「いい集まりだったな。君も後輩に懐《なつ》かれて楽しかったんじゃないか？　ナナオ」

「無論にござる。ここに来て漸《よう》く拙者もいっぱしの先輩を気取れ申した」

問われたナナオがにこっと笑って頷《うなず》く。そこでふと、オリバーがすぐ先の地面に奇妙な隆起を見つけた。朝に通った時にはなかったはずのものだ。

「おっと、妙な出っ張りだな。誰かが呪文を練習でもしたのか？　こんなところで……」

仕方ないなと思いながらオリバーが白杖《はくじょう》を抜く。――シェラたちは気付かず横を通り過ぎたが、歩く位置によっては誰かが躓《つまず》かないとも限らない。今のうちに均《なら》しておくのがいいだろう。

が――そう考えながら呪文を唱えかけたオリバーの前で、突如としてナナオが無言のまま出っ張りを横から蹴り付けた。ごしゃりと響く暴力的な音。粉々に砕け散った欠片《かけら》が宙を舞い、その一撃で跡形もなくなる。

「片付けてござるぞ。これで宜《よろ》しいか？」

「――あ、ああ……」

硬直したオリバーがどうにかそう口にした。が、内心では戸惑いが渦を巻いている。――あのナナオが、物に当たった？　これまでにそんなことが一度でもあっただろうか？　それも自分の目の前で、こんなにも露骨に？

音を聞いて振り向くシェラたちだが、ナナオが手を振って何事もないとアピールすると、すぐに安心して前を向き直す。裏腹にオリバーは緊張していた。朝から感じていた小さな違和感が一気に膨れ上がっていた。

そう――確かに、何かおかしかった。特別戦を観戦している時も、さっきまでの慰労会の間も。友人や後輩たちといつも通りに楽しく過ごしているようで、よくよく注意して見なければ分からないほど微《かす》かに、今日のナナオはどこかずっと剣呑《けんのん》な気配を帯びていた。今の振る舞いもまた、その延長上での発露だとすれば。

「……なぁ、ナナオ。気のせいなら済まないんだが、ひょっとして何か――」

人知れず胸に秘めている鬱憤がある。そう推し量って確認しようとしたオリバーの口元を、突如として襲い掛かった唇が一瞬で塞いだ。

「――……ッ⁉」

愕然《がくぜん》と目を剝《む》く。何の反応も出来ないまま体を押し込まれ、道を外れた並木の陰へと瞬《また》く間《ま》に連れ去られる。よろめく少年の背中が木の幹に突き当たり、そこからさらに深く相手の唇が押し付けられる。

もはや捕食にも似た貪るような接吻《キス》。接した粘膜を通して流れ込む溶鋼の如《ごと》き情念が思考を真っ白に染める。戦慄と恐怖がごたまぜになった余りにも強烈な官能に、オリバーは為《な》す術《すべ》なく硬直して動けず――忘我のうちに過ぎ去った数十秒を経て、それが途切れる。

「……オリバー……」

互いに荒い息を繰り返しながら、少女の口が譫言《うわごと》のように言葉を紡《つむ》ぐ。――呼吸すら擲《なげう》ち没頭した口付け。それで相手に流し込んだ熱の分だけ思考を取り戻したのか。渇いた喉から搾り出す焼けた鉄のような言葉を、彼女は辛《かろ》うじて舌に乗せる。

「貴殿の運命は、拙者にござる」

オリバーの心臓が止まった。その言葉が、この突然の行いが、相手のどのような感情に根差したものなのかを――彼は遂《つい》に理解した。

リーグの最終戦で自分が演じたリチャード＝アンドリューズとの仕合い。多くの因縁と想《おも》い

を堆《うずたか》く積み重ねた末に、彼との間で漸《ようや》く果たされた約束の一戦。惜しくもその直前で力尽きて倒れながら――床に崩れ落ちた後も尚《なお》、ナナオはずっとそれを見ていた。もはや動かぬ体を同じ舞台に横たえて、手の届かぬ場所で交わる両者の剣戟《けんげき》に目を焼かれて呻《うめ》き、喘《あえ》いだ。今この瞬間に立ち上がれぬ己が五体を余さず呪いながら――その狂おしい責め苦の中で、彼女は生まれて初めて抱いたのだ。未《いま》だかつて知り得なかった情念の極限、心の地平を底から割って顕《あらわ》れた人間の中の地獄そのもの。赫《あか》も蒼《あお》も通り越した純白《しろ》き炎色でもって燃え上がる、己が嫉妬を。

「決《け》して果たされぬ運命で良《い》い。それを差し置いて誰と斬り結ぼうとも構わぬ。されど――忘れ去ることだけは、断じて召《め》されるな。貴殿の剣に誰よりも焦がれる魂が此処《ここ》に在る、そのことだけは努々《ゆめゆめ》心の片隅に留め置かれよ。いつ何時も……何処《いずこ》の誰某《だれそれ》と斬り合う時も」

　相手の心に刃で刻み付けるように、ナナオはそう懇願した。……そうして証《あかし》を彫り込みでもしなければ、もはや一時も相手を手放すことは出来なかった。目の前の愛《いと》しき体を今すぐにも斬り付けたい、それが出来ないのならせめて組み伏せて貪りたい――その衝動を捻じ伏せる術が他になかった。その時に相手が見せるだろう絶望の表情すら甘美と感じてしまう、そんな己の有様《ありさま》が容易《たやす》く想像できていた。

「……あ……」

　あらゆる言葉を失って立ち尽くすオリバー。その無防備な佇《たたず》まいに、なおも彼の唇に喰《く》らい付きたがる浅ましき欲求が腹の底から湧き上がる。それを最後の理性で辛くも斬って捨てて、ナナオは鋭く身を翻《ひるがえ》す。

「無体な真似《まね》を致した。……如何《いか》な叱責も受け止める所存故、狼藉《ろうぜき》への責めはまた翌朝。この頭が冷めて後に」

せめてもの釈明《いいわけ》を残して歩き出す。だが、五歩も歩んだところで足取りがぴたりと止まる。この上にまだ醜態を重ねようというのか。そんな己に心底呆《あき》れながら、それでも彼女は口にせずにいられない。

「貴殿を想うてござる、オリバー。……行住坐臥《ぎょうじゅうざが》、只一時《ただいっとき》も絶えることなく」

何の誇張もなく、ただ事実をそう告げた。そうして今度こそ去っていく少女の背中を、かける言葉もなく見つめて――オリバーの体は、木の幹をずりずりと滑り落ちた。

明くる朝。いつもと同じ時間に登校してめいめいに朝食を取っていた生徒たちへ、壁にばくりと開いた口がその報《しら》せを放った。

「――全校生徒及び職員に通達。ここから北西の一帯に『門』発生の予測が出た。異端狩り本部の要請に応じて当校の教師が対処に当たるが、それに伴って三年生以上の生徒を現場に連れて行く。貴重な機会であるため、どうしても外せない用事のある者以外は原則として全員参加。出発は一限終了の一時間後、十分前までに正門に集合。各自、それまでに箒《ほうき》の準備と身支度を整えておくように」

一気にざわつく友誼《ゆうぎ》の間にあって、剣花団の面々もまた懸念《けねん》を顔に浮かべる。いつもであればキンバリーの「中」が何よりも危険だが、これはその例外となり得る数少ない出来事だ。ぽかんとしているのは天文学を履修する前の一年生くらいで、他の生徒は誰もが険しい面持ちでいる。

「……ここの近くで『門』が開くのですか。珍しいことですわね。おそらくは偶発的な『渡り』なのでしょうが」

「生徒を連れて行く以上はそういうことだろう。……ただ、予知は完全じゃない。みんなも万一の事態に備えるのを忘れるな」

シェラの言葉に頷《うなず》きながらもオリバーが仲間たちに警戒を促す。その視線がナナオと一瞬絡《から》むが、次の瞬間にはふたりとも弾《はじ》かれたように小さく目を逸《そ》らした。それを見たカティとガイが顔を見合わせて心配を共有する。何かあったことは分かるし早く聞き出したいのだが、こうなってしまうとその機会も設けづらい。ひとまずは目の前の事態を無事に乗り越えるところからだった。

「『渡り』ねぇ……。天文学の授業で話には聞いてるけど、実際お目にかかんのは初めてだな。今回はどこの異界から来るやつなんだ？」

「今の天体の配置からすると、この世界に最も接近しているのは律する天の下《ウラニスシャガ》だ。『門』もそこと繋《つな》がる可能性が高い」

「かなり独特の世界だよね、そこ。……さすがにちょっと怖い、かな。先生たちが守ってくれるんだとは思うけど」

カティが率直な不安を口にする。その肩にそっと手を置きつつ、いち早く戦の構えに入ったナナオがじっと天井を睨《にら》む。

「別天津《ことあまつ》からの客人《まれびと》にござるか。――さて、鬼が出るか蛇が出るか」


一限を終えた生徒たちが指示に従って正門前に集合し、デメトリオは速やかに全員の把握を済ませた。その中に自らの分魂の姿がないことを確認した上で、男はぽつりと呟《つぶや》く。

「……いないか。もう私の前に現れる気はないのだろうな」

予想できたことなので驚きはない。その件を一旦思考から外して生徒たちの先頭に立ち、デメトリオは彼らを連れて空に飛び立った。同行するバネッサが当たり前のように翼を生やしてももはや誰ひとり驚かない。人間離れしたその姿が今ばかりは逆に頼もしい。

三十分弱の飛行を経て「門」発生の予測地点に到着した。下級生に飛行速度を合わせたので隊列が間延びするような不手際《ふてぎわ》もない。さしたる時間差もなく全員が地面に降り立ち、まず彼らがぐるりと周囲を見渡す。視界一面に亘《わた》って高低差の少ないなだらかな平野だ。土を覆う草の丈も低く、潜伏や不意打ちへの警戒が少なく済むことに生徒たちがひとまず安堵《あんど》する。

「この一帯に陣を敷く。教員からの指示がない限り、結界の展開後は決して外に出るな。これは忠告ではなく厳命だ。馬鹿をやった本人が死ぬだけならまだしも、そんなものでは済まない事態も考えられる」

さっそく指揮を執り始めたデメトリオが第一声で釘《くぎ》を刺す。その指示に応じて隊形を組みながら、剣花団の面々は周囲の顔ぶれを改めて見回す。原則全員参加ということで見知った顔はひと通り揃《そろ》っていたが、ただひとり、常ならいちばん浮いて見える少年の姿が見当たらない。

「……結局来なかったな、レイクのやつ」

「ああ、正直意外だ。遅刻癖はあっても、こういう珍しい出来事には必ず食いつくと思ったんだが」

ガイの言葉にオリバーも疑問を重ねる。一限の教室では顔を合わせたので、迷宮に潜っていて状況に気付いていないわけではない。何か来たくても来られない理由があるのか――そんな推測がちらりと頭をよぎるが、今は考えたところで詮無い。仲間と共に気持ちを切り替えて目の前の現実に集中すると、そこに折よく教師の声が上がる。

「陣の設置が完了した。ここからは隊列を維持したまま『門』の発生まで待機。現象の開始時刻には前後数時間以内の誤差が生じ得る。前兆が観測されるまでの間は、私から異端狩りの現場について説明しよう」

平野に整然と展開した生徒たちの隊列へ向かって、デメトリオが杖《つえ》の拡声魔法を通して語り始める。現実と向き合わせる前に、まずはそれを語って聞かせる必要がある。すでに何度となく重ねてきたことだが、彼は倦《う》まずに繰り返す。

「ここのルールは至ってシンプルだ。見敵必殺。観察や生け捕りの指示がない限り、現れたモノが何であろうと確実に殺す。姿形、意思疎通の可否、我々に対して友好的か否《いな》か――そうした要素は一切合切考慮しない。してはならない」

最初に根本の鉄則を説いて聞かせる。極端に言えば、この先の説明はそれを納得させるための手段に過ぎない。一時的にせよ、自らの教え子たちを殺すだけのものに仕立てる――今のデメトリオに求められるのはそういう割り切った仕事である。

「特命なしに殺さずおくとすれば、それはこちらの戦力が殲滅《せんめつ》のために不十分だと判断された場合のみ。その時は速やかに撤退し、戦術を練り直した上で再攻撃。殲滅《せんめつ》の完遂まで同じことを何度でも繰り返す。

この際に注意すべきは、現れるモノによって『死』の線引きがまちまちであることだ。首を刎《は》ねれば死ぬとは限らん。脳や心臓に当たる生命の中枢が存在する保証はない。粉々に砕いたモノが寄り集まって再び動き出すことなどざらにある。よって――ここでの『死』とは、『対象の完全な無力化』だけを意味すると肝に銘じておけ」

解釈の余地を残さぬように徹底して言葉を固める。隊列の一角でそれを聞いて眉をひそめる少女の姿を見て取り、デメトリオはそちらへ声をかけた。

「何か言いたそうな顔だなMs《ミズ》．アールト。構わん、発言しろ」

許可を与えられたカティが手を挙げて応じる。気持ちで先走らず冷静に論理を組み立てた上で、彼女はゆっくりとそれを語り始める。

「……はい。異端狩りがシビアな現場であることはもちろん理解していますが、異界から現れるモノに対して意思疎通の可能性や友好的かどうかをまったく検討しない、というのは合理性に欠けて聞こえます。それではいつまで経《た》っても向こうの世界の内情について新たな知見が得られません。侵略の阻止が目的であれば尚更《なおさら》のこと、捕虜の確保や尋問といった手段を適切に用いるべきではないのでしょうか？」

抑揚を抑え、段取りを踏み、今の自分に適《かな》う最大限の説得力を声に持たせる。そこに長い努力の跡を見て取り、デメトリオがふむ、と鼻を鳴らす。

「ずいぶん言葉を選ぶようになったな、Ms《ミズ》．アールト。頭がお花畑で遊んでいた一年の頃の君からは見違えるようだ」

「あなたたちにも通じる言い方を学びましたから。わざわざ褒めていただいて恐縮です」

やや棘《とげ》のある声でカティが言い返す。根本の反骨心は微塵《みじん》も変わっていないと、物怖《ものお》じしない態度が何よりも明白に物語る。その芯の強さや良し――内心でそう頷《うなず》き、デメトリオが改めて口を開く。

「今の質問に対して順番に答えよう。まず、異界の内情を探る試みについては、当然ながら異端狩りの側でも行っている。君の言うような方法、即《すなわ》ち意思疎通可能な対象を厳選して尋問に臨んだことも幾度となくあり、それには一定の成果も上がっていると言えるだろう。ことに薫る水の畔《マルキュリアス》の知的種族に関しては多くの知見が得られている。過去の一時期には外交関係の設立まで検討されたほどにな」

自らも知る知識にカティが頷《うなず》く。たとえ異なる世界に生きる相手だとしても、理解不能の化け物などという見方を彼女は容易に認めない。理解の糸口はどこかに必ずあり、観察する側の不断の努力だけがそれを実現すると固く信じている。少なくともこの世界の生き物に関しては全てにそれが当てはまると彼女は思っていた。砂粒よりも小さな妖精から巨獣種《ベヘモト》に至るまで、彼らはその形を得るまでの因果が確《しか》とある存在。である以上、それを丁寧に辿《たど》ることこそ学問の役割であると。

子供にも正しいと分かる、その姿勢はひとつの理想ではあった。が――だからこそ、デメトリオは無慈悲な現実でもってそれを迎え撃った。

「だが、裏目に出たケースの多さはその成果を塗り潰して余りある。異界の使者の口車に乗せられた結果としての惨劇は枚挙に暇がない。近い過去にもあった話だが……君がそれを知らないはずはないな？　Ｍｓ《ミズ》．アールト」

「……っ……」

急所を突かれたカティが反論に詰まる。それはかりは彼女もおいそれと言及できない。他でもない彼女自身の父母が関わった出来事だからだ。アールトという魔法使いの家系を日陰へと追いやった凄惨な事件――それはまさに、デメトリオが語った「裏目に出たケース」の実例そのものとして人々に語られる。

「なぜそうしたことが起こるのか？　問題がそのまま答えで、話の通じる相手ほど危ないからだ。高度な知性を持って『こちら』に干渉してくる奴《やつ》らには決まって求心力がある。その魅力の下に本来の目的を隠し、あるいは言葉巧みに曲解させて、あれらは恐ろしく狡猾《こうかつ》に我々を破滅へ導こうとする。それこそが『使徒』と呼ばれる連中の本質だ。その過程で営まれる交流は全て目的へ向けた布石でしかない。それがどれほど輝かしく希望に満ちて見えようとも」

この教師にしては珍しい熱が声に宿る。人伝《ひとづて》に聞いた理屈を語るものでは決して有り得ない、それは自らの目でもって現実から抽出した真理のみを語る哲人の言葉。その裏側には計り知れない悼《いた》みがある。夥《おびただ》しい流血と、数え切れない犠牲と、望まずしてそれら全てを背負うことになったひとりの人間の奈落じみた絶望がある。カティの喉が強張《こわば》るのは、自分がそれに匹敵する経験を持ち得ると未だ言えないからだ。

「どのような形であれ、異界の存在とコミュニケーションを図った時点ですでに侵略は始まっている。あれらをこの世界に受け入れてはならない。その思想に同調する者を生んではならない。よって端緒となる意思疎通それ自体を禁忌とし、遮断する。あれらと向き合うに当たっては対話よりも戦いのほうがまだしも安全だからだ。……これで納得は出来たか？　Ｍｓ《ミズ》．アールト」

　理を示し終えたデメトリオが淡々と確認する。頭蓋から丸ごと鉛と化したように落ちかける頭を、しかしカティは瀬戸際《せとぎわ》の意志力でもって水平に押し留《とど》めた。――言葉の重みは認める。だが、胸に疑問を抱えたまま頷《うなず》くわけにはいかない。

「話の筋は通っていると思います。……でも、気になる部分が一点だけ。異界からやって来る存在は必ず悪意を持っていて、そこにはただのひとつの例外もない。――今のアリステイディス先生の発言は、そうした断定を前提としているように思うのですが」

　少女が指摘した。悪魔の証明に等しい悪筋の反論。それを堂々と口にする恥を知りながら、その奥に見て取りたい一縷《いちる》の光に縋《すが》った。そんなものはすぐさま一蹴されても文句は言えない。だが、カティの予想に反して、それを聞いたデメトリオの肩がぴくりと動いた。

「……悪意、か。そもそも『こちら』側の善悪の判断すら歪《ゆが》めてしまうのが『使徒』どもの恐ろしいところなのだが……しかし、君の言わんとするところは理解できる。異界の存在全てが『こちら』に侵略の意思をもって訪れるとは限らない。中にはそうではない者もいるはず――君の意見は、要するにそういうことだろう？」

　思いがけず要約されたカティが慌てて頷《うなず》く。デメトリオが空を仰ぎ、軽く息を吐く。

「否定はしない。過去の生態系への関わりから、全ての『渡り』が一概に悪とは言えないと教えたのは私自身だ。君もそれを反証として挙げるのだろうし、微生物の一匹に至るまで侵略の意思を持つと考えるのは論理的にも無理がある。『こちら』へ渡ってくる理由はそれぞれに違っていようし、その多くは素朴な生存本能に基づいて活動するだけだろう。

だが現実として、我々にはそれらを区別する方法がない。過去の歴史を振り返っても、訪れた異界の存在が『こちら』にどのような変化をもたらすかは予測不能だ。自分ならそれが分かる、区別できる——そう思い込んだ者ほど、この世界に取り返しの付かない災厄を呼び込んだ」

ふ、と口元がかすかに歪《ゆが》む。ほとんどの生徒には見えはしない——だが、忽然《こつぜん》と浮かんで一瞬で消えたそれは、確かに自嘲だった。愚者への嘲弄でも侮蔑でもなく、むしろ自罰として、今の世に哲人と呼ばれる男はそれを語る。

「悪意の有無すら本質的な問題ではない。仮に掛け値なしの善意を抱えて『こちら』へやってきた存在がいたとして、それが己の意思とは裏腹な破滅をもたらすパターンさえ想像に難くはないと分かるだろう。……あるいは、過去に惨劇をもたらした『使徒』たちですら、我々に悪意を持って訪れたわけではないのかもしれん。彼らの多くは『救済』を掲げて異端たちを扇動した。その救済が我々にとっての破滅に等しかった——ただそれだけの話なのかもな」

救いようのない皮肉を突き付けられたカティがぎゅっと拳を握りしめる。その姿を眺めつつ、デメトリオが先も告げた結論を再度口にする。

「いずれにせよ結論は同じことだ。脅威の有無を判別する基準に乏しい以上、全ての異界存在は一貫して侵略者であると断じたほうが理に適《かな》う。リスクがリターンを絶望的に上回る意思疎通への期待は捨て去り、我々が頼るべきは物言わぬ死体を切り刻んで得られる知見だけだ。それにすら相応のリスクは伴うがな」

二者の対話はそれで終わった。地べたに寝転がって話を聞いていたバネッサが、そこでにわかに地面を蹴って跳ね起きる。彼女はそのまま巻き毛の少女にずかずかと歩み寄った。

「理屈は分かっても納得いかねぇって顔だなァ、アールト。まァそうだろうさ。このジジイがどれだけご丁寧に筋道立てて説明してくれたところで、そりゃお前自身の体験から得た答えじゃねェ。実際にホンモノと会ってから自分《テメエ》で考えて決める——そう考えんのは実に結構だぜ。我の弱っちぃ魔法使いなんてクソの役にも立たねェからよォ」

そう言ったバネッサがゲラゲラと笑う。デメトリオとは真逆だ、とオリバーは思った。生徒の意志を尊重しているようでいて、この教師はその儚《はかな》さを心底嘲笑《あざわら》っている。風が吹けば消える蠟燭《ろうそく》の火に向かって「好きなだけ燃えろ」と言い捨てるようなもの。入学時から見違えるように成長したカティの存在も、彼女にとっては未だその程度のものでしかない。

無言で睨《にら》み返すカティの前で、バネッサがぴくりと視線を上に向ける。一瞬遅れて空から降ってきた異常な気配が生徒たちの肌を一斉に叩《たた》く。ただちに杖剣《じょうけん》を構えて上空を見上げる彼ら。その隊列の先頭へ戻って、バネッサが口元を凶悪につり上げる。

「おら、答え合わせの時間だぜ。――安心しろよアールト、こんなもんはどうせ理屈じゃねェ。どんな馬鹿でもいっぺん見りゃ分かる真理ってのがある。これからおっ始まるのはそういうショーだ」

両脚と両腕が内側から膨張してめきめきと変形する。同時に青空の一点に暗黒が生じ、それが激しく渦巻きながら百ヤード近くまで一気に面積を広げた。その闇を押し退《の》けて続けざまに突き出した円錐《えんすい》状の白い尖端を見て取った瞬間、バネッサが口を開く。

「柱が三つ。手前からブチ折るぜ」

「援護する。行け、バネッサ」

方針を共有したバネッサの足元で地面が爆《は》ぜ、その体が生徒たちの視認を越えて地を駆ける。同時に「門」から降ってきた三本の太く長い何かが互いに間隔を空けて大地に突き立った。のっぺりと白い表面に赤いガラス窓じみた「目」を多数備えた巨大な柱体。幅だけで二十ヤード、高さに至ってはその五倍以上に及ぶ。少しも生物的ではない硬質で無機質な圧力を前にして、ガイがうっと息を呑《の》む。

「……なんだ、ありゃ……」

「……地均柱精《タンパーピラア》。律する天の下《ウラニスシヤガ》の尖兵《せんぺい》です。生物と定義するには難がありますが、その性質は至ってシンプルですわ」

知識を述べるシェラの前で、まさにその実演が始まる。柱精を中心とする広い一帯を激しい衝撃が繰り返し襲い、さながら鉛の板を押し付けられたように地面が軒並み潰されていく。たまたま近くで草を食《は》んでいた羊たち、異変に気付いて草むらから飛び出した小動物たちもまた、速やかにその範囲に巻き込まれて地面の赤い染《し》みと化す。

そのようにして「殺した」大地を、中央の柱精から溶け出した悍《おぞ》ましい白色が急速に蝕《むしば》み始めた。絵の具をぶちまけたキャンパスのように、それが景色を上塗りする。草木の緑も血肉の赤も、それらの命を育んだ地面の茶さえも──全て等しく、白に呑《の》まれて消えてゆく。

「突き立ち、聳《そび》え、均《なら》す。あれが最初に行うのはただそれだけです。自己を中心とした一帯の大地を完全に均質な平面へと加工するのみで、その場所の環境は一切考慮しません。木も草も獣も、山も川も谷も、家も村も町も、もちろん人も……何もかも吸い取って呑《の》み込んで、ひたすらに平らな白い床に変えてしまいます。まるで元からそうであったかのように、何の痕跡もそこに残さず」

その営みを前にしたガイがぶるりと怖気《おぞけ》立《だ》つ。……彼とて、心の準備は相応に済ませてきていた。「門」からどんな怪物が現れても易々《やすやす》とは動じないつもりだった。が──これは違う。恐ろしさの質が予想したものと余りにもかけ離れている。彼は異界の化け物と向き合うつもりでここに来たのだ。だが、実際に現れたのはひたすらに地面を叩《たた》くだけの大槌《ハンマー》ではないか。こんなものと向き合うも何もない。敵意も殺意も通り越した真っ白な暴力、ただ圧倒的な現象しかそこにはない。

「……律する天の下《ウラニスシャガ》は、幾何学的に完全なものだけの世界だ。生物であれ無生物であれ、その秩序から逸脱する形の一切を許容しない。だから——そこに属するあれらの存在もまた、この世界の環境との擦り合わせなどはまったく行わない。どこであろうと自分に合った場所へと一から造り変える。もっともシンプルで凶悪な、妥協の余地がない『侵略』の形式だ」

オリバーの声がその本質を明示する。ナナオが険しい面持ちで柱精の行いを睨《にら》む傍《かたわ》ら、彼女と同じものを見つめるピートが震える声で呟《つぶや》く。

「……生き物でも何でもない。まるで土木工事の機械じゃないか、あんなの……」

「ええ、その印象は間違っていません。あれは限りなく単一の目的のために造られた『神』の道具。同時に、その行いは異界の『神』の意思でもあります。世界を広げよ。他の在り方を許すな。全てを同一の秩序に染め上げよ——律する天の下《ウラニスシャガ》を支配するのは、つまるところそういう『神』なのです」

シェラが根本の結論を言ってのける。——分類の上で語るなら、目の前の柱精たちは「渡り」の範疇《はんちゅう》だ。たまたま接近した世界へ向かって反射的に移動したのみで、そこに長期的なプランや侵略への展望は存在しない。つまりは呼吸も同然。同じ条件で近付いた全ての世界に対して、律する天の下《ウラニスシャガ》という世界は必ずこのように反応する。知性のもとに企《たくら》み計画するまでもなく、それにとっての侵略とは反射に等しい本能なのである。

「――ッ!?」

こんな光景を前にして下手な手出しなど考えられるはずもない。だが、最悪にもそれは向こうからやって来た。生徒たちを固く守る一線であるはずの結界を突き抜けて、バネッサが巨大なこぶしで打ち砕いた柱精のひと欠片《かけら》が、ふたつみっつと続けざまに彼らの間近の地面に突き刺さる。無論、放り投げたのは彼女である。その凶行を目にしたデメトリオが横から怒声を放つ。

「バネッサ！　何をしているッ！」

「怒んなよジジイ、ちっと教材をデリバリーしてやっただけだ。――おら、お前らも見てるだけじゃつまんねェだろ。その破片でいいから相手してみろよ。その程度のサイズじゃまだまだ止まんねェ、初めて遊ぶには丁度いいぜ？」

そう言い放ったバネッサがどこまでも愉《たの》しげに嗤《わら》う。自分たちは安全な場所にいる、守られると思い込んでいた生徒たちの動揺を悪趣味にも肴《さかな》にして楽しんでいる。その性格を知り尽くすが故に上級生たちは迷わない。激怒したティムが彼らの中で真っ先に駆け出した。

「ふざッけんなババア、下級生がいんだぞ……！　下がれお前ら、僕より絶対前に出んな！」

「突き放すぞ、レオンシオ！」

「分かっている！　**強く押されよ**《イクストルディートル》！」

ゴッドフレイとレオンシオが息を合わせて対処に当たる。リーグ予選での事態と同様、すでに派閥の対立を気にしていられる状況ではない。彼らの呪文で結界の外に押し戻されていく柱精の欠片《かけら》に、それを見たバネッサが何の臆面もなく両手を叩《たた》く。

「おー、及第及第。ちゃんと異界《むこう》のルールを踏まえて通りやすい呪文を選んでるじゃねェか。その調子で後輩にも指導してやれよ」

生徒たちの奮闘をゲラゲラと笑って眺めるバネッサ。もはやキンバリーの教師としてすら一線を踏み越えかけた彼女の姿を、後方からデメトリオが射殺さんばかりに睨《にら》み付《つ》ける。同時にその口が凍えた声を放った。

「……この件は校長に報告するぞ」

「好きにしろよ。それよりいいのかァ？　可愛《かわい》い生徒が床のシミになりそうだぜェ？」

平然と応じたバネッサが異形の手でもって男の背後を指す。デメトリオが振り向いた先で、その指摘はまさに実現へと近付いていた。細かな欠片《かけら》となってなお「神」の意志に準ずる柱精たちの側からでなく、そこへ向かって自ら歩んでいく少女の覚束《おぼつか》ない足取りによって。

「……はぁッ……はぁッ……はぁッ……」

カティが、そこにいた。蜘蛛《くも》の子を散らしたように後退する三年生たちの中にあって、彼女だけが真逆の方向へ舵《かじ》を切った。それが破滅への歩みであることなど百も承知で、なおも魂が命じる行動に体が突き動かされた。混乱の中で気付きが遅れ、それを目撃したオリバーが目を剝《む》いて叫ぶ。

「カティ!?　待て、ふざけるな——!」

少年の声はまだ耳に届く。その想《おも》いが背中を強く引っ張りもする。だが——カティの歩みは止まらない。視線の先で変形して柱の形状を取り戻しつつある子供ほどのサイズの欠片《かけら》、初めて出会う異界よりの賓客《まれびと》。己が認識を遥《はる》かに超絶して見えるその在り方を前に、どうあっても理解を試みずにいられない。そのものを知ろうとせずに捨てておけない。

オリバーたちがどれほどの友愛を示そうと、その歩みを止めることだけは出来ない。それが少女の在り方だからである。魔法使いとして生まれた瞬間から魂に背負う、それこそがカティ＝アールトの業だからである。

本体から欠け落ちたほんの一片。相応に僅かな力しか振るえない状態となっても、その活動は何ら変わらない。地均《じなら》しの圧が柱精の欠片《かけら》を中心とする真円状の範囲を等しく襲い、全身に叩《たた》き付《つ》けるそれに歯を食いしばって耐えながら、少女は前進を続ける。

「……う……くっ……!」

暴威の中でふと瞼《まぶた》を開ければ、目指すひと欠片《かけら》がすぐそこにあった。解き明かしたい相手はもはや目の前にいる。そして——白く染まった地面に、ゆっくりと、その指先が触れた。

「——ッ……!」

重なった自己領域を通して怒涛《どとう》のように流れ込む異界存在《しらぬもの》の内面。異なる秩序と異なる認知、異なる世界観が束になって押し寄せ、その翻訳を試みたカティの頭を最初の一秒を待たずに爆

発させかける。だが――届さない。流し込まれる莫大《ばくだい》な情報量に呑《の》まれない。それを理解できずとも今は良《い》い、しかし一方的に受け止めるばかりでは交流が成立しない。少女が学んできたのは異種間コミュニケーションという魔法生物学の辺境分野。それを粘り強く研究する過程で確立された流儀が、ここに及んで彼女に狂気じみた問いを促す。

――なぜ？

まっすぐに核心を問う。これほどシンプルな相手に回り道は要らない。それこそが最も訊《き》かれたい部分だと推し量った命題《テーマ》を率直に放った。あらゆる外界を等しく幾何学的な秩序に整える――その行いを目にした時、一目で理解できないと誰もが感じるだろう。だからこそ、それを尋ねた。その由来を相手は何よりも理解されたいはずだと。

――なぜ、そうしたいの？

問いを重ねる。自分はそれを知りたいのだと、こちら側の求めを何度でも繰り返す。その行いは目的であると同時に手段でもあるのだ。これが殺し合いではなく対話であることを示し、感じさせるためのアプローチ。魔法使いたちが打ち棄《す》てた膨大な瓦礫《がれき》の山の中から、カティが傷だらけになって拾い上げたもの。

無機質な壁の向こうで何かが揺らぐ。瞬間、そこに確かに「在る」ことをカティが直観する。自分の存在と奥底で共通するもの。単なる土木機械には決して持ち得ない何か。人とは遠く幾重にも隔たった場所を孤独に蠢《うごめ》く、しかし紛れもなく「情念」と呼ぶべき暗い熱が。

——ッ……！

その瞬間、確かに。

世界の壁を越えて響く。この世ならざる者の悲鳴を、カティは聞いた。

「馬鹿野郎ッ！」

ティムが間に飛び込んで彼女の体を抱いた。ただちに同じものが彼を襲い、呑《の》み込もうとする。命を賭《と》した全力の拒絶でもってティムはそれに抗《あらが》う。

「ティム！」「リントン先輩ッ！」

「……か……ア……ッ！」

ゴッドフレイとオリバーが全力で地を蹴って杖剣《じょうけん》を向ける。だが、余りにも遅い。その助けが実を結ぶまでの二秒弱を耐え抜ける予測がティムには微塵《みじん》も浮かばない。せめて後輩だけでも安全地帯へ突き飛ばしたいのに、手足の感覚が消し飛んでそれすらもはや叶《かな》わない。久しく感じる死の確信がティムの心を冷たく蝕《むしば》む。ちくしょう——と、声にならない呻《うめ》きがその口の中で掠《かす》れ、

「[redacted]《へだてよ》！」

彼らへ伸びた死の指先を断ち切って、ひとりの男の特異な詠唱が響き渡った。異物との接続

を断たれたティムとカティの体がその場に重なって崩れ落ちる。同時に駆け付けたオリバーとゴッドフレイの眼前に、デメトリオの背中がずっしりと聳《そび》え立《た》った。

「結界の奥に運べ。……私の不手際《ふてぎわ》だ。誓ってこれ以上は近付けさせん」

深い後悔の滲《にじ》む声が教え子たちに命じる。オリバーとゴッドフレイが即座にそれぞれの友人を腕に抱えて走り、同時にデメトリオが反対の方向を睨《にら》み付《つ》ける。足元でしぶとく侵蝕《しんしょく》を続ける小さな欠片《かけら》のみならず、その根源たる三つの柱を諸共に視界へ収めて。

「消えろ、侵略者ども。何度来ようとも、貴様らに渡す大地は指先ほどもない。

――**木々は薪に**《フォルティス》　**溶け落ちよ岩土**《フランマ》　**全き焦熱の内に**《マクシーメ》**！**」

そうして炎が大地を覆った。目の前の欠片《かけら》が一瞬で蒸発し、同じ灼熱《しゃくねつ》に根本を溶かされた柱精の三本が同時に傾く。巻き添えで肩を炙《あぶ》られたバネッサが跳び上がって悪態を吐くが、そんなものは耳に入れる価値もない。

そこから先の戦闘で。男はついに一度も、呪文以外の言葉を発さなかった。

太陽が天頂に届く頃に戦いは終わった。上空に黒々と渦巻いていた「門」は閉じて消え去り、後には一面の焦土とそこに立ち尽くす生徒たちが残される。脅威の消失を見て取った彼らが焼けた地面に続々と膝を突く。直接の戦闘を行った者は少なく、決して長い時間ではなかったというのに——信じがたいほどの消耗が、生徒たちの全身に絡《から》みついて離れなかった。

「——もう終《しま》いか。ま、そこそこいい運動にはなったなァ」

そんな光景とただひとり無縁のまま、手足の変化を解いたバネッサが大きく伸びをする。その視線がちらりと生徒たちの隊列の一か所を向いた。意識を失って昏倒《こんとう》したカティを囲んで、仲間たちが必死に彼女へ呼びかけているところだった。

「カティ……！」「おい、目ぇ覚ませ！　ふざけんなよお前……！」

「心肺は動いています！　誰か霊体傷の診断を——！」

もはや悲鳴に等しい声を上げながら、剣花団の面々が少女を救おうと足掻《あが》く。先ほどまで最前線だった場所にいたデメトリオが即座に足を向けるが、それに先んじてバネッサがずかずかと囲みに割り込んだ。愕然《がくぜん》とするオリバーたちを無言で押《の》し退けて、彼女は横たわる少女の襟首を摑《つか》み上げる。

「おっ死《ち》んじゃいねぇンだろ？　さっさと目ェ覚ませボケ。戦場で寝こける馬鹿がいるか」

そう言って、右手の平で盛大に頰を張る。先の一件から立て続けの暴挙に、もはや卒倒しかねない怒りを湧かせたオリバーたちの手が各々《おのおの》の杖剣《じょうけん》へ伸びかける。が——それが抜かれることはなかった。そこへ至る前に、少女の目がうっすらと開いたから。

「……大丈夫。……平気だよ、わたし……」

「あ——」「本当に大丈夫か！　ボクたちが分かるか⁉」

オリバーが涙声を漏らし、ピートが身を乗り出して問いかける。何の遠慮もなくバネッサが少女の体を地面に放った。それをナナオが滑り込んで体で受け止め、そこに駆け付けたデメトリオがただちに杖《つえ》をかざして診断を始める。

「……霊体に損傷はなし。寄生の兆候もない。豪運だなMs《ミズ》．アールト」

「……おかげさまで……」

結果を受け取ったカティが感謝と混ぜて弱々しい皮肉で返す。安堵《あんど》に我を忘れたオリバーとガイが彼女の体を左右から抱き締め、シェラがそれを両腕で包み込む。友人たちの抱擁に力の入らない腕で応えながら、彼女はその視線を囲みの外へと向ける。

「……ごめんなさい、リントン先輩……」

「……んなもんで許すか。元気になったら生徒会に顔出せ。キツいの一発頬にくれてやる」

レセディに肩を貸されたティムが親指をぐっと下にして言ってのけた。その返答にカティが苦笑して頷《うなず》く。そんな程度で済ませてくれるのがなんて優しいのだろうと胸に沁《し》みる。今回ばかりは叩《たた》き殺されても文句は言えないのに。それだけの無茶を彼女はやった。

「負傷者は他にいないな？　では、直ちに校舎へ帰還する。七年生が先行しろ。負傷した者は二人乗りの相方と共に隊列の中央へ回せ。しんがりは私とバネッサで務める」

「承知しました！」

デメトリオの指示を受けた学生統括がてきぱきと動き始める。早々に隊列を組み直した上級生が次々と飛び立つ中、負傷者と見なされたティムはレセディと共に出発の順番を待っている。その視線がふとオリバーを向いた。

「……おい、ホーン。ちょっとこっち来い」

「先輩？」

ちょいちょいと指先で呼ばれた少年が、固く抱きしめていたカティの体を仲間へ預けてそちらへ駆けていく。レセディの傍《かたわ》らで地面に腰を下ろしたティムに屈《かが》んで顔を寄せると、潜めた声で相手が話し始める。

「……しばらくアールトから目ぇ離すな」

「……！　それは……まだ何か異常が？　アリステイディス先生の診断は頼るなと？」

「違う、体はたぶん何ともねぇ。問題はあいつ自身だ。……さっき庇《かば》った時に確信した。軒並みやべぇお前らの中でも、あの馬鹿が一等やべぇ」

強い危機感を帯びた声にオリバーの胸がざわめく。ティムの口がその理由を続けて語る。

「クソ柱に取り込まれないために、さっきの僕は全力で自分を閉じて抗《あらが》ってた。あの状況で他に出来ることなんざあるわけねぇ。けど――あの馬鹿は違った。あいつはたぶん……自分から心を開いて、あの柱と会話しようとしてやがった」

「――！」

「同じタイミングで自己領域が重なってた僕にはそれだけ分かった。他は何も知らねぇ。きっと知ったところで理解できねぇ。……だから、僕に言えるのはひとつだけだ。あいつから絶対に目を離すな。……魔に呑《の》まれた連中と同じ匂いがしたんだ、さっきのアールトからは」

最大限の警戒を命じる最後の一言と共に、彼は戦慄に震えるオリバーの体を押して仲間のもとへ帰るよう促す。それで彼も慌てて平静を装《よそお》い身を翻《ひるがえ》した。……先の懸念《けねん》がどうあれ、今はカティ自身が目に見えて弱っている。彼女と仲間に不安を抱かせるような態度を取るわけにはいかない。そう自分に言い聞かせた上で箒《ほうき》を呼び、本人の前へ戻った。

「……カティ、もうすぐ出発だ。俺の箒《ほうき》の後ろに乗れ。校舎まで掴《つか》まっていられるか？　念のために体を結ぶぞ」

「……うん、大丈夫。ごめんね、オリバー」

二人乗りがいちばん上手《うま》いのはオリバーなので、カティを運ぶ役は自然と彼になる。その指示に従って重い体を動かし、シェラとガイにも助けられながら、彼女は少年と並んで一本の箒《ほうき》に跨《また》がった。ほどなく出発の順番が彼らに回り、他の四人に周囲を守られる形でカティとオリバーも飛び上がる。同乗者の負担を意識して飛行速度を抑えながら、オリバーは背中に感じる体温へと問いかけた。

「……なぜあんな無茶をしたんだ。あれだけの無謀を見たのは一年の時のナナオ以来だ」

「……ごめんなさい。馬鹿なことやったって、自分でも分かってる……」

張り裂けるような罪悪感が胸を満たし、友への泣きたいような申し訳なさに囚《とら》われたカティが力なく囁《ささや》く。……心配をかけたことが辛《つら》い。自分の身勝手で彼らの心を揺さぶって、こんなにも不安にさせてしまったことが辛《つら》い。何よりも許し難《がた》いのは。その原因となった行いに、今この瞬間になってすら、自分の中にどうしようもなく後悔が浮かばないこと。

「……でもね……。……あの時、確かに……」

続く言葉が自《おの》ずと口を突いて出る。途方もなく大きな成果を手にした——その実感への誤魔化しようのない喜びがそうさせる。……決して抱いてはならないものだと自覚している。自分を想《おも》ってくれる友の心を深く踏《ふ》み躙《にじ》る、それは最低で最悪の裏切りだと弁《わきま》えている。人の形をした人でなしだけが宿命的に胸に宿す、それこそが紛れもない魔法使いの感情であるのだと。

だから、せめて。それを隠すことは、もうしない。

「……聞こえたんだよ。神様の声……」

掠《かす》れた囁《ささや》き声《ごえ》での告白。それを受けた瞬間、凄《すさ》まじい戦慄がオリバーの背筋を駆け上る。

今すぐ振り向いて洗いざらい問《と》い質《ただ》したい。いっそ隊列を無視して地上へ降りようかとすら思う。だが——その衝動と同じだけ、真逆のことを彼は考えてしまう。今だけは、振り向けなくて良かったと。

「……っ……！」

背後の彼女が、どんな表情で今の一言を口にしたかは分からない。だが——もし。もし、笑っていたのだとすれば。その貌《かお》を前にした上で、今までと同じようにカティ＝アールトを直視できる自信が——どうしようもなくオリバーには、ない。

〈了〉

あとがき

　こんにちは、宇野朴人《うのぼくと》です。白熱の下級生リーグ、これにて決着となります。積み重ねてきた研鑽《けんさん》を存分に比べ合った今、その結果から各々《おのおの》の成果と課題を得て、若者たちは次へ踏み出すことでしょう。摑《つか》み取《と》った勝利の価値も、呑《の》まされた敗北の意味も、それを決めるのは今後の彼ら自身です。

　残すは上級生リーグ決勝。選挙戦の結果を左右する最終局面にあって、二大勢力の長たちは何を示すのか。互いの勝敗がどうあれ、それはキンバリーの今後を占うものとなるでしょう。

　同時に、状況は別のところでも動きつつあります。主の意図から逸脱して動き始めた探偵は、自ら歩むと決めたその道の先に何を見るのか。己の業を自覚した少女は、その足でどこを目指し何に成るのか。あるいは――成り果てるのか。

　一方で、分魂から汲《く》み取《と》った情報を手掛かりに、天文学の教師もまた真相に迫っています。抱いた疑念が確信へと変わる時はもはや遠くありません。その疑いを逸《そ》らす余地がなければ、少年と同志たちに残された手段はひとつきり。

　表と裏の両方で決戦は間近です。どうかあなたも、心して見届けられますように。

◉宇野朴人著作リスト

「神と奴隷の誕生構文《シンタックス》Ⅰ〜Ⅲ」（電撃文庫）
「ねじ巻き精霊戦記　天鏡のアルデラミンⅠ〜ⅩⅣ」（同）
「七つの魔剣が支配するⅠ〜Ⅸ」（同）
「スメラギガタリ壱・弐」（メディアワークス文庫）

本書に対するご意見、ご感想をお寄せください。

ファンレターあて先
〒 102-8177　東京都千代田区富士見 2-13-3
電撃文庫編集部
「宇野朴人先生」係
「ミユキルリア先生」係

本書は書き下ろしです。

電撃文庫

七《なな》つの魔剣《まけん》が支配《しはい》するIX

宇野朴人《うのぼくと》

2022年３月10日　初版発行

発行者　青柳昌行
発行　株式会社KADOKAWA
〒102-8177　東京都千代田区富士見2-13-3
0570-002-301（ナビダイヤル）
装丁者　荻窪裕司（META＋MANIERA）
印刷　株式会社暁印刷
製本　株式会社暁印刷

ISBN978-4-04-914213-6　C0193　Printed in Japan

電撃文庫　https://dengekibunko.jp/

電撃文庫創刊に際して

文庫は、我が国にとどまらず、世界の書籍の流れのなかで〝小さな巨人〟としての地位を築いてきた。古今東西の名著を、廉価で手に入りやすい形で提供してきたからこそ、人は文庫を自分の師として、また青春の想い出として、語りついできたのである。

その源を、文化的にはドイツのレクラム文庫に求めるにせよ、規模の上でイギリスのペンギンブックスに求めるにせよ、いま文庫は知識人の層の多様化に従って、ますますその意義を大きくしていると言ってよい。

文庫出版の意味するものは、激動の現代のみならず将来にわたって、大きくなることはあっても、小さくなることはないだろう。

「電撃文庫」は、そのように多様化した対象に応え、歴史に耐えうる作品を収録するのはもちろん、新しい世紀を迎えるにあたって、既成の枠をこえる新鮮で強烈なアイ・オープナーたりたい。

その特異さ故に、この存在は、かつて文庫がはじめて出版世界に登場したときと、同じ戸惑いを読書人に与えるかもしれない。

しかし、〈Changing Times,Changing Publishing〉時代は変わって、出版も変わる。時を重ねるなかで、精神の糧として、心の一隅を占めるものとして、次なる文化の担い手の若者たちに確かな評価を得られると信じて、ここに「電撃文庫」を出版する。

1993年6月10日
角川歴彦